THE QUEEN OF CRIME
繁體中文版
20週年
紀念珍藏

羅傑艾克洛命案

著——阿嘉莎・克莉絲蒂

譯——張江雲

The Murder of Roger Ackroyd

通俗是一種功力

吳念真（導演、作家）

通俗是一種功力。絕對自覺的通俗更是一種絕對的功力。

這樣的話從我這種俗氣的人的嘴巴說出來，大概很多人要笑破褲底了。不過，笑完之後請容我稍稍申訴。這申訴說得或許會比較長一點，以及，通俗一點。

小時候身材很爛，各種遊戲競爭完全任人宰割，唯一隱遁逃避的方法是躲起來看書或聽大人瞎掰。那年頭窮鄉僻壤的小孩能看的書不多，小學二年級時最喜歡的是超大本的《文壇》，老師借的。看著看著，某天老師發現我的造句竟出現：「捧著：朝陽捧著一臉笑顏為群山剪綵」這樣亂七八糟的文字，就拒絕再讓我看那些超齡的東西了。

老師的書不給看，我開始抓大人的書看。一種是厚得跟磚塊一樣的日文書，對我來說那完全是天書，但插圖好看，經常有限制級的素描。另一種書是比較薄的，通常藏得很嚴密，只是裡面有太多專有名詞、重複的單字和毫無限制的標點，比如「啊啊啊」、「……！！！」

老讓我百思不解。有一天，充滿求知欲地詢問大人竟然換來一巴掌後，那種閱讀的機會和樂趣也隨著消失了。

所幸這些閱讀的失落感，很快從大人的龍門陣中重新得到養分。講到這裡，我似乎先得跟一個村中長輩游條春先生致敬，並願他在天之靈安息。

我所成長的礦區，幾乎全是為著黃金而從四面八方擁至的冒險型人物，每人幾乎都有一段異於常人的傳奇故事。這些故事當事人說來未必精采，但一透過游條春先生的嘴巴重現，有時連當事人都聽得忘我，甚至涕泗縱橫，彷彿聽的是別人的故事。

條春伯沒當過日本兵，可是他可以綜合一堆台籍日本兵的遭遇，一如連續劇般從入伍、受訓、逃亡荒島，面對同鄉同袍的死亡，並取下他們的骨骸寄望帶回故鄉，乃至骨骸過多搞不清哪是誰的等等，讓聽的人完全隨他的敘述或悲或笑，彷彿跟他一起打了一場太平洋戰爭。此外他也可以把新聞事件說得讓一個三、四年級的小孩，到現在仍記得當時腦中被觸動的畫面。例如當年瑠公圳分屍案的凶手做案之後帶著小孩到安東街吃麵（這讓我一直以為台北的安東街是條專門賣麵的街道），還有甘迺迪總統被暗殺、賈桂琳抱住她先生、安全人員跳上飛快的車子保護賈桂琳……當然，這記憶全來自條春伯的嘴巴而不是報紙。我的記憶全是畫面，有畫面，是因為條春伯說得精采，說得有如親臨他至死都還搞不清地理位置的達拉斯命案現場。

於是這小孩長大後無條件地相信：通俗是一種功力，絕對自覺的通俗更是一種絕對的功力。透過那樣自覺的通俗傳播，即使連大字都不識一個的人，都能得到和高階閱讀者一樣的感動、快樂、共鳴，和所謂的知識、文化自然順暢的接軌。也許就是因為這些活生生的例子，俗氣的自己始終相信：講理念容易講故事難，講人人皆懂、皆能入迷的故事更難，而能隨時把這樣的故事講個不停的人，絕對值得立碑立傳。

條春伯嚴格地說是有自覺的轉述者，至於創作者，我的心目中有兩個。一個是日本導演山田洋次，一個是推理小說家阿嘉莎．克莉絲蒂。

山田洋次創造了寅次郎這個集合所有男人優點跟缺點的角色，在以《男人真命苦》為名的系列下，總共完成百部左右的電影。它們的敘述風格、開頭、結尾的方法不變，唯一改變的是故事，是時代，是遍歷日本小鄉小鎮的場景。數十年來，看《男人真命苦》幾已成為日本人每年的一種儀式，一如新春的神社參拜。

數十年前訪問過山田導演，他說，當他發現電影已然有它被期待的性格時，電影已經不是導演自己的。他說：當所有人都感動於美人魚的歌聲時，你願意為了讓她擁有跟你一樣的腳，而讓她失去人間少有的嗓音嗎？

人間少有的嗓音與動人的歌聲，都來自山田導演絕對自覺的通俗創造。

再如阿嘉莎．克莉絲蒂，如果我們光拿出她說過的故事和聽過她故事的人口數字，就足以嚇死你。五十多年的寫作生涯，她總共寫出六十六本長篇推理小說，外加一百多篇短篇小說和劇本。其中有二十六本推理小說被改編，拍了四十多部電影和電視劇集。作品被翻譯成一百零三種文字的版本，銷量超過二十億本。

夠了。你還想知道什麼？知道二十億本的意義是什麼嗎？二十億本的意義是全世界平均三個人就有一個人讀過她的書，聽過她說的故事。

說來巧合，她和山田洋次一樣，創造出個性鮮明的固定主角（當然，前前後後她弄出來好幾個），然後由他（或是她）帶引我們走進一個犯罪現場，追尋真正的罪犯。

故事就這樣？沒錯，應該說這是通常的架構。那你要我看什麼？不急，真的不急，克莉絲蒂會慢慢冒出一堆足夠讓你疑惑、驚嚇、意外，甚至滿足你的想像力、考驗你的耐心和智商的事件來。

推理小說不都是這樣嗎？你說得沒錯，大部分是這樣，不一樣的是……對了，她像條春伯，像山田洋次，她真會說，而且她用文字說。

文字的敘述可以讓全世界幾代的人「聽」得過癮、「聽」個不停，除了聖經，也許就是克莉絲蒂。她不是神，但她真的夠神。

數十年前，台灣剛剛出現她的推理系列中譯本，那時是我結婚前，常有同齡的文藝青年來我租住的地方借宿，瞄到我在看克莉絲蒂，表情詭異地說：「啊？你在看三毛促銷的這個喔？」

我只記得他抓了一本進廁所，清晨四點多，他敲開我的房門說：「幹，我實在很討厭那個白羅……再拿一本來看看，我跟你說真的，要不是你的書，我真的很想把那個矮儸壓到馬桶吃屎！」

我知道他毀了，愛吃又假客氣，撐著尊嚴騙自己。克莉絲蒂再度優雅地撕破一個高貴的知識份子的假面具，她的手法簡單，那手法叫通俗，絕對自覺的通俗，無以倫比、無法招架的功力。

昔日的文藝青年如今跟我一樣，已然老去，但不時還會看到他寫一些充滿理念和使命感極重的文章，在報紙和雜誌上出現。我知道他要說什麼，只是常常疑惑他想跟誰說；同樣，我記得他說過什麼，但轉眼間忘記他說了什麼。但請原諒我，幾十年前那個晚上，他在我家看完的那兩本克莉絲蒂的小說內容，我可還記得清清楚楚。

也許有一天再遇到他的時候，我會問他之後是否還看過克莉絲蒂其他的書，如果沒有，我會跟他說，想讀要趁早，因為你會老、會來不及。至於白羅那個矮儸，大概永遠不會消失。哦，對了，還有一個叫瑪波，你說不定會來不及認識……

老派偵探之必要

冬陽（推理評論人，台灣推理作家協會理事長）

「讀者非常喜歡白羅這個人物，表示『那個開朗的小個子，過氣的比利時名偵探』。顯然白羅是這本小說受歡迎的一個原因，雖然白羅可能不贊同用『過氣』二字來形容他。」知名編輯兼作家經紀人約翰·柯倫（John Curran）在《阿嘉莎·克莉絲蒂的秘密筆記》一書如是說，文中提到的「這本小說」，正是克莉絲蒂初試啼聲、名偵探赫丘勒·白羅優雅登場的《史岱爾莊謀殺案》，一部於一個世紀前出版的偵探推理作品。

百年光陰的淬鍊顯然證明了白羅絕無過氣的疲態，連帶讓我聯想起電影《金牌特務》（*Kingsman*）上映後，大眾熱議西裝如何能帥氣俊挺歷久不衰——或許可以從這個切入角度，在這裡跟老書迷、新讀友探究這個蛋頭翹鬍子偵探（我沒有影射哪款洋芋片食品喔）的魅力所在。

且讓我們話說從頭。

「我敢打賭你寫不出好的推理小說。」一九一六年，阿嘉莎．米勒（克莉絲蒂婚前的舊姓）在媽媽的打字機上敲擊，打算回應姊姊梅姬這挑釁的話語。她努力嘗試，但故事寫得不好，於是改從身旁熟悉的事物著手——比方說毒藥。阿嘉莎在藥房工作過，曾在某個夜裡驚醒，匆匆回到調劑室重新配置，因為她不記得有沒有漏做一個重要步驟，否則病患就要去見閻王了——噢，這似乎是個謀殺好點子。

阿嘉莎還記得姨婆對她的叮嚀：要注意他人覬覦她珍藏的首飾，時時留意是不是有人偷偷拉長了耳朵聽她們的竊竊私語。小阿嘉莎不但執行得徹底，還把這個習慣寫進小說裡。同時她還注意到，因為世界大戰爆發，家鄉托基湧入許多比利時難民，不如讓一個逃難到英國的比利時退休警官擔任偵探？一定很有趣！

啊，偵探小說顧名思義，只要塑造出一個教人印象深刻的偵探，大概就成功一半。這個人物必須要有特色、有個性，甚至是怪癖，而且聰明又自負。好幾個名字浮現在她腦海裡：莫里斯．盧布朗（Maurice Leblanc）筆下的怪盜紳士亞森．羅蘋、卡斯頓．勒胡（Gaston Leroux）創造的新聞記者胡爾達必，當然還有那最最知名的夏洛克．福爾摩斯——連帶創造一個華生型的助手好了。該怎麼安排呢……

於是，一位偵探的樣貌漸漸成形：五呎四吋的小個兒，蛋型臉上蓄著保養得宜、梳理有型的鬍子，衣著一塵不染，漆皮鞋擦得錚亮。他有嚴重的潔癖，說話不時夾雜法語，喜歡成雙成對的東西，喜歡方的不喜歡圓的（雞蛋為什麼不是方的呢？），口頭禪是「動動灰色的腦細胞」。阿嘉莎心想，他應該要有個像福爾摩斯一樣響亮的名字，取名「赫丘勒斯」怎麼樣？希臘神話中的大力士。姓氏叫白羅，不過搭赫丘勒斯這個名字好像不配……改一下，赫丘勒．白羅好像不錯？就這麼定了吧！

白羅很聰明，懂得觀察入微沒錯，但這並不表示他就得是台獨尊腦袋、缺乏情感的冰冷思考機器，尤其要在人物關係錯綜複雜的莊園宅邸查案追凶，交際手腕得高明些才行。他不是在謀殺發生、屍體出現後才開始像頭獵犬四處嗅聞，而是憑藉旺盛的好奇心與強烈的同理心接觸各種人事物，進而探入被害者、犯罪者、各個看似無辜但多少都和事件沾上邊的關係者的心靈深處，佐以現今稱作鑑識、法醫等等科學鐵證（哎，證據人人知道，可是要怎麼跟真相合理地連結到一塊，這就是名偵探的功力啦），讓原本叫人束手無策的事件得以畫下完美句點。也因此，白羅偶爾能預測進而制止罪案的發生，甚至對殘酷但值得憐憫的罪行網開一面，這樣才合乎人性不是嗎？

婚後以阿嘉莎．克莉絲蒂為名，推出《史岱爾莊謀殺案》後深獲好評，相隔六年的《羅傑艾克洛命案》更是引發街談巷議，而克莉絲蒂全球暢銷前十大作品中，還包括《東方快車謀殺案》、《尼羅河謀殺案》、《ＡＢＣ謀殺案》、《藍色列車之謎》、《底牌》、《五隻小豬之歌》，合計八部皆由白羅擔綱演出。讀者不只喜愛這個聰明角色，還臣服於平實流暢的文筆及相對顯得衝突的複雜劇情，冷酷的謀殺動機隱藏在細膩的人際關係裡，穿透看似單純、帶點童話氣息的表象後，端賴名偵探明察秋毫、撥亂反正。尤其讓一個比利時人在英國土地上辦案，是克莉絲蒂的小心思，因為「英國人總是不信任外國人，也不相信睿智」（語出英國偵探俱樂部主席馬丁・愛德華茲〔Martin Edwards〕），讀者同凶手一樣輕忽不設防，卻也得到了參與鬥智競賽的意外驚奇和美好滿足。

這樣的閱讀感受，我稱之為「老派偵探之必要」，因為它純粹簡約，經得起反覆咀嚼，猶如前述的西裝革履，在潮流更迭的時間長河裡維持恆久的優雅風範——呼應吳念真先生寫在「策畫者的話」中的一段文字，那不是惺惺作態的高傲睥睨，而是「絕對自覺的通俗，無以倫比、無法招架的功力」所致。

不信？往下讀去就知道。而且我敢打賭，你有很高的比例會將整個白羅系列嗑完，然後是瑪波小姐系列以及其他系列，當然也不可能錯過像名列暢銷首位的《一個都不留》這類獨立之作……

註　克莉絲蒂推理全集一至三十八冊為「神探白羅系列」，三十九至五十二冊為「神探瑪波系列」，五十三至八十冊包含鬼豔先生、湯米與陶品絲、雷斯上校、巴鬥主任等名探故事。

獻詞

阿嘉莎・克莉絲蒂是世界讀者最眾，也最廣受喜愛的女作家。

身為克莉絲蒂的孫兒，我相信奶奶會非常樂見這次出版，

因為她極以自己作品中的趣味與娛樂為豪。

歡迎所有喜歡本系列的台灣新讀者參與這場饗宴！

——馬修・培察（Mathew Prichard）

01 夏波醫生的早餐談話

弗拉爾太太於十六日晚（星期四）離世而去了。十七日（星期五）早晨八點就有人來請我過去。其實我已幫不了什麼忙，因為她已死了好幾個小時。

九點過幾分我就回到家。我取出鑰匙打開前門，故意在大廳裡磨蹭一會，不慌不忙地把帽子和風衣掛好，這些都是我用來抵禦初秋晨寒的東西。老實說，當時我的心情非常沮喪憂愁，並不想假裝自己能夠預料今後幾週將要發生的事。我確實無法預料，但我有一種預感，有段雞犬不寧的時期即將到來。

左邊的餐廳傳來了叮叮噹噹的杯子聲，以及我姐姐卡羅琳的乾咳聲。

「是你嗎，詹姆斯？」她大聲地叫喊著。

這話問得有點多餘，還有可能是誰呢？老實說，就是因為我的姐姐卡羅琳，我才在大廳裡磨蹭了幾分鐘。要說貓鼬[1]這種動物的座右銘，吉卜林先生[2]可是說過了，那就是：「出去挖！」而如果卡羅琳想要選用一種彰顯個人特質的紋章，那我一定極力推薦她採用貓鼬躍立撲擊的圖案；而且對卡羅琳來說，那句座右銘的前兩個字還可省去——卡羅琳只需靜靜地坐在家中就能挖到許多消息。我不知道她是怎麼做到這一點，但事實卻是如此。我猜想，可能是家中的僕人和做買賣的小販都充當了她的智囊團。她外出並不是為了去挖掘消息，而是去傳播消息。就傳播消息這一點來說，她也是一個了不起的專家。

就是因為她的這一特點，才使我感到猶豫不決。如果把弗拉爾太太死亡之事告訴卡羅琳，不出一個半小時，全村的人都會知道。作為一個專業醫務人員，我說話本應特別謹慎，所以久而久之，我便養成了一個習慣——盡可能瞞住消息，不讓姐姐知道。當然，她還是能像平常一樣打聽到這件消息，但至少我自認沒有誤失，對得起良心。

弗拉爾太太的丈夫已去世一年。卡羅琳始終認為他是被妻子毒死的，但她又拿不出什麼確鑿證據。

我跟她說，弗拉爾先生死於習慣性過量飲用含酒精的飲料，導致急性胃炎；而她對我的這一說法總是加以嘲笑。我同意胃炎的症狀與砷中毒有相同之處，但卡羅琳對弗拉爾太太的指控，是基於與此完全不相干的理由。

「你只需要看看她的模樣就知道了。」我曾聽她這麼說過。

弗拉爾太太雖算不上年輕，但丰姿仍然十分迷人。她身上穿的巴黎時裝雖談不上華麗，但看上去非常自然、合適。不管怎麼說，很多婦女都愛去巴黎買衣服，但她們可沒個個都把丈夫給毒死啊！

我躊躇不定地站在大廳裡，腦海裡浮現著所有這一切。這時卡羅琳又叫喊起來，嗓門比前一次還要大。

「詹姆斯，你到底在磨蹭些什麼？為什麼還不來吃早餐？」

「馬上就來，親愛的。」我急急忙忙地應了一聲，「我在掛風衣。」

「這麼長的時間，掛五、六件都可以了。」

她說得一點沒錯。我走進餐廳，習慣性地在她的臉頰上吻了一下，然後坐下來吃雞蛋和鹹肉。鹹肉是冷的。

「你這麼早就去串門？」卡羅琳說。

「是的，我去了金帕達克，到弗拉爾太太家跑了一趟。」

「我知道。」姐姐說。

「你怎麼知道？」

「安妮告訴我的。」

1 產於印度的類鼬肉食獸，為蛇之天敵。

2 吉卜林先生（J. R. Kipling），英國小說家、詩人，一九〇七年諾貝爾文學獎得主。

安妮是接待女僕，一個挺可愛的女孩，但她有一個難改的習性，愛多嘴。

沉默了片刻，我繼續吃著雞蛋和鹹肉。這時，姐姐瘦長的鼻子抽動了一下。每當她對某件事感興趣或興奮時，就會出現這個動作。

「然後呢？」她追問道。

「悲劇收場。已經回天乏術了，她大概是昨晚睡覺時死的。」

「我知道。」姐姐又說。

這下可把我惹火了。

「你不可能知道，」我厲聲說道，「我也是到了那裡才知道的，我還沒跟任何人講過這件事。如果安妮連這個都曉得的話，她簡直就是活神仙了。」

「不是安妮，是那個送牛奶的人告訴我的，他是從弗拉爾家的廚師那裡聽來的。」

正如我前面所說，卡羅琳沒有必要出去探聽消息，她只需坐在家中，消息自然會傳到她的耳中。

姐姐繼續問道：「她是怎麼死的？是不是心臟病發作？」

「難道送牛奶的人沒有告訴你嗎？」我譏諷地反問道。

譏諷對卡羅琳不起作用，她還以為我是真的在問她問題。

「他也不知道。」她解釋道。

不管怎樣，卡羅琳遲早會知道的，還不如我告訴她算了。

「她因服用過量安眠藥而死。她最近失眠，一直在服這種藥，大概是吃得太多了。」

「胡說，」卡羅琳馬上反駁說，「她是自殺，你不要為她辯解。」

很奇怪，當一個人心中不願承認的想法被別人揭穿時，他往往會惱羞成怒，竭力否認。

我當下感到非常氣憤，衝口說了一番氣話。

「你又跟我來這一套了，」我說，「沒有根據的亂說一通。弗拉爾太太究竟有什麼理由要自殺？她雖是個寡婦，但那麼年輕，那麼有錢，而且身體又棒，每天等著享福就夠了。你的話實在太荒唐了。」

「一點都不荒唐。她最近有點反常，這一點你應該也注意到了。這種情況已有六個月，她一定是被妖魔纏住了。你剛才也說她一直睡不好覺。」

「那你的診斷是什麼呢？」我冷冷地問道，「一場不幸的戀愛，我猜？」

我姐姐搖搖頭。

「自責。」她津津樂道地說。

「自責？」

「是的。我一直跟你說，是她毒死了丈夫，但你就是不信。我現在更確信無疑。」

「你這番話不合情理，」我反駁說，「一個婦道人家如果有膽量殺人，她一定是個冷酷無情的人，絕對會心安理得地享受成果。才不會像意志薄弱的人那樣感到自責。」

卡羅琳搖搖頭。

「可能有些婦女會像你說的那樣，但弗拉爾太太並非如此。她很有膽量，一股無法抑制的衝動驅使她害死丈夫，因為她這個人無法忍受任何形式的痛苦。毫無疑問，身為阿什利·弗拉爾這種男人的妻子，必定飽受不少痛苦……」

我點點頭。

「自從害死丈夫後，她一直在煩憂中過日子。這一點我很同情她。」她說。

弗拉爾太太活著的時候，我可沒見過卡羅琳對她表示同情。現在既然她已遠去那不能再穿巴黎時裝（我猜）的地方，卡羅琳倒準備要盡情發揮她的同情和同理心了。

我堅決地告訴她，她的這個想法純屬無稽。而我之所以格外堅決，是因為我心中其實贊成她某部分——極少部分——的說法。但卡羅琳畢竟只是通過猜測來得到事實真相，這種做法可說是完全錯誤，我絕不能鼓勵這種行為。不然的話，她會走遍整個村子，傳播她對弗拉爾太太死亡的看法。人們必定會認為，那是得自於我所提供的醫學判斷。生活中糾纏不清的事真是太多了。

「胡說八道，」面對我那尖刻的言語，卡羅琳並不示弱，「你等著瞧，十有八九她留有一封懺悔信，把自己所做的一切都寫在上面。」

「她什麼信都沒留下。」我嚴厲地駁斥道，不知這麼說會陷自己於何種境地。

「哦！」卡羅琳說，「這麼說你也打聽過信的事情了。我相信，詹姆斯，你內心深處思忖的事，跟我完全一樣。你真是一個可愛的老騙子。」

「當然，我們不能排除自殺的可能性。」我強調道。

「要驗屍嗎？」

「可能會，這要看情況。如果我能絕對有把握地說，她是不小心服用了過量安眠藥，那麼驗屍可能會取消。」

「你有絕對的把握嗎？」姐姐非常奸巧地問道。

我起身離開餐桌，沒有回答她的問題。

02 金艾博特村的名流

在我繼續陳述我和卡羅琳的談話內容之前，我不妨先把我們這個村子的地理位置介紹一下。這個村子的名字叫金艾博特，與其他村子沒有什麼明顯的不同。最近的大城鎮是克蘭切斯特，離這兒有九英里。本村有一個規模相當大的火車站，一個小小的郵電所，兩家相互對峙的「百貨商店」。有才幹的男人，大多在年輕時就離開了這裡，留下來的大多是未婚女子和退伍軍官。因此大家的嗜好和娛樂可用一個詞來歸納：「嚼舌根」。

在金艾博特村，像樣的房子只有兩幢。一幢是金帕達克，弗拉爾太太的丈夫留給她的。另一幢是弗恩利莊，主人是羅傑．艾克洛。我對他很感興趣，因為他一點都不像一個鄉紳。一見到他，我就會聯想到老式音樂喜劇中，第一幕就登場的那位紅臉冒險家。這類喜劇大都以鄉村綠野做背景，而這個角色最喜歡哼著上倫敦城的小調。我們現在演出的都是時事諷刺劇，鄉紳已從音樂形式中消失。

其實，艾克洛並不是一位真正的鄉紳，他是一個非常成功的車輪製造商。他年近五十，臉色紅潤，待人和藹。他與教區牧師的關係很密切，常常大把大把的捐獻金錢給教會，作為教區救濟金（儘管外面謠傳，說他在個人花費上非常吝嗇）。他還慷慨地資助板球比賽、少年俱樂部、殘廢軍人療養所。事實上，他是金艾博特這個寧靜村子的靈魂人物。

羅傑．艾克洛二十一歲時，就愛上了一個比他大五、六歲的漂亮少婦，並與她結了婚。她是生有一個孩子的寡婦，亡夫姓佩頓。她與艾克洛的婚姻維持並不長，生活充滿了不幸。直率一點說，艾克洛太太是一個酗酒者，婚後四年因長期酗酒而命歸黃泉。

妻子死後多年，艾克洛一直沒有考慮再娶。妻子與前夫生的孩子拉爾夫．佩頓，七歲就失去了母親，他現在已有二十五歲。艾克洛一直把他當作自己的親生兒子來養育，但這個孩子非常難管教，總是惹事生非，讓繼父為他操心不已。儘管如此，金艾博特這裡的人都喜歡拉爾夫。其中一個原因是，這位小夥子長得英俊瀟灑。

正如前述，在我們這個村子裡，人人喜歡說長道短，因此，艾克洛先生與弗拉爾太太的曖昧關係，一開始就引起了人們的注意。自從弗拉爾太太的丈夫死後，他們之間的親密關係更加明顯。人們總是看見他們倆在一起。有人甚至大膽地猜測，哀悼期一過，弗拉爾太太就會變成羅傑．艾克洛太太。的確，人們都感到事情有點巧合。大家都知道，羅傑．艾克洛的妻子死於酗酒，而阿什利．弗拉爾生前也是一個酒鬼。這兩個嗜酒如命的死者所留下的未亡人，心理上可以相互撫慰對方，彌補死者給他們帶來的痛苦。

弗拉爾來這兒居住的時間並不長，只不過一年多一點，但有關艾克洛的閒言閒語已流傳多年。在拉爾夫．佩頓的成長過程中，先後有好幾位女管家管理過艾克洛的宅邸，而每個人都受過卡羅琳和她的那夥朋友的懷疑。至少有十五年時間，村子裡的人都確信艾克洛會娶某個女管家為妻，這種看法並非全無道理。最後一個女管家叫拉瑟兒小姐，她最引起人們的懷疑。她整整主持了艾克洛家五年的家務，比以前任何一位女管家任職的時間要長上一倍多。人們都認為要不是弗拉爾太太的出現，艾克洛是無法擺脫拉瑟兒小姐的。當然還有另一個意料之外的原因。他那死了丈夫的弟媳，帶著女兒從加拿大回來了。塞西爾．艾克洛太太是艾克洛那個窩囊弟弟的遺孀，她回來後就住在弗恩利莊。據卡羅琳說，她非常成功地讓拉瑟兒小姐知守分寸。

我不知道「知守分寸」的確切含義——聽起來有點令人不寒而慄、不太愉快——我只知道拉瑟兒小姐總是噘著嘴，而我也只能把這看成是一種苦笑。她對可憐的艾克洛太太深表同情，她曾說：「靠大伯的施捨過日子，太可憐了。施捨的麵包是苦澀的，不是嗎？如果我不是自食其力，靠自己的勞動養活自己，那就淒慘了。」

談到弗拉爾太太，我不知道塞西爾．艾克洛太太是怎麼想，如果艾克洛先生不再結婚，這對她無疑是有好處的。但每次遇到弗拉爾太太，她總要向她獻一番殷勤，熱情招呼就更不消說了——但卡羅琳說，她這麼做是沒有用的。

這就是過去幾年金艾博特這個地方的重要大事。我們從各個角度談論了艾克洛以及與他有關的一些事情，當然弗拉爾太太也是談論的中心人物。

現在，萬花筒的角度得重新調整一下了，人們對這樁未來婚禮的討論，已驟然被這件悲劇所取代。

我把所有這一切翻來覆去地想一遍後，按慣例外出巡診。我沒有什麼特別重要的病人需要診斷治療，所以腦海裡一遍又一遍地浮現出弗拉爾太太的猝死之謎。她是自殺嗎？確定無疑。而如果是自殺的話，她必定會留下遺言，告訴人們為何這麼做。按我的經驗，女人一旦下決心要自殺，通常會把自殺的原因講出來。她們一心巴望聚光燈聚焦在她們身上。

我最後一次是何時見到她？還不到一個星期前。那時，她的舉止行為看來還很正常——嗯，有看仔細的話。

這時我突然想起，我昨天還見過她，但沒與她講話。她正和拉爾夫·佩頓走在一起，我感到很吃驚，因為我根本就沒有想到，他會在金艾博特村出現。我一直以為他與他的繼父鬧翻了。他有將近六個月沒在這兒露面了。他們肩並肩地走在一起，頭挨得非常近。她說話時的態度一臉嚴肅。

可以確定地說，就在這時，我的心中產生了不祥之兆。雖然目前還沒發生什麼事，但我有一種模糊的預感。回想起昨天拉爾夫·佩頓和弗拉爾太太兩人熱切交頭接耳的情景，我升起一股厭惡之感。

正想著這件事時，我和羅傑·艾克洛在街上面對面地相遇了。

「夏波！」他大聲喊著，「我正想找你，這實在是一件非常可怕的事。」

「你已經聽說了？」

他點點頭。可以看得出，他經受了沉重的打擊，臉上紅暈消失，往常愉悅、活力十足的精神不再，全然一副失魂落魄的模樣。

「事情比你知道的更糟糕，」他平靜地說，「夏波，我有話要跟你說。你現在能不能跟我一起回家？」

「恐怕不行，我還有三個病人等著出診，而且我必須在十二點以前趕回去診所看診。」

「那麼今天下午——不，晚上一起來吃飯吧。七點半怎麼樣？」

「好吧，我一定準時到。出了什麼事？是不是拉爾夫的事？」

我不知道自己為什麼會這樣問，可能是因為以前常常都是為了拉爾夫吧。

艾克洛茫然地盯著我，好像什麼也沒聽明白。我開始意識到，一定是出了嚴重的問題。我以前從未見他這麼心煩意亂過。

「拉爾夫？」他含糊不清地說，「哦，不是為了他，拉爾夫在倫敦——見鬼，甘尼特小姐過來了，我可沒興致跟她聊這種可怕的事。晚上見，夏波，七點半。」

我點了點頭，他說完便匆匆走了，我還站在那裡納悶。拉爾夫在倫敦？但他昨天下午確確實實是在金艾博特村。他必定是昨晚或今晨又回倫敦了。但從艾克洛的態度以及說話的口氣看來，他好像什麼都不知道，他仍以為拉爾夫已有幾個月沒回來了。

我沒有時間進一步解開這個謎。甘尼特小姐一見到我，就急切地向我打聽消息。甘尼特小姐與我姐姐卡羅琳的習性完全一樣，但她缺乏卡羅琳那種全面搜索、推演乃至斷然做出結論的本事。甘尼特小姐氣喘吁吁地向我問了些問題。

弗拉爾太太真可憐，許多人都說她多年來一直在吸毒，而且上了癮。說這樣的話可真惡毒，但最糟糕的是，人們說三道四的言語中總有些部分是真的，無風不起浪嘛！她們還說，艾克洛先生也知道了這件事，因此與她中斷婚約——他們之間確實訂過婚喔。她，甘尼特小姐，有確鑿的證據能證明這一點。當然，作為醫生，我一定知道這些事，醫師不都如此……

啊，他們從來沒提過這些事？

甘尼特小姐說著那些試探性的話，機警的小眼睛緊緊地盯著我，看我如何反應。幸運的是，與卡羅琳長期相處已使我養成不動聲色的本事，隨時可用一些無關緊要的話加以應付。

恭喜甘尼特小姐這次沒有參與這些惡意中傷的閒言閒語。我想我很俐落地反譏了回去。她一時摸不著頭腦，當她回過神時，我已經走遠了。

回程的路上，我一直在思考某些問題，到診所時我才發現，已有好幾個病人在等著我。看完最後一個病人時——我以為——離吃午飯還有一段時間，我便來到園子裡，摸摸弄弄了一下。然後，我發現還有一個病人在等我。她起身向我走來。我呆呆地站在那裡，心裡難免有點詫異。

我也不明白為什麼會感到詫異，可能是因為拉瑟兒小姐臉上那種堅決的表情，裡面飽含某種精神而非肉體上的痛苦。

艾克洛的這位女管家身材高、容貌漂亮，但神情令人生畏，使人望而卻步。她目光嚴厲，嘴唇緊閉。我有這樣一種感覺：如果我是她手下的一名女僕或廚傭，那麼一聽見她的腳步聲，我一定會像老鼠見到貓一樣四處奔逃。

「早安，夏波醫生，」拉瑟兒小姐說，「勞駕你幫我看一下膝蓋的毛病。」

我看了。老實說，我瞧不出個所以然來。拉瑟兒小姐所說的不明痛感實在難以輕信，如果她是一個不太誠實的女子，我一定會懷疑她的膝蓋毛病是編造出來的。我在想，拉瑟兒小姐可能是故意藉看病來探聽弗拉爾太太死亡的原因，但我馬上就發覺我的判斷錯了。她只是略略提了一下那件事，其他什麼都沒問，然而看得出她確實很想多待一會，跟我聊聊。

「哦，謝謝你給我開了這瓶外用藥，醫生，」她最後說，「雖然我並不相信這瓶藥會產生什麼效用。」

我也不相信。但出於醫生的職責，我駁斥了她的說法。不管怎麼說，擦這種藥不會有什麼害處，而且作為一個醫生，我也必須捍衛自己的謀生用具。

「這些藥我全都不相信，」拉瑟兒小姐一邊說，一邊用眼睛輕蔑地掃視了架上成排的藥瓶。「藥的害處可大了，你只要看看那些古柯鹼成癮者就清楚了。」

「嗯，就這一點來說——」

「在上層社會中倒是非常流行。」

我相信拉瑟兒小姐比我更了解上層社會，所以我並不想跟她多爭辯。

「我想請教你一下，醫生，」拉瑟兒小姐說。「如果你真的染上了毒癮，有沒有什麼藥可治？」

這種問題不可能一下子講清楚，我只是跟她做了簡短的講解，她聽得非常認真。我仍然懷疑她是用這問題探聽弗拉爾太太的事。

「還有，比如說佛羅若[3]——」我接著說。

但奇怪的是，她對佛羅若好像一點也不感興趣。她突然改變了話題，問我是否確有某種稀有毒藥，服用後檢驗不出來。

「哈！」我說，「你正在讀偵探小說？」

她承認她以前讀過。

「偵探小說最精采的部分，就是設計一種稀有毒藥。如有可能，最好是從南美洲取得，從未有人聽說過，而且只有一個鮮為人知的野蠻部落用這種毒藥塗擦在弓箭上，人一碰到馬上中毒而死，而西方發達的科學完全無法檢驗出來。這就是你指的那種東西嗎？」

「是的。世上有沒有這種東西呢？」

3 佛羅若（Veronal），一種安眠藥的牌子。

我很抱歉地搖搖頭。

「恐怕沒有。當然，有一種叫箭毒的毒藥。」

我跟她介紹了許多關於箭毒的特性，但她好像也並不感興趣。她問我，在我的藥品櫃裡是否有這種毒藥，我回答說沒有。我覺得，我因此被她看扁了。

她起身告辭，我送她到診室門口，這時午餐的鑼敲響了。

我絕不懷疑拉瑟兒小姐對偵探小說的愛好。我陶醉地想像她閱讀偵探小說時的情景：她走出女管家的房間，對失職的女僕訓斥一頓，然後回到舒適的房間專心閱讀《第七次死亡之謎》或其他偵探小說。

03 種櫛瓜的人

吃午飯時，我告訴卡羅琳，我要去弗恩利莊吃晚飯。她不但不反對，還支持我去。

「太好了，」她說，「這樣你就能有個全盤了解。順便問一下，拉爾夫出了什麼事？」

「拉爾夫出事了？」我驚異地說，「沒這回事。」

「那麼他為什麼要待在三豬苑而不回弗恩利莊呢？」

卡羅琳說，拉爾夫·佩頓投宿在當地的一家小旅社，對這句話我沒多加追問，因為她說到這一步，對我來說已經足夠了。

「艾克洛跟我說，他在倫敦。」我說，因吃驚而忘記了不能透露任何消息的重要原則。

「哦！」卡羅琳叫了一聲。

每當她遇到這種情況時，她的鼻子總要抽動一下。

「他是昨天早晨到達三豬苑，」她說，「現在還在那兒。昨晚還約了個小姐出去。」

聽了這番話，我一點也不感到吃驚。因為拉爾夫幾乎天天晚上都和小姐一起出去。但我弄不明白，要找樂子的話，他幹嘛不在倫敦找，卻跑回金艾博特來呢？

「是不是與酒店的女服務生一起出去的？」我問道。

「不。我只知道他跟某個小姐出去約會，但我不知道這個她是誰。」（要卡羅琳承認不知道，對她來說是一件非常難堪的事。）「但我猜得出她是誰。」姐姐仍然不服輸。

我耐心等待她往下說。

「是他的堂妹。」

「弗洛拉．艾克洛？」我詫異地問道。

當然，弗洛拉．艾克洛跟拉爾夫．佩頓沒有任何血緣關係，但拉爾夫一直被看成是艾克洛的親生兒子，所以人們理所當然地把他們視為堂兄妹。

「弗洛拉．艾克洛。」姐姐回答道。

「如果他想見她，那為什麼不去弗恩利莊呢？」

「他們已祕密訂婚，」卡羅琳津津樂道，「但不能讓老艾克洛知道，所以他們不得不這樣約會。」

卡羅琳的這番推理存在著許多破綻，但我竭力克制住自己，不向她指出。接著她的話題又輕鬆地轉向新搬來的鄰居。

隔壁那幢宅邸叫老爾什居，最近才有新主人搬進來，我們都不認識他。卡羅琳感到非常惱怒，因為她無法探聽到任何有關他的事，只知道是個外國人。她的智囊團這次也完全不管用。據猜測，這個人和別人一樣也喜歡喝牛奶，吃蔬菜、蹄膀，偶爾還嘗點鱈魚。不過，經常給他送貨上門的人，看來對他也不甚了解。大家只知道他叫白羅先生——光是這個名字，就給人一種撲朔迷離的感覺。不過有一件事至少我們是知道的——他對種櫛瓜很感興趣。

但這並不是卡羅琳想知道的事。她想知道的是他從何處來，是幹哪一行的，是否已婚，他死亡（或者在世）的妻子是什麼樣的人，是否有孩子，他母親未婚前姓什麼，等等等等。我猜想，護照上列出來的那些欄目，必定是個像卡羅琳那樣的人編製出來的。

「親愛的卡羅琳，」我說，「那個人的職業再清楚不過了，他一定是個退休的理髮師。你只要看看他的鬍子就知道了。」

卡羅琳不同意我的看法。她說，如果他是理髮師，就一定會留波浪形的頭髮，絕不是直頭髮，所有的理髮師都把頭髮燙成波浪形。

我舉出幾個我認識的理髮師，他們留的都是直頭髮，但卡羅琳仍然不相信。

「這個人我一點也捉摸不透，」她憤懣不平地說，「前幾天我向他借了些種花的工具，他態度非常客氣，但我從他那裡什麼也探聽不到。最後我只好直截了當地問他，他是不是法國人，他只說了聲『不是』，這樣我就不好再追問了。」

我對這位神祕鄰居愈加感到興趣。他居然能堵住卡羅琳探尋的嘴，並像打發輕佻女子一樣，讓她空手而歸。這樣的人肯定是號人物。

「我想，」卡羅琳說，「他有一台新的吸塵器——」

她思索了一會，從她眼神中可以看出，她正在盤算著下一個問題，我趁機溜進了園子。我很喜歡做些園藝。當我正在園裡挖蒲公英根時，突然傳來一個警告的叫喊聲，一個笨重的東西從我耳邊「嗖」地飛過，「撲通」一聲落在我的腳邊。原來是個大櫛瓜！

我抬起頭，心裡滿是怨氣。這時，我左邊的牆頭上露出了一張臉，只見那人頭形活像個雞蛋，上面局部地長著一些像是假的黑頭髮，兩撇大大的八字鬍，一雙機警的眼睛。這就是我們的鄰居白羅先生。

他開口就向我說了一大堆道歉的話。

「非常非常對不起，先生。我這裡沒有裝防護欄。這幾個月來我一直在種櫛瓜，但是今早心情不好，突然對這些瓜兒發起脾氣來。我想讓它們出去溜達溜達，結果——糟糕，心裡這麼想，而手也情不自禁地動了起來。我抓起最大的櫛瓜一下子把它扔過了牆。先生，太不好意思了，在你面前出醜。」

在這一大堆道歉話下，我的怒氣也煙消雲散了，畢竟這討厭的東西並沒有砸到我。不過我真心盼望，亂扔櫛瓜不會是我們這位新朋友的嗜好。一個人有這種習慣，可不會受鄰居歡迎的。

這怪模怪樣的小矮子，好像猜出了我的想法。

「啊！不，」他驚呼道，「千萬不要煩惱，這可不是我的習慣。只是請你想像一下，先生，當一個人設定了一個目標，想藉身體勞動過過清閒、消遙的日子，卻突然發覺自己還在惦記著往日的繁忙生活，你可知道這是什麼滋味？」

「這滋味確實不好受，」我慢條斯理地說，「我認為這種現象很普遍。就拿我來說吧，一年前我得到一大筆遺產，足以實現我的夢想。我一直想出去旅遊，周遊世界。唉，那是一年前的事了，但就像你剛才說的那樣，我現在仍然在這裡奔忙。」

那矮個子鄰居點點頭。

「舊習難改啊！我們整天忙忙碌碌地工作，就是為了達到某一個目標，一旦目標達到了，就會發現令我們懷念的正是每天的那些苦差事。不瞞你說，先生，我的工作是非常有趣的，是世界上最有趣的工作。」

「什麼工作？」我壯起膽問道，這個片刻，卡羅琳的膽量強勢地附身在我身上。

「研究人的本性，先生！」

「原來如此。」我和善地說。

果真是個退休理髮師，有誰會比理髮師更了解人性的奧祕呢！

「另外，我還有一個朋友，他多年來一直跟隨在我身邊。他有時愚笨得讓你害怕，但他與我非常親近。你可知道，我甚至想念他那笨拙的舉動，天真的言語，憨直的表情，還有我使出絕招時他驚喜交加的反應，所有這一切我都非常懷念，遠非言語所能形容。」

「他死了？」我深表同情地問道。

「沒有，他還活著，而且事業有成。他在世界的另一邊，現在在阿根廷。」

「在阿根廷！」我羨慕地說。

我一直想去南美洲。我嘆了口氣，抬頭時，發現白羅先生以憐惜的目光看著我。看來他是一個善解人意的人。

「你也想去那裡嗎？」他問道。

我邊搖頭邊嘆氣。

「我是可以去的，」我說，「一年前。但我太愚蠢了，甚至比愚蠢還要糟糕——我太貪婪了，結果血本無歸。」

「我明白了，」白羅先生說，「你做投機生意了。」

我悲哀地點點頭。但儘管如此，我心裡暗自好笑，這個不可思議的小矮子，做人竟這麼嚴肅。

「是不是波丘派油田？」他突然問道。

我呆呆地盯著他看。

「我是考慮過這個油田，但後來還是把錢投入西澳大利亞金礦。」

我的鄰居以一種深奧莫測的怪表情看著我。

「這是命運的安排。」最後他說了一句。

「命運安排了什麼？」我憤然問道。

「命運竟然讓我跟一個考慮過投資波丘派油田和西澳大利亞金礦的人做鄰居。請告訴我，你是否也喜歡茶褐色的頭髮？」

我目瞪口呆地看著他，而他卻放聲大笑。

「不，不，我沒有精神病。你別太緊張，我是提了一個愚蠢的問題。你要知道，我剛才跟你談起的那個朋友是個年輕小夥子，他認為所有的女人都是好的，而且大多數是漂亮的。但你是個中年男子，是個醫生，你應該知道我們的生活中充塞著魅惑與虛幻。好了，不多說了。我們是鄰居，我想請你把我最好的櫛瓜轉送給你的好姐姐。」

他彎下腰，一邊自吹自擂，一邊選了一個特別大的櫛瓜遞給我，我以同樣的姿勢恭恭敬敬地收下。

「真好，」這個小矮子欣喜地說，「今天早晨沒有白過。你和我那位遠方的朋友在某些方面很相似，有幸結識你，我感到很高興。噢，順便問一句，在這個小小的村子裡，你一定什麼人都認識，那個黑頭髮、黑眼睛的英俊青年是誰？他走路的時候頭朝後仰，嘴上總是掛著微笑。」

根據他這一番描述，我就知道他指的是誰了。

「必定是拉爾夫．佩頓上尉。」我不慌不忙地說。

「過去我怎麼從未在這裡見過他？」

「他有很長一段時間沒有回來了。他是弗恩利莊艾克洛先生的兒子，確切地說，是他的養子。」

我的鄰居做了個不耐煩的手勢。

「是嗎?我早該猜到這一點的，艾克洛先生曾多次提到他。」

「你認識艾克洛先生?」我詫異地問道。

「艾克洛先生在倫敦時就認識我了，當時我在那裡工作。來這兒後，我叫他不要把我的職業講出去。」

「哦，我明白了。」我對他這麼刻意地充紳士派頭感到好玩。

這個小矮子還是毫不羞慚地嘻嘻作態。

「我這個人喜歡微服出巡，不想引起人們的注意。就算這個地方的人把我的名字都搞錯了，我也懶得去糾正。」

「是嗎?」我不知道該說什麼，只是附和了一聲。

「拉爾夫·佩頓上尉，」白羅先生若有所思地停了一會。「他與艾克洛先生那個迷人的侄女弗洛拉小姐訂婚了。」

「是誰告訴你的?」我驚奇地問道。

「艾克洛先生一週前告訴我的。他感到很高興，他長期以來一直期盼著這一天的到來，據我了解是如此。我猜想他還向這位年輕人施加了壓力，這種做法實在不明智。年輕人結婚是為了追求幸福，他們不應該以滿足他的期望來博得繼父的歡心。」

我原先的想法完全被打亂了。艾克洛不可能把心腹之言向一個理髮師透露，還與他商量他侄女與養子的婚事。雖然艾克洛對下層社會的人總是那麼和藹可親，但他也非常注意自己的尊嚴。我現在才意識到，白羅不可能是個理髮師。

為了掩蓋心中的疑惑，我不加思索地隨口問了一句：「你怎麼會去注意拉爾夫．佩頓呢？因為他長得英俊嗎？」

「不，不僅僅是這一點，雖然他在英國算得上是美男子，你們的女小說家可能會把他描述成希臘神祇。不，主要是因為這小夥子有些令人納悶。」

他若有所思地講完了最後一句話，語氣含糊，令我不解，好像他掌握了某些我所不知的內情。這時姐姐在屋裡大聲喊我。

我走進屋裡，看見卡羅琳戴著一頂帽子，很明顯她剛從村裡回來。她一見我劈頭就說：「我遇見了艾克洛先生。」

「是嗎？」

「我當然一把攔住他，但他非常匆忙，急著要走。」

我毫不懷疑，實況定是如此。他對卡羅琳的觀感一如對甘尼特小姐——可能猶有過之。相比之下，卡羅琳難纏多了。

「我一見到他，就向他打聽拉爾夫的情況。他感到非常驚愕，壓根兒就不知道這小子已經在這裡了。最後他說我一定弄錯了。我？弄錯？」

「太可笑了，」我說，「他應該很知道你的。」

接著她又告訴我，拉爾夫和弗洛拉已經訂婚。

「這件事我也知道。」我略感自豪地打斷了她的話。

「是誰告訴你的？」

「我們的新鄰居。」

可以看得出卡羅琳遲疑了一會兒，就像是自動滾動的刻碼球在兩個數字之間的片刻停留。最後，她拒絕了眼前的誘惑，繼續剛才的話題：「我告訴艾克洛先生，拉爾夫現在就住在三豬苑。」

「卡羅琳，」我憤慨地說，「你難道從不曾想到，你這種不知輕重到處洩密的習慣，有可能會對人造成莫大的傷害嗎？」

「胡說，」姐姐反駁道，「有些事情本就應該告訴別人，我認為把知道的事情告訴別人是我應盡的責任。我把這件事告訴艾克洛，他對我非常感激。」

「嗯。」

我應了一聲，很明顯，她還有更多的話要說。

「我猜想他一聽到這件事就會去三豬苑，但如果他真去了，也找不到拉爾夫。」

「哦？」

「因為當我穿過樹林回來時——」

「穿過樹林回來？」我打斷了她的話。

卡羅琳的臉刷地變紅了。

「這麼好的天氣，」她大聲說，「我想我應該出去溜達溜達。秋天的樹林，風景如畫，是一年中最迷人的時候。」

卡羅琳向來就不喜歡到樹林裡去閒逛。她總是認為，到這種地方去會打溼鞋子，各種各樣令人討厭的東西會意想不到的掉在頭上。不對，一定是貓鼬的本性把她引進了那座樹林。那裡是金艾博特村這附近唯一一個能與年輕女子談情說愛而不被發現的地方，它離弗恩利莊不遠。

「嗯，往下說吧。」我催促著。

「如同我剛才所說，當我穿過樹林回家時，聽見有人在說話——」

卡羅琳停了片刻。

「哦？」我應道。

「一個是拉爾夫．佩頓的聲音，我馬上就辨認出來了，另一個是一個女孩的聲音。當然我不是故意要偷聽他們講話——」

「當然不是。」我插了一句，語中帶有譏諷，但這對卡羅琳沒影響。

「我只是忍不住聽了幾句。這女孩說了一些話，我沒聽清楚。接下來拉爾夫回答了她的話，聽上去好像很生氣。他說：『我親愛的小姐，你知不知道那老頭很可能一分錢都不留給我？最近幾年他開始討厭我了。如果再發生一些小差錯，他很可能會這麼做。我們需要錢，親愛的。這老頭眼睛一閉，我就成了富翁。人們都認為他很吝嗇，但他確實很有錢。我不想讓他改變自己的遺囑。一切都包在我身上，你不必擔心。』這就是他所說的話，我記得清清楚楚。糟糕的是，我剛好踩在一根枯枝上，他們聽到聲音，就壓低嗓門，慢慢地走開了。當然，我不可能緊緊地跟著他們，因此沒能看清那女孩是誰。」

「那一定很氣人，」我說，「我想，你一定上氣不接下氣地趕到三豬苑，然後突然感覺到一陣昏眩，於是跑進酒吧，要了一杯白蘭地，順便察看那兩個女服務生是否都在當班，是吧？」

「她不是酒吧女服務生，」卡羅琳確定無疑地說。「事實上，我幾乎可以肯定這女孩就是弗洛拉．艾克洛，只是──」

「只是不合情理。」我說道。

「不是弗洛拉還會是誰呢？」

姐姐像放連珠炮似的，把鄰近的少女一個個拿出來分析了一遍，還舉出每個人可能與不可能的理由，說了一大堆。

我趁她停下來喘口氣的時候低聲說，我還有病人等著我，便悄悄地溜走了。

我打算到三豬苑跑一趟，拉爾夫．佩頓很可能已經回到那兒了。

我對拉爾夫非常了解──可以說，在金艾博特村，沒有哪個人比我更了解他了，因為在他出生之前我就認識了他媽媽，因此他許多別人不了解的事情我都知道。在某種程度上說，他是遺傳的犧牲品。他雖然沒有繼承他母親那嗜酒如命的習性，但他性格十分脆弱。正如我那位新朋友今天早晨說的，他是一個非常英俊的年輕人。他身高六英尺，體格勻稱，體態輕盈一如運動員。他像他的母親，有對烏黑的眼睛、清秀而黝黑的臉龐，嘴角總是掛著笑容。拉爾夫．佩頓生來就討人喜歡，不必費勁就能把人迷住。他放縱奢侈、憤世嫉俗，對世界上的一切都看不順眼。但他討人喜歡，他的朋友對他都很講義氣。

我能不能替這孩子做些什麼呢？我想是可以的。

我在三豬苑問了一下，得知佩頓上尉剛回來。我來到他的房間，沒敲門就進去了。這時我心裡還縈繞著我所聽見和看見的情景。我懷疑他是否會歡迎我，但這種掛慮顯然是多餘了。

「啊，是你，夏波！見到你真高興。」他走上前，伸出雙臂歡迎我，臉上露出陽光般的笑容。「在這種鬼地方，沒幾個人讓我見了會高興。」

我向他皺了皺眉頭。

「這地方跟你有什麼過不去？」

他大笑起來，笑聲中帶著點惱怒。

「說來話長，總之是諸事不順。醫生，喝一杯怎麼樣？」

「好吧，來一杯。」我回答道。

他按了鈴，然後回來坐到椅子上。

「老實跟你說，」他說話時的表情非常沮喪，「我的情況糟透了，事實上，我真不知道下一步該怎麼辦？」

「出什麼事了？」我同情地問道。

「都是我那可惡的繼父。」

「他做了什麼？」

「他還沒做，但以後可能會做。」

傭人回應鈴聲了，拉爾夫要了些飲料。傭人走後他弓著腰、皺著眉又坐回到扶手椅上。

「事情有那麼嚴重嗎？」我問道。

他點點頭。

「這次我是死定了。」他冷靜地說。

他的聲音透著少有的認真，可以看出他說的是真話。平時很少見到拉爾夫如此嚴肅。

「說實話，」他接著說，「我對前途茫無頭緒……真想死了算了。」

「我能不能幫你點忙？」我試探地問道。

他果斷地搖了搖頭。

「你太好心了，醫生，但我不能讓你捲進這件事，我得自己親自解決。」

他沉默了片刻，然後又用略微不同的聲調重複一遍：「是的，我得自己親自解決……」

04
弗恩利莊的晚宴

七點半還差幾分，我按響了弗恩利莊前門的門鈴。男管家帕克替我開門，他的動作非常敏捷，令人咋舌。

夜色是那麼的美，我步行前往宅邸。當我步入寬敞的方形門廳時，帕克替我脫下外套。就在這時，艾克洛的祕書，一個可愛的年輕人，名叫雷蒙，穿過大廳走向艾克洛的書房，他手裡拿著一大堆文件。

「晚安，醫生。是赴宴還是出診？」

他說的出診，指的是我放在橡木櫃上的那只黑色提包。

我解釋道，隨時有人會叫我去看病，因此我出門時總要做好去應急診的準備。雷蒙點點頭，繼續朝前走，並回頭大聲喊道：「到客廳去吧，你知道該怎麼走。女士們馬上就要下來了。我得先把這些文件送到艾克洛先生的書房，順便告訴他，你已經來了。」

剛才雷蒙一露面，帕克便退了出去。所以這時只有我一人在門廳裡。我整了整領帶，照照掛在牆上的鏡子，然後逕直朝對面的門走去，我知道那扇門就是客廳的大門。

當我正要扭動門把時，突然聽到裡面傳出一種聲音，我猜想是關窗子的聲音。這可以說是我本能注意到的，當下並沒有想到有什麼重要性。

我打開門便朝裡面走。當我一跨進門時，差點與走出來的拉瑟兒小姐相撞，我們相互道了歉。

我發現這是我第一次對這女管家認真評賞，我想她過去必定非常漂亮——事實上，她現在仍然很漂亮，滿頭烏髮，見不到一根銀絲；當她臉上泛起紅暈時，那嚴厲的神情就不那麼明顯了。

我下意識地猜疑著，她是否剛從外面回來，因為她氣喘吁吁，好像剛跑完步。

「恐怕我來得早了點。」我說。

「哦！不，不。已經七點半了，夏波醫生。」她停了一會說，「我，並不知道你今天要來。艾克洛先生並沒有提到這件事。」

我隱隱約約感覺到，我今天來這兒赴宴，她感到不太高興，但我想不出是什麼原因。

「膝蓋還好嗎？」我關切地問道。

「還是老樣子，謝謝你，醫生。我得走了，艾克洛太太馬上就要下樓來了。我……我只是到這兒來看一下鮮花是否都已經插好。」

她迅速離開了房間。我踱步來到窗邊，心中納悶她為何要特別解釋自己待在這個房間的原因。正想著呢，我就看到陽台上那排打開的落地窗。真是的，我竟然忘了它們一向是打開的。所以，我剛才聽到的聲音，顯然不可能是關窗子的響聲。

我閒得發慌，為了不讓自己淨想些傷腦筋的事，一時興起，開始揣測那個聲響的來源。是煤在燃燒時發出的聲音？不，不是這種聲音。是關抽屜的聲音？不，也不對。

突然間，我的視線被一件稱做銀櫃的東西吸引住。這銀櫃的櫃面裝有蓋子，往上提即可打開；蓋面是玻璃做的，一眼可看盡裡面的物品。我向銀櫃走去，看著裡面的小東西。裡面有一兩件舊銀器，一只查爾斯一世嬰兒時曾穿過的鞋，幾件中國產的玉石人物雕像，還有好幾件非洲器具和古玩。為了仔細察看一下玉石人物雕像，我便打開了蓋子。一不留神，蓋子從我的手中掉了回去。

我又聽到剛才在門外聽過的聲音——原來是小心翼翼關上銀櫃蓋所發出的響聲。為了滿足好奇心，我反覆試了幾次。最後，我揭開蓋子仔仔細細地審視裡面的每件物品。

我仍弓著腰觀賞銀櫃裡的東西時，弗洛拉．艾克洛走了進來。

許多人不喜歡弗洛拉．艾克洛，但每個人對她都懷有羨慕之情。在朋友的眼中，她非常迷人。她給人們留下的第一個印象，就是她那超凡脫俗的女性美。她長著一頭斯堪地那維亞人的淺黃色秀髮，眼睛碧藍晶瑩，就像是挪威峽灣中蕩漾的碧波，皮膚呈奶白色，略帶玫瑰紅。她的肩膀跟男孩一樣非常寬大，臀部稍小。對一個看膩病人的男醫生來說，遇上這麼健康的女性，確實有種新鮮感。

一個質樸直率的英國女孩。我可能有點古板，但我總認為，真金不怕火煉。

弗洛拉也走到銀櫃旁，跟我一起觀賞裡面的收藏。她對查爾斯一世是否曾穿過那只鞋子，表示懷疑。

「不管怎麼說，」弗洛拉繼續說，「在我看來，為了這些管他是誰用過、穿過的東西而小題大做一番，實在是荒謬至極。因為他們再也不會穿、不會用這些東西了。喬治・艾略特用來寫《弗洛斯河之磨房》的那枝筆，或諸如此類的東西，都只不過是一枝筆而已。如果說你對喬治・艾略特真的感興趣，還不如去買一本《弗洛斯河之磨房》來讀一下。」

「弗洛拉小姐，我猜想你從未讀過這類老掉牙的東西吧。」

「你錯了，夏波醫生。我很喜歡《弗洛斯河之磨房》這本書。」

聽到她這麼說我感到很高興。時下年輕女孩所閱讀或嗜愛的東西，著實讓我驚駭。

「你還沒向我道喜呢，夏波醫生，」弗洛拉說，「你沒聽說嗎？」

她伸出左手，中指上戴著一枚鑲有名貴珍珠的戒指。

「我要和拉爾夫結婚了，」她繼續說，「伯父非常高興。你可知道，這樣一來我就不能再離開這個家了。」

我拉住她的雙手說：「親愛的，祝你幸福。」

「我們訂婚差不多有一個月了，」弗洛拉平靜地說，「但直到昨天才公開宣布。伯父打算把十字岩的房子修繕一下，讓我們住。我們假裝要去種地，而實際上我們已安排好整個冬天都出去打獵，偶爾回城市住住，然後坐遊艇出去遊覽。我喜歡大海。當然，我對教區的慈善事業也很感興趣，每次『慈母會』我都要參加。」

就在這時，艾克洛太太急匆匆地走了進來，她為自己的遲到，說了一大堆道歉的話。

說實在的，我並不喜歡艾克洛太太。她身上總是披披掛掛，而人又瘦得皮包骨。她是一個極不討人喜歡的女人，長著一雙目光冷酷的淺藍色小眼，不管她說的話有多麼熱情，她那雙眼睛總是冷若冰霜，心機十足。

我向她走了過去，讓弗洛拉一人留在窗邊。她伸出那隻戴滿各種戒指的手讓我握了一下，接著就滔滔不絕地講了起來。

她問我是否已聽說弗洛拉訂婚之事？這一對年輕人各方面都很匹配，而且兩人當初是一見鍾情。他一身黝黑，她膚如凝脂，真可謂是珠聯璧合的一對。

「親愛的夏波醫生，我不知道該怎麼跟你說，這真是了卻我心中一樁大事。」

艾克洛太太嘆了口氣，這是來自母親的一份愛心，而她的眼睛仍然銳利地盯著我看。

「有些事情我一直沒弄清楚。你是羅傑的老朋友，我們都知道他非常信任你的判斷。但是像我這種沒丈夫的人，日子實在不好過，要心煩的事太多了。比如羅傑處理財產的問題，當然還有其他一些事。我絕對可以肯定，羅傑打算把財產分給我可愛的弗洛拉，但你是了解他的，他對錢的態度就有那麼一丁點兒怪癖。我聽說有錢的老闆大多是這樣。我不知道你能否在這個問題上開導開導他。弗洛拉非常喜歡你，我們都把你當作是老朋友，雖然我們相識的時間才兩年多。」

客廳的門又開了，艾克洛太太那滔滔不絕的談話被打斷。我感到很高興，因為我這個人不喜歡干預別人的私事。我壓根兒就沒打算跟艾克洛去商談他的財產分配問題。下一次，我一定得把這個想法告訴艾克洛太太。

「你認識布倫特少校嗎，醫生？」

「當然認識。」我回答道。

許多人都認識赫克托．布倫特，至少他的名聲大家都時有耳聞。他能在那些不適合打獵的地方捕獲獵物，這一點是別人望塵莫及的。當你提到他的名字時，人們往往會說：「布倫特？你說的是那個打獵大王嗎？」

他和艾克洛之間的友誼，我始終搞不明白，這兩個人截然不同。赫克托．布倫特可能比艾克洛年長五歲。他們年輕時就是朋友，雖然以後各奔前程，但他們之間的聯繫始終沒有中斷。布倫特大約每兩年要到弗恩利莊來度兩個星期的假，他來時總要帶著一個巨大的獸頭以及多得嚇人的獸角，讓人一跨進門就驚得目瞪口呆。這一切就是他們友誼長存的象徵。

布倫特以他獨特的輕柔步子走進房間。他的身材中等，結實魁偉，臉龐紅潤得像桃花心木，但臉上完全不帶任何表情。他長著一雙灰眼，看來總像在眺望遠處正在發生的事。他沉默寡言，即使開口也是結結巴巴地說不清楚，好像這些詞語是很不情願地被逼出來似的。

「你好，夏波。」

他以慣常的唐突語氣向我打招呼，然後就叉開雙腿站在壁爐前，眼睛凝視著我們的上方，好像正在看著廷布克圖[4]那裡發生的趣事。

「布倫特少校，」弗洛拉說，「請你跟我講一些非洲的趣聞吧，你一定什麼都知道。」

我聽說赫克拉．布倫特討厭女人，但我發現，他走向站在銀櫃旁的弗洛拉時步子輕盈，一副非常快樂的模樣。他倆彎著腰觀賞銀櫃裡的物品。

我擔心艾克洛太太又要重提財產分配的事，急忙把話題扯到香豌豆上。我知道有一種新品種的香豌豆，因為那天早晨我在《每日郵報》上看過一篇相關的文章。艾克洛太太對園藝一竅不通，但她總想擺出一副什麼都知曉的模樣，所以她每天也都讀《每日郵報》。我們談得很投機，都想顯示自己學識淵博。這時，艾克洛和他的祕書走了過來，也參與了我們的談話。過沒多久，帕克就告知晚宴已準備妥當。

餐桌上，我坐在艾克洛太太和弗洛拉中間，布倫特坐在艾克洛太太的另一邊，雷蒙坐在布倫特的旁邊。

晚宴的氣氛並不熱鬧，一眼就可看出艾克洛心事重重，鬱鬱不樂，情緒很沮喪。他好像

4　廷布克圖（Timbuctoo），西非馬利共和國的一個城市。

什麼都沒吃。艾克洛太太、雷蒙和我一刻不停地攀談著。弗洛拉好像受到了她伯父的感染，情緒也很低落。布倫特還是跟往常一樣，一言不發。

宴席剛散，艾克洛就悄悄地伸出手，把我拉進他的書房。

「咖啡送來後，就再也不會有人打攪我們了，我已經給雷蒙打了招呼，叫他注意，不要讓任何人來打斷我們的談話。」

我不著痕跡悄悄地打量他一番。很明顯，他當時的情緒極度焦慮不安。他在房間裡來回踱了幾分鐘，當帕克端著咖啡盤進來時，他才在火爐旁的扶手椅上坐下來。

書房非常舒適溫馨，房間的一邊牆壁擺著一排書架。椅子都很寬大，上面鋪著深藍色的皮革。一張大大的書桌放在窗子旁，桌上的文件按類別分檔，整整齊齊地堆放在上面。一張圓桌上則放著各類雜誌以及體育運動的報紙。

「最近我一吃完飯，胃就疼痛，」艾克洛一邊喝著咖啡，一邊平靜地說，「那種藥片你得多給我一點。」

我很驚訝，因他刻意地讓人以為我們要討論他的健康問題。我也陪他一起唱雙簧。

「我早就想到啦，所以隨身帶了一些。」

「真是太好了，快給我吧。」

「藥在大廳的那只提包裡，我這就去拿。」

艾克洛一把抓住我。

「不必勞動大駕，帕克會去拿的。帕克，快去把醫生的提包拿來。」

「是，先生。」

帕克退出了書房，我剛想開口，艾克洛就揮了揮手。

「不要慌，等一會再說，你難道沒看出我神經緊張嗎？我幾乎已經無法控制自己了。」

我清清楚楚看到這一點，心裡感到很不安，各種預兆頃刻向我襲來。

艾克洛接著又說：「你去看一下，窗子是不是關好了。」

我感到有點詫異，起身來到窗子邊。這不是落地窗，只是一扇普通的格子窗。厚厚的窗簾拉得密密實實，但窗子上部是敞開的。

當我還在察看窗子時，帕克拿著我的提包走進來。

「窗子沒問題。」我邊說邊從窗簾後走出來。

「你把窗子栓上了吧？」

「是的，已經栓上了。你今天怎麼啦，艾克洛？」

帕克退出書房，隨手把門關上。要是帕克在場，我不會問這樣的問題。

艾克洛停了一會才回答：「我的狀況糟透了，」他慢吞吞地說，「不必拿那些該死的藥片了，我剛才的話只是說給帕克聽的。僕人對什麼都感到很好奇。來，快過來坐下。門也關好了嗎？」

「是的，沒人會偷聽到的，你放心吧。」

「夏波，沒有人知道我這二十四小時是怎麼度過的。想像一個人的房子在他身旁塌成一堆廢墟會是什麼心情？那就是我的處境。拉爾夫這小子幹出的荒唐事使我無法容忍，但我們暫且不談此事。我要談的是另一件事，一件與拉爾夫不相干的事！我不知道該怎麼辦，我必須當機立斷做出決定。」

「出了什麼事？」

艾克洛沉默片刻。很奇怪，看來他不太願意談這件事。後來他終於開口了，但他提出的問題使人十分驚訝。這是我不曾預料到的問題。

「夏波，阿什利．弗拉爾斷氣之前，是你照料他的嗎？」

「是的。」

看來，他的下一個問題更加難以啟齒。

「你是否懷疑過，是否想到過……唉，他是被毒死的？」

我遲疑一會，然後想好該說的話。羅傑．艾克洛與卡羅琳不一樣，對他不妨坦白。

「跟你說實話吧，」我說，「當時我並沒有懷疑，但自從……哦，就在跟家姐閒聊後，我才開始覺得不對。從那時起，我一直在想這件事，但我找不到任何懷疑的依據。」

「他是被毒死的。」艾克洛說。

他說這句話時，語調粗澀深沉。

「是誰毒死他的？」我尖聲追問道。

「他的妻子。」

「你怎麼知道？」

「她親口告訴我。」

「什麼時候？」

「昨天！天哪！昨天！我覺得好像已經過了十年。」

我等了一會，接著他往下說：「你要知道，夏波，我是偷偷告訴你，你得替我保密。我想徵求你的意見，我一人無法承受這沉重的壓力。我剛才已經說了，真不知道該怎麼辦。」

「你能把來龍去脈全告訴我嗎？」我說，「我還沒弄明白是怎麼回事。弗拉爾太太怎麼會向你坦白這件事？」

「是這麼回事。三個月前我向弗拉爾太太求婚，她拒絕了。後來經我再三請求，她同意了，但她說要等到喪悼期滿後才要跟我訂婚。昨天我去拜訪她，我跟她說，從她丈夫去世至今已有一年零三個星期，我們可以訂婚了。那時我已注意到，最近這段時間她的舉止總是非常古怪。然後，沒有任何預警地，她突然把一切都講了出來。她，她恨那個殘忍的丈夫，開始愛上我，於是她就採取了這可怕的手段。下毒！天哪！這是樁殘酷的謀殺。」

艾克洛的臉上流露出反感和恐懼的表情。弗拉爾太太當時一定也看到了。艾克洛不是一個為了愛情而可以原諒情人罪行的人，從本質上說，他是一個安份守己的公民。當她道出真相時，他那健全、理智、守法的心靈，一定會促使他跟她徹底決裂。

「是的，」他以低沉單調的聲音繼續說，「她坦白了一切。看來有一個人什麼都知道，這個人向她敲詐了一大筆錢。就是這種壓力，讓她幾乎被逼瘋了。」

「那人是誰？」

突然，我的眼前浮現出拉爾夫・佩頓和弗拉爾太太肩並肩的景象，他們頭挨著頭走在一起。我心中一陣焦慮不安。假如……唉，這是不可能的，我還記得下午拉爾夫歡迎我的那副坦然。太荒唐了！

「她不肯說出他的名字，」艾克洛慢吞吞地說，「事實上，她也沒說這個人是男的。但當然——」

「當然，」我同意地應了一聲，「必定是個男的。你心中有沒有可疑的人選？」

艾克洛呻吟著，雙手托著低垂的頭，並沒有回答我的問題。

「不可能的，」他說，「我簡直是瘋了，竟然會這麼想。不，我甚至不願承認這種不著邊際的猜疑在我心裡出現過。我只能告訴你這麼多：從她的語氣中，我可以推斷出，那個人很可能是我家裡的人……但這不太可能，我一定是曲解了她的話。」

「你跟她說了些什麼？」我問道。

「我還能說些什麼呢？當然她也看出我心裡的驚駭。所以，問題就來了，我的職責是什麼？你知道，我知情不報就成了她的同謀。她看透我的心事，反應也比我敏捷。你知道我當時愣得什麼話都講不出來了。她要求我給她二十四小時，要我答應在二十四小時內不要把此事傳出去。她堅決不肯告訴我敲詐她的那個歹徒是誰，我猜她是怕我去找他算帳、去揍他。對她來說，這樣做會把事情弄得無法收拾。她說會在二十四小時內告訴我的。天哪！夏波，我向你發誓，我根本就沒料到她會幹出這種傻事——自殺！是我逼她走上了絕路。」

「不，不，」我說，「不要把事情看得太嚴重，她的死跟你無關。」

「問題是，我現在該怎麼辦？這可憐的女人已經死了，過去的事沒必要再追究了。」

「我完全同意你的看法。」我說。

「還有一個問題，我怎樣才能抓住那個逼她尋死的壞蛋？他這樣做，跟謀財害命毫無差別。他知道這是犯罪，但他還是像貪得無厭的吸血鬼那樣，緊緊地盯著她不放。她已經受到了懲罰，難道就能讓他逍遙法外嗎？」

「哦，我明白了，」我慢悠悠地說，「你是想把那個人追查出來。這表示得讓這件事公開，你明白嗎？」

「是的，我考慮過這一點，我心裡反反覆覆想過了。」

「我同意你的看法，壞人應該受到懲罰，但你也要考量一下付出的代價。」

艾克洛起身來回走動著，但很快又坐回到椅子上。

「噢，夏波，暫時我們就到此為止。如果她沒有給我留下什麼話，我們就不再追究，讓這件事永遠石沉大海。」

「你剛才說『如果她沒有給我留下什麼話』，這是什麼意思？」我好奇地問道。

「我有一種非常強烈的預感，在她死之前，一定在某個地方以某種方式給我留下一些線索。我無法證明這一點，但必定是有的。」

我搖搖頭。

「她沒有給你留下什麼信或字條嗎？」我問道。

「夏波，我相信她會留的。另外，我有一種感覺，她選擇死亡這條路是有目的的，她想把整個事情全盤托出，懲罰那個逼她走上絕路的惡人，替她報仇。我相信，如果我當時能去見她一面，她可能會把那個人的名字告訴我，並且吩咐我盡全力去懲罰他。」他看我一眼。

「你不相信感應這種事吧？」

「不，從某種意義上說，我是相信的。如你剛才說的，如果她真的留下一些話——」

我停下來，門輕輕地開了，帕克端著金屬托盤走進來，托盤上放著幾封信。

「這是晚班郵件，先生。」他邊說邊把托盤遞給艾克洛。

接著他收拾好咖啡杯，退出房間。

由於帕克的到來，我一時分了心，但我的注意力立刻又轉向艾克洛。他呆呆地凝視著一個長長的藍信封，樣子簡直像尊石雕像，他把其他信件都扔到地下。

「是她的筆跡。」他喃喃地說，「她一定是昨晚出去寄的，就在……就在她死之前。」

他撕開信封，抽開厚厚一疊信紙。突然，他非常警覺地抬起頭。

「窗子確定關好了嗎？」他問。

「確實關好了，」我心裡一怔。「怎麼啦？」

「整個晚上我都有一種奇怪的感覺，好像有人在盯著我，窺視我。那是什麼？」

他非常警覺地轉過身子，我也跟著他轉。我倆好像都聽到了門栓的響聲，雖然這個響聲非常微弱。我向門口走去，打開門朝四周看了一下，外面什麼人都沒有。

「神經質。」艾克洛喃喃地說。

他打開厚厚一疊信紙，小聲讀了起來：

親愛的，我最最親愛的羅傑，人命需用人命償，這一點我是清楚的。今天下午，我從你的臉上就看出這一點，因此擺在我面前的只有一條路。我讓你去懲罰那個使我在過去一年中過著地獄般生活的人。今天下午我不肯講出他的名字，但現在我寫信告訴你。我沒有孩子，也沒有近親，不會連累任何人，因此你不必擔心，完全可以把事實公示於眾。羅傑，我親愛的羅傑，請你原諒，我原打算瞞著你，不讓你陷入不幸，但真正事到臨頭，我還是不忍心這麼做……

艾克洛把信翻過反面，停了下來。

「夏波，請原諒，下面的我不能讀給你聽了。」他躊躇不定地說，「這信是寫給我的，只有我一人能看。」他把信塞進了信封，然後往桌子上一扔。「等一會剩我一個人時，再慢慢看。」

「不行，」我用力地叫了起來，「現在就看。」

艾克洛愕然地盯著我看。

「請你原諒，」我抱歉地說，「我的意思不是叫你讀給我聽，而是趁我還沒走之前把它看完。」

艾克洛搖了搖頭。

「不，我想等一會兒再看。」

但為了某種原因——我自己也講不清到底是什麼原因，我只是一個勁催他往下看。

「你至少應該看看那個人是誰。」我說。

艾克洛的性格有點死腦筋。你愈是催他，他愈是不做。跟他爭辯是徒勞的。

信是八點四十分送來的，而我是八點五十分離開。當我離開時，信仍然沒被讀完。我猶豫不決地握著門把，回頭看看是否還有什麼事忘了做。我想不出還有什麼事情要做。我搖搖頭，走出房門，隨手又把門關上。

一出門我便看見帕克站在門邊，把我嚇了一跳。他顯得很尷尬，看來他很可能是在門外偷聽我們談話。

他長著一張胖嘟嘟、油光光的臉，看上去總有點沾沾自喜的模樣。此時，可明顯看出他的眼神飄忽不定。

「艾克洛先生特別吩咐，不要讓任何人去打攪他，」我毫不客氣地對他說，「他叫我跟你這麼說的。」

「沒錯，先生。我，我還以為有人按了鈴。」

一眼即可看出，他說的是謊話，所以我也懶得理他。帕克領著我來到門廳，幫我穿上外套，不久我便隱沒在夜幕之中。月亮躲進了雲層，大地變得漆黑一片，萬籟俱寂。

當我跨出大門時，教堂的鐘正好敲了九下。當我向左拐，朝村子走去時，差點跟對面走來的人相撞。

「這是去弗恩利莊的那條路嗎，先生？」這個陌生人嗓音粗啞。

我瞥了他一眼，只見他把帽子戴得很低，遮住了眼睛，衣領向上翻起，幾乎看不清楚他的臉，甚至可以說什麼都看不到。不過可以感覺出他是個年輕人，聲音粗嘎，不像是有教養的人。

「這就是弗恩利莊的大門。」我說。

「謝謝，先生。」他停頓了一下，接著又補充了一句完全沒有必要的話，「我對這個地方很不熟悉。」

他繼續往前走，當我回頭看時，他已進了大門。

奇怪的是，這聲音聽來耳熟，跟我認識的一個人，聲音很相似，但那人到底是誰，我一時想不起來。

十分鐘後我回到家，卡羅琳感到非常好奇，問我為什麼這麼早就回家。我不得不胡編一些謊話來描述晚宴的情景，以滿足她的好奇心。我很擔心她一下就識破我瞎編的爛故事。

十點鐘我站起身，打了個哈欠，表示該睡覺了，卡羅琳看出我的意思。

這天是星期五，我每星期五晚上都要給鐘上發條。我跟往常一樣上著發條，卡羅琳則很高興僕人已把廚房的門鎖好。

我們上樓時已經十點一刻。我剛到樓上就聽到樓下大廳的電話鈴響了。

「是貝茨太太。」卡羅琳馬上說。

「可能是她。」我很不樂意地答了一句。

我跑下樓拿起話筒。

「什麼？」我說，「什麼？當然，我馬上就去。」

我跑上樓，一把抓起提包，往裡面塞了些包紮傷口的繃帶。

「帕克從弗恩利莊打來的電話，」我大聲地對卡羅琳說，「他們發現，羅傑・艾克洛被人謀殺了。」

05 謀殺

我急忙衝進車庫，駕車迅速前往弗恩利莊。車還沒停穩我便跳下車，迫不及待地去按門鈴。過了好一會還沒人來開門，我又按一下鈴。

這時我聽到鎖鏈的啷噹聲，門開了。帕克就站在無頂的門廊上，他那無動於衷的臉還是老樣子。

我一下子把他推開，逕直衝入門廳。

「他在什麼地方？」我厲聲問道。

「你說的是誰，先生？」

「你的主人，艾克洛先生。不要站在那裡傻乎乎地盯著我。你通知警方了嗎？」

「警方？先生，你是說警方嗎？」帕克目不轉睛地盯著我，好像我是個鬼魂。

「你到底怎麼啦，帕克？照你說的，如果你的主人被謀殺了——」

帕克驚駭不已。

「我的主人？被謀殺了？這是不可能的，先生！」

這次換我瞪著他了。

「不到五分鐘前，不是你打電話告訴我說艾克洛先生被謀殺了嗎？」

「我？先生？哦，我根本就沒打過電話，先生，連作夢都不可能。」

「你的意思是說，這是一場騙局？艾克洛先生安然無恙？」

「請問一下，先生，給你打電話的人是否用了我的名字？」

「我可以一字不漏地複述給你聽：『是夏波醫生嗎？我是帕克，弗恩利莊的男管家。請你馬上就來，先生，艾克洛先生被人謀殺了。』」

帕克和我茫然地相互對視。

「一個天大的惡作劇，先生，」他以震驚的口氣說，「竟然會說這樣的話！」

「艾克洛先生在什麼地方？」我突然問道。

「我想還在書房裡，先生。女士們都已經睡了，布倫特少校和雷蒙先生在彈子房。」

「我還是進去看他一眼好了，」我說，「我知道他不願意再次被人打攪，但這莫名其妙的惡作劇使我坐立不安。我想確定他是否安然無恙。」

「說得對，先生，我也有點忐忑不安。我陪你到書房門口。你不會介意吧，先生？」

「當然不會，」我說，「快跟我來。」

我穿過右邊的門，帕克緊緊尾隨在後，穿過短短的走廊——那裡有一段小樓梯，直通艾克洛的臥室。我輕輕地敲了一下書房的門。

沒人來開門，我轉動著門把，但門是反鎖的。

「讓我來，先生。」帕克說。

以一個身材粗壯的人來說，他的動作算是靈活。他跪下一隻腳，眼睛湊到鎖孔裡張望。

「鑰匙在鎖孔裡，先生，」他邊說邊站起身，「插在裡面。艾克洛先生一定是把自己鎖在裡面，現在很可能睡著了。」

我也彎下身子看了看，證明帕克說的話沒錯。

「看來好像沒出什麼事，」我說，「但不管怎麼說，帕克，我還是得把你的主人弄醒。不聽到他親口說他一切正常，我無法放心回去。」

說完我就使勁地搖動門把，大聲叫喊：「艾克洛，只打攪你一分鐘。」

但裡面仍然毫無動靜，我回頭瞥了一眼。

「我不想驚動他家裡的人。」我猶豫不決地說。

帕克走過去，把我們剛才進走廊來的那扇門關上。

「我想現在不會有人聽見了，先生。彈子房在屋子的那一頭，廚房和女士們的臥室也在那一頭。」

我明白他的意思，點點頭。接著我就砰砰地敲了起來，並彎下腰從鎖孔向裡面大聲喊著：「艾克洛，艾克洛！我是夏波，快來開門。」

仍然毫無動靜，房間裡像是沒人似的。帕克和我互相對視了一下。

「聽著，帕克，」我對他說，「我得把這扇門撞開，一切後果由我負責。」

「你是說真的？」帕克疑慮地問道。

「我是說真的，我真有點不放心艾克洛。」

我朝門廊瞥一眼，抓起一張橡木椅。帕克和我各拉椅子的一邊朝門撞去。我們把椅子對準門鎖，一下，兩下，撞到第三下時，門被撞開了，我們踉踉蹌蹌地跌進房間。

艾克洛還是跟我離開時一樣，坐在壁爐前的扶手椅上。他的頭朝一邊傾斜，但就在他的衣領下，一根錚亮斜插的金屬物清晰可辨。

帕克和我一起走到那具歪斜的屍體前，帕克驚駭地尖叫了一聲。

「從背後刺進去的，」他嘟囔著說，「太可怕了！」

他用手帕擦擦額頭的汗水，然後戰戰兢兢地把手伸向劍柄。

「不要碰它，」我厲聲說，「快去打電話，給警察局打電話，把這裡發生的事告訴他們，然後把雷蒙和布倫特少校叫來。」

「一切照辦，先生。」

帕克匆匆離去，還不斷地用手帕擦額頭上的汗。

我做了點必要措施。我得謹慎，不要挪動屍體的位置，不要去拿短劍，否則就什麼線索都沒有了。很明顯，艾克洛剛死不久。

不一會兒，我聽見年輕的雷蒙在外面說話，聲音中帶著恐懼和疑惑。

「你說什麼？哦！不可能的事！醫生在哪裡？」

他出現在門口，情緒顯得很急躁。然後頓時一動也不動地呆站著，臉色蒼白。赫克托．布倫特猛地把他推開，走進房間。

「天哪！」雷蒙在他身後驚叫了一聲，「這是真的。」

布倫特逕直朝前走，一直走到椅子旁邊。他彎下腰，我怕他也會像帕克一樣伸手去拿劍柄，我一把將他拉回來。

「不要去碰，」我解釋道，「必須維持他的原狀以便警察觀察。」

布倫特頓然領悟，點點頭。他的臉仍跟平常一樣，不帶任何表情，但在這冷冰冰的面具下，我可以看出他內心的驚恐。雷蒙也走過來，他從布倫特的背後窺視著屍體。

「太可怕了。」他低聲說道。

他開始鎮靜下來，但當他摘下那副常戴的夾鼻眼鏡清理鏡片時，我發現他在顫抖。

「我看是盜竊，」他說，「這傢伙是怎麼進來的？從窗子進來嗎？他拿走什麼東西？」

他向書桌走去。

「你認為是盜竊？」我慢吞吞地問道。

「不是盜竊還會是什麼呢？我認為自殺是不可能的。」

「沒有人能夠用這種姿勢刺殺自己，」我很有自信地說，「毫無疑問這是謀殺，但動機是什麼呢？」

「羅傑在這個世界上沒有仇敵，」布倫特很平靜地說，「一定是盜賊幹的，但這小偷想偷什麼呢？看來好像什麼都沒動過。」

他掃視著屋子，而雷蒙則在整理書桌上的文件。

「好像沒丟什麼東西，抽屜也沒有翻過的痕跡。」祕書最後說，「太詭異了。」

布倫特的頭稍稍擺動了一下。

「地上有幾封信。」他說。

我低頭一看，有三、四封信仍然在地上，這是艾克洛晚上扔在那裡的。

但弗拉爾太太的那只藍色信封不翼而飛。我剛想開口說話，便傳來了叮叮噹噹的門鈴聲。門廳裡一片嘈雜，一些人在小聲議論著，帕克帶著地方上的警官和警員進來了。

「晚安，先生們，」警官說，「對這種不幸的事，我深表同情，艾克洛先生是個心地善良的人。管家說這是謀殺。是不是有意外或自殺的可能性，醫生？」

「絕對不可能。」我回答說。

「啊！太不幸了。」

他走過來站在屍體旁。

「他被動過嗎？」他銳利地問道。

「除了確定他是否斷氣——只是簡單的動作——我一點都沒動過他。」

「啊！顯然凶手把行凶的痕跡都清理過了。請你們描述一下經過，是誰先發現屍體？」

我詳細地把經過講了一遍。

「你說有通電話通知你？是男管家打給你的？」

「我壓根兒就沒打過這樣的電話，」帕克鄭重其事地聲明說，「整個晚上我連電話機都沒挨近過。其他人都能證明我沒有碰過電話。」

「這就奇怪了。聽上去像不像是帕克的聲音，醫生？」

「哦——我沒注意到這一點。我不疑有他。」

「自然，自然。接著你就動身來這兒，破門進入書房，發現可憐的艾克洛先生就像現在這個樣子。你說他死了多久，醫生？」

「至少有半個小時，可能還要長一些。」我回答道。

「你說門是從裡面鎖住的？那麼窗子怎麼樣？」

「今晚早些時候我曾親自把窗子關上並栓好，是艾克洛先生叫我這麼做的。」

警官走到窗邊，一把拉開了窗簾。

「但現在窗子是開的。」他說。

沒錯，窗子確實開著，下半部的窗格被拉到最高點。

警官拿出手電筒，往外沿著窗台照了一遍。

「他就是從這裡出去的，」他說，「也是從這裡進來的，你來看。」

在高強度的光線照射下，可清清楚楚地辨認出幾個腳印。這種鞋子的底部好像有橡膠飾釘，一隻腳印特別明顯，方向朝裡，還有一隻稍稍有點重疊，方向朝外。

「太清楚不過了，」警官說，「丟了什麼貴重東西嗎？」

傑弗里．雷蒙搖搖頭。

「到目前為止還沒發現。艾克洛先生從來不把貴重的東西放在書房裡。」

「嗯，」警官說，「這人發現窗子開著便爬了進來，看見艾克洛先生坐在那裡——可能已睡著，於是他就從背後向他刺去，然後他不知所措，感到害怕，就逃走了。但他留下的足跡清晰可辨，要想抓住他不必費太大的勁。有沒有可疑的陌生人在這一帶出沒？」

「噢！」我突然叫了起來。

「怎麼回事，醫生？」

「今晚我遇見過一個人，是在剛出大門時，他問我去弗恩利莊怎麼走。」

「是什麼時候？」

「九點整。我出大門時，正好聽到教堂報時的鐘敲了九下。」

「你能不能描述一下他的模樣？」

我盡可能把我所看到的情況詳述了一遍。

警官轉向管家。

「根據醫生剛才的描述，你在前門看見過這樣的人嗎？」

「沒有，先生，今晚根本沒有外人來過這裡。」

「那麼後門呢？」

「我想也沒有，先生，但我可以去問一下。」

他向門口走去，但警官一把拉住了他。

「不必了，謝謝，我自己會去了解的。首先我想把時間弄得更精確一點。艾克洛先生最後活著被看見是什麼時候？」

「可能是跟我在一起的時候，」我答道，「讓我想一下……大約八點五十分我離開他。他跟我說他不希望有任何人去打攪他，我把這一吩咐轉告帕克。」

「沒錯，先生。」帕克恭恭敬敬地說。

「九點半時艾克洛先生必定還活著，」雷蒙插話說，「因為我聽見他在書房裡說話。」

「他在跟誰講話？」

「不清楚，當時我還以為是夏波醫生跟他在一起。我在處理一個文件時遇到一個問題，想去問他，但當我聽到說話聲，記起了他跟我說過要和夏波醫生談話，不要進去打攪，因此我就走開了。但現在看來，醫生你是否早就離開了？」

我點點頭。

「我到家是九點一刻，」我說，「直至接到電話之前，我都沒再出門過。」

「那麼九點半到底是誰和他在一起呢？」警官質問道，「是不是你，這位……」

「布倫特少校。」我說。

「是赫克托．布倫特少校？」警官問道，語氣中帶有幾分敬意。

布倫特沒有說話，只是點點頭。

「我想我們以前在這裡見過面，先生，」警官說，「我當時並沒有認出你，那是去年五月的事，你來艾克洛先生這裡小住。」

「是六月。」布倫特糾正了他的說法。

「對，是六月。言歸正傳，今晚九點半是不是你和艾克洛先生在一起？」

布倫特搖搖頭。

「晚飯後我就沒再見到他。」他主動補了一句。

警官又轉向雷蒙。

「你沒有聽到書房裡的談話內容嗎，先生？」

「我只是斷斷續續聽了一些，」祕書說，「我心想，如果是夏波醫生和艾克洛在一起，這些斷斷續續的對話就顯得有點奇怪。這些話我還記得清清楚楚，艾克洛先生說：『近日以來，你索錢孔急。』這就是他說的話，『僅此鄭重向你宣布，我如今勢難對你讓步……』當然，我馬上就離開了，他們後來說些什麼我就不知道了。不過我心裡一直在納悶，因為夏波先生——」

「不曾要求艾克洛先生貸款給他，也沒替別人籌款。」我把祕書沒說完的話說出來。

「來要錢，」警官逗趣地說，「可能這是一條非常重要的線索。」他轉向管家說：「帕克，你剛才說你今晚沒有在前門放任何外人進來？」

「我是這麼說的，先生。」

「那麼幾乎可以肯定，是艾克洛先生本人讓這個陌生人進來的。但我不明白——」

警官思考了幾分鐘。

「有一件事是無可爭議的，」他從沉思中恢復過來。「艾克洛先生九點半的時候還健在，這是他最後活著的時刻。」

帕克乾咳了一聲，警官馬上就把視線轉向了他。

「你有什麼話要說？」他厲聲問道。

「請你原諒，先生，弗洛拉小姐在這之後還見過他。」

「弗洛拉小姐？」

「是的，先生，大約是九點四十五分的時候。那之後她還跟我說，艾克洛先生不希望今晚有人再去打攪他。」

「是艾克洛派她給你傳這句話的嗎？」

「不是特地給我傳話，先生。當我端著裝有蘇打水和威士忌的托盤過去時，弗洛拉小姐剛好從書房裡出來，她攔住我說，她伯父不希望有人去打攪他。」

警官露出不同於先前的反應，對這管家仔細研究了起來。

「不是早就有人跟你說，艾克洛先生不希望有人去打攪他嗎？」

經這一問，帕克結結巴巴地說不出話來，雙手直打顫。

「是的，先生。是的，先生。你說得完全正確，先生。」

「你卻沒有遵照這一吩咐去做？」

「我忘了，先生。我的意思是說，我平時總是在那個時候端威士忌和蘇打水去給艾洛克先生，問問他是否還有其他吩咐——唉，我沒加思考，只是按慣例這麼做的。」

這時我才感覺到，帕克不知為何十分慌張，他渾身打哆嗦，肌肉抽搐。

「嗯，」警官說，「我必須馬上見見艾克洛小姐。這個房間裡的東西暫時不要動，保持原樣。我找艾克洛小姐談完話馬上就回來，我得先把窗子關上拴好。」

窗子關好後他帶頭走進走廊，我們都隨後跟著。他停了片刻，瞥了一眼小小的樓梯，然後轉過頭對一個警員說：「瓊斯，你就留在這兒，不要讓任何人進入書房。」

帕克恭恭敬敬地插話說：「請原諒，先生，你只要把通向門廳的門鎖上，就沒有人能進去。那個樓梯只通到艾克洛先生的臥室和浴室，不通到別的房間。這兒曾經有一扇門可以進來，但艾克洛先生叫人把它封了，他希望自己的房間不受外界干擾。」

為了解釋得更清楚，我畫了一張房子右側的草圖，上面標明了各個房間的位置。就像帕克描述的那樣，有一條小小的樓梯通向艾克洛的臥室，這個臥室是由兩個小房間打通而成，旁邊有浴室和盥洗間。

警官瞥了一眼房間位置圖。然後我們都走進門廳，他隨後鎖上門，把鑰匙揣進口袋。他在警員的耳邊嘀咕幾句，警員便離開了。

「我們必須快點對足跡進行調查，」警官解釋道，「但首先我得找艾克洛小姐談一下，她是最後看見她伯父還活著的人。她知道這件事嗎？」

雷蒙搖搖頭。

「那好，五分鐘內暫且不要告訴她。如果她不知道伯父被謀殺，她的情緒不會受影響，這樣她就能從容回答我的問題。你去告訴她，家裡有小偷進來，叫她穿好衣服來這兒回答幾個問題。」

他們叫雷蒙上樓去請艾克洛小姐。

「艾克洛小姐馬上就下來，」他下樓後對警官說，「我照你的意思對她說了。」

不到五分鐘，弗洛拉從樓上走了下來。她身上裹著一件淺粉紅色的絲綢便袍，看上去有點焦慮不安。

警官迎了上去。

「晚安，艾克洛小姐，」他彬彬有禮地說，「我們懷疑有人企圖行竊，希望你能協助我們破案。這是什麼房間，彈子房？我們到裡面坐坐。」

弗洛拉鎮靜地坐到一張寬大的長沙發上，這沙發占據了整整一面牆壁。她抬頭看警官。

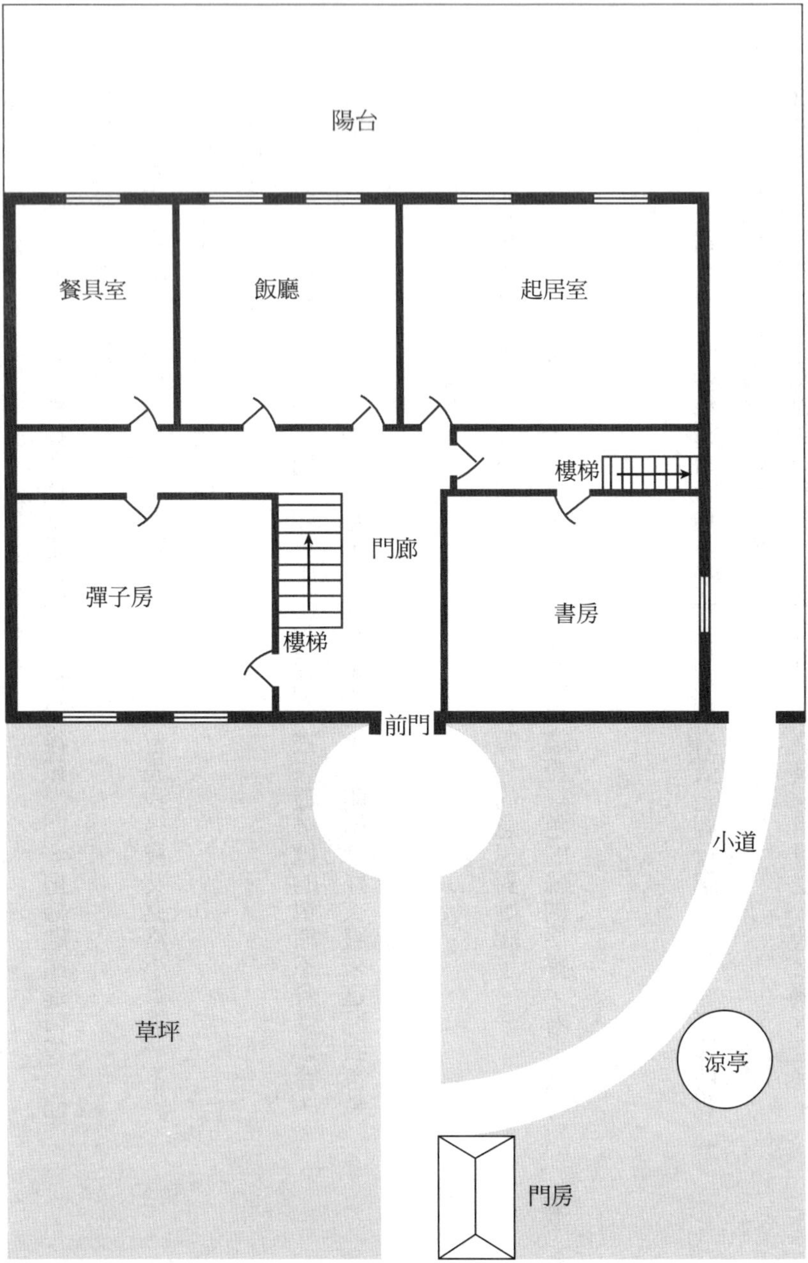
陽台
餐具室
飯廳
起居室
樓梯
門廊
彈子房
樓梯
書房
前門
小道
草坪
涼亭
門房

「我還沒弄清楚到底是怎麼回事，什麼東西被偷了？你想從我這裡知道些什麼呢？」

「是這麼回事，艾克洛小姐。帕克說，你今晚九點十五分從你伯父的書房出來。有沒有這回事？」

「是的，我去向他道晚安。」

「時間正確嗎？」

「嗯，大約就是這個時間。但我說不出確切的時間，可能比你說的還晚一點。」

「你伯父是獨自一人，還是和別人在一起？」

「就他一個人，夏波醫生已經走了。」

「你有沒有注意到窗子是開著或關著？」

弗洛拉搖搖頭。

「我不清楚，窗簾是拉上的。」

「沒錯。你伯父看上去和往常一樣嗎？」

「我想是的。」

「你能不能把那段過程準確地對我複述一遍？」

弗洛拉停頓片刻，好像是在回憶。

「我進了書房便說：『晚安，伯父，我要去睡了，今晚太累了。』他應了一聲，我走上前去親他一下。然後他稱讚我身上穿的那件衣服很漂亮。接著他催我趕快離開，說他很忙。

於是，我就走了。」

「他有沒有特別關照不要去打攪他？」

「嗯，是的，我忘記說了。他說：『告訴帕克，我今晚什麼都不需要了，叫他不要來打攪我。』我一踏出房門就遇上了帕克，於是就把伯父的話轉告他。」

「確實如此。」警官說。

「你能不能告訴我什麼東西被偷了？」

「我們還不太——清楚。」警官吞吞吐吐地說。

弗洛拉小姐的眼中流露出驚恐不安的表情，她突然驚跳起來。

「到底出了什麼事？你們是不是瞞著我什麼？」

赫克托．布倫特和往常一樣不疾不徐地走到她和警官中間，雙手握住她半伸出的手，輕輕拍打著，好像她還是一個小孩似的。她轉身面對布倫特，好像他那憨厚的表情、堅如磐石的態度，給她帶來了安慰和安全感。

「有一個不幸的消息，弗洛拉，」他平靜地說，「對我們大家而言都是不幸的消息，你伯父羅傑——」

「嗯？」

「這對你是一個沉重的打擊。可憐的羅傑死了。」

弗洛拉抽回手，睜大眼睛，內心充滿了恐懼。

「什麼時候？」她低聲問道，「什麼時候？」

「恐怕就在你離開之後。」布倫特非常嚴肅地答道。

弗洛拉用手捂住嘴，輕聲哭泣起來。眼見她就要倒下去，我一把抓住她。她暈過去了。布倫特和我把她抬到樓上，讓她平躺在床上。接著我叫布倫特去喚醒艾克洛太太，告訴她這個不幸消息。沒多久弗洛拉就甦醒了，我把她母親領到她身邊，告訴她怎樣照顧她的女兒。然後我急匆匆地下了樓。

06

突尼斯短劍

我在通往廚房的那扇門外，遇到從裡面出來的警官。

「那個小姐怎麼樣了，醫生？」

「甦醒過來了，她母親正陪著她。」

「那就好。我剛才盤問了僕人，她們都說今晚沒有到過後門。你對那個陌生人的描述太含糊了，能不能向我們提供一些更具體的東西？」

「對不起，恐怕沒辦法，」我非常抱歉地說，「你知道，外面一片漆黑，而且那人的領子倒翻著，帽子壓得很低都遮住了眼睛。」

「嗯，」警官說，「看來他好像是想把臉遮住。你能不能確定是個陌生人？」

我回答說不認識這個人，但語氣並不怎麼肯定。我記得這個陌生人的聲音聽來有點耳熟。我猶豫地把這一情況告訴了警官。

「你說他說話的聲音有點粗澀，像是沒受過教育的人，是嗎？」

我回答說「是」，但在我看來，這種粗澀的說話聲，似乎是故意裝出來的。正如警官剛才所說，如果這個人想把臉遮起來的話，那麼他也同樣會偽裝自己的嗓音。

「你能不能跟我再去一趟書房，醫生？我還有一兩件事要問你。」

我默默表示同意。於是戴維警官打開書房的門，進門後，又把門鎖上。

「我不希望有人來打攪我們，」他嚴厲地說，「也不想讓人偷聽我們的談話。這起敲詐案到底是怎麼回事？」

「敲詐！」我心裡一怔，驚叫起來。

「這純屬帕克的猜測，還是有依據的？」

「如果帕克曾聽到什麼敲詐的事，」我慢條斯理地說，「那他必定是在門外把耳朵貼著鎖孔偷聽到的。」

戴維點點頭。

「非常有可能。你知道，我正在整理帕克今晚做了哪些事。說實話，這個人的舉止令人討厭。他是了解一些情況的，當我盤問他時，他很慌張，衝口說出了敲詐的事情。」

我當機立斷，立刻接著說：「你把這個問題提出來，我感到很高興。我一直遲疑不決，不知道該在何時把所有的事情和盤托出。實際上，我早就決定說出來，但我想等一個合適的機會。現在機會已到，我該告訴你了。」

接著，我就一五一十地把今晚所有的事情講述了一遍。警官聽得非常認真，偶爾提一兩個問題。

「我從來沒有聽過這麼離奇的事，」他聽後說道，「你說那封信不見了？糟糕，太糟糕了。這封信能提供——這起凶殺案的殺人動機。」

我點了點頭。「這一點我清楚。」

「你說，艾克洛先生暗示過，他懷疑家裡的某個人跟此事有關。『家裡的人』，這包括的範圍太寬了。」

「你該不會認為我們要找的人就是帕克吧？」我問。

「非常有可能。你出來時，毫無疑問，他一定是在門外偷聽。而後來艾克洛小姐遇到他時，他又正要進書房。如果說，她走遠後他又偷偷地溜進書房刺死艾克洛，然後把門反鎖，打開窗子，從那裡逃走，悄悄地拐到他事先已打開的那道邊門……這種假設如何？」

「你的分析只有一點漏洞，」我緩緩地說，「如果我一離開書房，艾克洛就馬上看那封信的話——他很想看完那封信——我不相信他會靜靜地坐在書房裡思考一個小時，他一定會馬上把帕克叫來，當場狠狠斥責他，所以勢必有番激烈的爭執。你應該知道，艾克洛是個脾氣暴躁的人。」

「他可能還來不及看信，」警官提出了異議，「我們都知道九點半時有個人和他在一起。假如你一走，那個人就進去，而他走後，艾克洛小姐又進來道晚安，那麼他只可能在近十點左右才有機會看信。」

「那麼打給我的那通電話怎麼解釋？」

「一定是帕克打的，當時他可能忘了門已經反鎖，窗子是打開的。後來他想到這一點，也可能是驚恐，就改變主意，決定否認一切，裝著什麼都不知道的樣子。就是這麼回事，錯不了。」

「或……許吧！」我略帶疑慮地說。

「不管怎麼說，我們可以到電話局去查一下，弄清這通電話到底是從哪裡打來的。如果是從這裡打的，我看除了帕克，其他的人不可能打這樣的電話。錯不了，他就是我們要找的人。但要保守祕密，我們先不要打草驚蛇，等到我們掌握全部證據後再說。我負責監視，不能讓他溜走。而表面上我們就把注意力集中在你遇見的那個神祕陌生人身上。」

他從原本跨腿而坐的椅子上起身，走到仍保持原狀的扶手椅邊。

「這殺人的凶器應可以給我們提供點線索，」他抬起頭來說，「這東西很獨特，從外表看好像是一件古董。」

他彎下腰仔細察看著劍柄，哼了一聲，臉上露出滿意的表情。然後他小心翼翼地用雙手緊夾住劍柄下方的劍身，把它從傷口裡拔了出來。他夾住劍身，盡量不去碰劍柄，然後把它放進一個擺在壁爐台上裝飾的大瓷杯中。

「沒錯，」他頻頻點頭，讚許地說，「確實是一件藝術品，現在這種玩意兒已不多見。」

這東西確實非常精美，它的劍身尖長，劍柄上纏繞著精緻的金屬絲，工藝考究，式樣別致。他用手指小心翼翼地碰了碰劍身，試了試鋒利程度，然後做了個讚賞的怪臉。

「天哪，邊刃多鋒利啊！」他讚嘆地說，「三歲的孩子都能毫不費力地把它刺入人體，簡直跟切奶油一樣容易。放著這玩意兒實在太危險了。」

「我能不能仔細檢查一下屍體？」我問道。

他點點頭。

「去檢查吧。」

我把屍體徹徹底底檢查了一邊。

「怎麼樣？」我檢查完後，警官問道。

「我不想用專業術語跟你解釋，」我說，「驗屍報告裡再用就好。這把短劍是被凶手拿在右手上從被害人背後刺進去的，他當場斃命。從臉部表情來看，他根本就沒有預料到有這致命的一刀，可能也不知道是誰向他行刺的。」

「男管家走路向來都是非常輕的，就像貓一樣，」戴維警官說，「這一案件沒什麼神祕之處。你來看這劍柄。」

我看了一眼。

「你一定是瞧不出的，但我能看得一清二楚，」他壓低了聲音說，「有指紋！」

他退了幾步，以便確認自己的判斷。

「是的，」我說，「我想是指紋。」

我不知道他為何把我看得這麼愚蠢。畢竟我常讀偵探小說、看報，智商也不比別人低。如果說劍柄上留的是腳趾印，那才是怪事一樁，這時表現出驚異或害怕才說得過去吧。

看到我沒有露出驚愕的表情，警官似乎有點掃興。他拿起瓷杯，邀我一起去彈子房。

「我想去了解一下，看雷蒙先生能否告訴我們一些關於短劍的事。」他解釋道。

我們又鎖上門，逕向彈子房走去。我們在那裡找到雷蒙，警官把裝在杯裡的劍讓他看。

「你以前見過這玩意兒嗎，雷蒙先生？」

「噢，我相信，我幾乎可以肯定這是布倫特少校送給艾克洛先生的古董，是從摩洛哥，不，從突尼斯來的。這麼說，殺人凶器就是這個囉？真難以置信。看來不太可能，但兩把幾乎一模一樣的劍很難得見到。要不要把布倫特少校叫來？」

警官還沒回答，他便匆忙走了。

「可愛的年輕人，」警官說，「既誠實又直爽。」

我同意他的看法。雷蒙當艾克洛的祕書已有兩年，這期間我從未見他生氣動怒，而且據我所知，他是一個效率非常高的祕書。

不一會兒，雷蒙就回來了，身邊跟著布倫特少校。

「我剛才說得沒錯，」雷蒙非常興奮地說，「確實是突尼斯短劍。」

「布倫特少校還沒看呢。」警官提出了異議。

「我剛才在書房時就看見了。」布倫特平靜地說。
「你當時就認出來了嗎？」
布倫特點點頭。
「你剛才什麼都沒說。」警官的口氣帶著懷疑。
「不是恰當的時候，」布倫特說，「有些事在不恰當的時候說出來，會惹麻煩。」
他非常鎮靜地回看了警官一眼。
警官嗯了一聲，把目光轉向一邊，接著他把劍拿到布倫特面前。
「你對這把劍很熟悉，你確定就是它？」
「十分確定。絕對沒錯。」
「這個——這個古董通常放在什麼地方？你能不能告訴我，先生？」
祕書搶著回答：「通常放在客廳的銀櫃裡。」
「你說什麼？」我驚呼起來。
周圍的人都把目光轉向我。
「怎麼回事，醫生？」警官追問道。「那沒什麼嘛。」警官又補充了一句。
「不是什麼重要的事，」我抱歉地解釋道，「只是我昨晚來這兒赴宴時，聽到客廳裡發出關銀櫃蓋子的聲音。」
從警官臉上的疑惑表情可以看出，他對我說的話不太相信。

「你怎麼知道是關銀櫃蓋子的聲音？」

我不得不詳細解釋一遍，內容既冗長又乏味，其實我寧願不說。

警官一直耐心地聽到我解釋完畢。

「你看銀櫃的時候，劍是否還在裡面？」他問道。

「我不知道，」我說，「我不能說我曾注意到這個東西，但按理說應該一直在裡面。」

「我們還是把女管家叫來。」警官一邊說，一邊按響了鈴。

沒過幾分鐘，拉瑟兒小姐到了，是帕克把她叫來的。

「我沒有靠近過銀櫃，」當警官問起這個問題時，她回答道，「我只是來看一下花是否仍新鮮。哦！我記起來了，銀櫃是開著。這並不是什麼大不了的事，我路過時就順手把它關上了。」

她挑釁地看著警官。

「我明白了，」警官說，「你能不能告訴我，當時這把劍是否還在裡面？」

拉瑟兒小姐泰然自若地看了凶器一眼。

「我不清楚，」她回答說，「我並沒有停下來看。我知道家裡的人馬上就要下樓了，所以想快點離開這兒。」

「謝謝。」警官說。

警官稍稍遲疑了一下，好像還想問她一些問題。但很明顯，拉瑟兒小姐把「謝謝」看成是談話的結束，一溜煙便走出房間。

「這女人很難對付，我猜，啊？」警官見她出去後說，「讓我想想，這個銀櫃是放在窗子前——你好像是這麼說的，醫生？」

雷蒙替我回答了這個問題。

「是的，放在左邊的那扇窗子前。」

「窗子是開著？」

「兩扇窗子都是半開的。」

「好吧，我看這問題沒有必要再進一步探究。某人，我的意思是任何一個人，只要想拿劍的話，隨時可以拿走。至於拿劍的精確時間則無關緊要。我明天一早跟警察局長一起來這兒，雷蒙先生。在這之前，這扇門的鑰匙由我保管。我會叫梅羅斯上校來看守，以保證這兒的一切都原封不動。我知道他在城裡那一頭的餐廳吃飯，而且要在這裡過夜……」

警官拿起那只大瓷杯。

「我得好好地把它包起來，」他說，「這是一個重要證據，在很多方面都用得上。」

幾分鐘後，我和雷蒙一起從彈子房出來，雷蒙饒有風趣地低聲笑了起來。

他在我的手臂上擰了一下，於是我便朝他示意的方向看去。戴維警官好像是在向帕克打聽一本袖珍日誌的事。

「有點明顯，」雷蒙在我耳邊低聲說，「他們懷疑帕克，是嗎？難道我們也要把手指印留給戴維警官？」

他從托盤中拿起兩張卡片，用絲絹手帕擦了一下，然後給我一張，自己拿了一張。接著他笑一笑，把兩張卡片交給警官。

「紀念品，」他說，「一號夏波醫生；二號敝人在下我。至於布倫特少校的紀念品，明天一早給你送去。」

年輕人就是那麼輕浮。自己的朋友和主人慘遭殺害，也沒有使雷蒙難過多久。也許應該這樣才對吧，我不知道。就我來說，我早就失去了從悲哀中迅速恢復的能力。

我回家時已是深夜，但願卡羅琳已上床睡覺。然而我早該知道她的本性。她已泡好熱可可在等我。當我喝可可的時候，她把晚上發生的一切，都從我嘴裡掏了出來。我沒跟她提敲詐的事，只把有關謀殺的情況跟她講了。

「警察懷疑帕克，」我邊說邊站起身，準備去睡覺。「很清楚，這個案件看起來對他很不利。」

「帕克！」我姐姐說，「胡說八道！那個警官一定是個白癡。帕克，真的？別嚇我了。」

待她表達完這番立場不明的意見後，我們便各自回房睡覺。

07 跟白羅學調查

第二天早晨，我匆匆出完幾個診。這對醫生來說是不可寬恕的，但我自有理由，因為那天沒有病情特別嚴重的病人。我一回到家，卡羅琳就到門廳來迎接我。

「弗洛拉．艾克洛在這兒。」她悄聲地說，但聽得出她非常興奮。

「你說什麼？」我竭力掩蓋住內心的驚訝。

「她急著要見你。她到這裡已經半個小時了。」

卡羅琳帶著我走進我們的小客廳。

弗洛拉正坐在靠窗的沙發上。她身穿黑色衣服，神情很緊張，不時把雙手擰在一起。看見她的臉，我不禁一怔，那張蒼白的臉上沒有一點血色，但她說話的時候，竭力裝出鎮定冷靜的樣子。

「夏波醫生，我到這兒來是想請你幫個忙，不知道你是否願意？」

「他當然樂意幫助你，親愛的。」卡羅琳搶著說。

我想，弗洛拉並不希望卡羅琳在場，我確信她只想跟我私下談一些事，但她不想浪費時間，因此說話非常謹慎，以免說漏嘴。

「我想請你陪我到老爾什居去一趟。」

「去老爾什居？」我驚奇地問道。

「去見那個滑稽可笑的小矮子？」卡羅琳驚叫起來。

「是的。你們知不知道他是幹什麼的？」

「我們猜想他是一個退休的理髮師。」我說。

弗洛拉那雙藍眼睛睜得溜圓。

「嗨，他是赫丘勒・白羅啊！你們應該知道我指的是誰——那個私家偵探哪。人們都說他辦案非常出色，就像書中描述的偵探一樣。一年前他退休了，搬到這兒來隱居。伯父知道他是幹什麼的，但他答應不跟任何人講，因為白羅先生打算在這兒清清靜靜地過日子，不想被人打攪。」

「哦，他原來是這麼個人。」我拖長了語調說。

「你應該聽過他吧？」

「我是個趕不上時代的人，卡羅琳常這麼說，」我說，「我這才第一次聽說他的事。」

「太絕了！」卡羅琳插了一句。

我不知道她意欲何指，可能是指她竟沒有弄清他的真實身分吧。

「你想去拜見他嗎？」我慢吞吞地問道，「你見他的目的是什麼？」

「當然是想請他出來調查這個謀殺案嘛。」卡羅琳尖聲說，「別裝傻了，詹姆斯。」

我真的不是裝傻，卡羅琳有時就是猜不透我的意圖。

「你不信任戴維警官嗎？」我接著問道。

「當然囉，」卡羅琳說，「我也不信任他。」

這要是讓人聽見了，一定會以為被謀殺的是卡羅琳的伯父。

「你怎麼知道他會接受這個案子？」我問道，「你才說，他已經洗手不幹了。」

「就是因為這一點，」弗洛拉簡短地說，「我得去說服他。」

「你認為這樣做明智嗎？」我認真地問道。

「她當然是這麼認為，」卡羅琳搶著說，「如果她願意的話，我想陪她去。」

「我只想請醫生陪我去。希望你不要介意，夏波小姐。」弗洛拉說。

她完全懂得在某些場合直截了當的表態是非常必要的。含蓄的暗示，對卡羅琳是起不了任何作用的。

「你要知道，」她非常圓滑地解釋道，「夏波是個醫生，而且是他發現了屍體，他能向白羅先生提供一切詳細的情況。」

「是的，」卡羅琳不甘願地說，「這個我懂。」

我在房內來回踱步。

「弗洛拉，」我嚴肅地說，「我想勸告你一聲，不要把這個偵探扯進這樁案子。」

弗洛拉跳了起來，臉脹得通紅。

「我知道你為什麼要這麼說，」她叫嚷著，「就是由於這個原因，我才急著要去找他。你害怕了！我可不怕，我比你更了解拉爾夫。」

「拉爾夫？」卡羅琳驚奇地問道，「他跟這件事有什麼相干？」

我們倆都沒搭理她的問話。

「拉爾夫或許缺點很多，」弗洛拉繼續說，「他過去可能做過不少傻事，甚至是一些惡劣的事，但他絕不可能去殺人。」

「不，不，」我大聲嚷著，「我從來就沒想過是他做的。」

「那麼昨晚你為什麼要去三豬苑呢？」弗洛拉追問道，「在你回去的時候，也就是伯父的屍體被發現以後？」

我一時無言以對。我不希望我那次拜訪讓人知道。

「你怎麼知道的？」我反問道。

「我今天一早去過那裡了，」弗洛拉說，「我聽僕人們說，拉爾夫就在那裡——」

我打斷她的話。

「你不知道他在金艾博特村？」

「不知道，所以我感到有點吃驚，這一點我無法理解。我去那裡打聽他的下落，他們告訴我——我猜他們也是這樣告訴你——他大約在昨晚九點左右出去了，後來再……再也沒見他回來。」

她跟我對視了一下，目光咄咄逼人。突然，她像是在回答我眼中的疑惑，大聲說：「他為什麼不能走？他可能離開了，他可能去任何地方，甚至回倫敦去了。」

「行李留在那兒也不要了？」我溫和地問了一句。

弗洛拉跺著腳。「這個我並不在乎。一定有個簡單的理由可以解釋。」

「那就是你要去找赫丘勒．白羅的原因？順其自然不更好嗎？你要知道，警察根本就沒有懷疑拉爾夫，他們正在朝另一方向偵查。」

「他們搜尋的目標就是他，」這女孩大聲叫嚷起來，「有個從克蘭切斯特來的人，今天早晨到了。是拉格倫警官，他個子不高，一副賊頭賊腦的模樣，看上去很討厭。我發現今天一大早，他在我之前去過三豬苑。他們把他去過那裡的事，及他問過的問題全都告訴我了。他一定認為是拉爾夫幹的。」

「如果是這樣，他必定把昨晚的看法全推翻了，」我不慌不忙地說，「戴維認為是帕克幹的，他是不是不相信戴維的分析？」

「帕克，是呀！」姐姐憤懣地說，鼻子裡發出哼哼的輕蔑聲。

弗洛拉走上前來，手輕輕地搭在我的手臂上。

「哦，夏波醫生，我們馬上就去找白羅先生吧，他會把真相搞清楚的。」

「親愛的弗洛拉，」我溫柔地說，一邊把手輕輕地搭在她的手上，「你能確定我們所需要的是真相嗎？」

她看著我，非常嚴肅地點點頭。

「你不能確定，」她說，「但我可以，我比你更了解拉爾夫。」

「他當然不會幹出這種事，」卡羅琳插話說，她可是苦憋了好一陣沒說話了，「拉爾夫可能有點奢侈，但他還是一個可愛的小夥子，舉止行為又是那麼高雅。」

我想駁斥卡羅琳的說法，讓她知道許多謀殺者都是相貌堂堂、一表人才。但弗洛拉在身邊，我只好克制住自己。既然這女孩態度如此堅決，我不得不讓步。我們說走就走，在姐姐還沒來得及說出她的口頭禪「當然」且接著發表淘淘大論之前，我們便告辭而去。

一個頭戴著一頂碩大布雷頓帽的女人為我們打開老爾什居的大門，看起來白羅先生好像在家。

這個女人把我們領進一間小小的客廳。客廳裡整理得井井有條，一塵不染。我們在那裡等了幾分鐘後，我昨天才認識的那位朋友，便出現在我們面前。

「Monsieur le docteur[5]，」他微笑著說，「Mademoiselle[6]。」

5　法語，意思是「醫生先生」。
6　法語，意思是「小姐」。

他向弗洛拉鞠了一躬，以示禮貌。

「可能你已聽說了昨晚發生的悲劇。」我開門見山地說。

他臉上的表情頓時變得嚴肅起來。

「當然聽說了，太可怕了。我對這位小姐深表同情。我能幫點什麼忙嗎？」

「艾克洛小姐想請你——」我說。

「找出凶手。」弗洛拉朗聲說。

「哦，我明白了，」這小個頭說，「但警察會把凶手抓到的，不是嗎？」

「他們可能會弄錯，」弗洛拉說，「他們搜尋的目標是錯的。白羅先生，你能不能幫個忙？如果，如果需要錢的話……」

白羅舉起手。

「不，不，請你不要說這樣的話，小姐。並不是我不在乎錢。」他的眼睛霎時變得炯炯有神，「錢對我來說是很重要的，一直很重要，但我指的不是這個。而是如果你要我插手這個案件的話，你必須清楚一點，我一定要把案子全部解決才會罷手。你得記住，驍將出馬絕不留下遺憾！就怕最終你會認為，早知如此，不如把案子交給地方警局。」

「我想知道事實真相。」弗洛拉目不轉睛地盯著他。

「你想知道所有的真相？」

「是的，所有的真相。」

「那麼我就接受你的請求，」這小矮子偵探平靜地說，「但願你不會對今天說的話感到後悔。現在把所有的細節都告訴我吧。」

「最好還是叫夏波醫生來講，」弗洛拉說，「他比我了解得更清楚。」

既然弗洛拉委託我來講，我就詳詳細細地從頭講起，把我以前記錄下來的事實原原本本敘述了一遍。白羅非常專心地聽著，偶爾提出一兩個問題，但大部分時間還是靜靜地坐在那裡聆聽，目光凝視著天花板。

我一直講述到前一天晚上警官和我離開弗恩利莊為止。

當我說完時，弗洛拉接著便說：「現在把拉爾夫的情況都告訴他。」

我遲疑了一會，但她那焦慮的眼神迫使我繼續往下說。

「昨晚在回家的路上，你去了這個小旅社——三豬苑，是嗎？」我把情況介紹完以後，白羅問道。「能不能把你的真實意圖告訴我？」

我停了一會，非常謹慎地選擇恰當的措辭。

「我想，應該有人去通知這位年輕人，他的繼父死了。我離開弗恩利莊時，突然想到，除了我和艾克洛先生外，可能沒人知道他就待在這個村子裡。」

白羅點點頭。

「原來如此。這是你唯一的動機嗎？」

「是的，這是我唯一的動機。」我回答得非常堅決。

「不是為了——這樣說吧，消除你對這位年輕人的疑慮？」

「消除我的疑慮？」

「醫生先生，我想你完全明白我的意思，儘管你裝糊塗。我的看法是，如果你能確定佩頓上尉整個晚上都沒出去，你就放心了。」

「絕對不是。」我厲聲駁斥道。

矮個子偵探看到我那副認真的樣子，不禁搖搖頭。

「你不像弗洛拉小姐那樣信任我，」他說，「這倒無關緊要。重要的是，佩頓上尉失蹤了，在需要他出來解釋的時候失蹤了。我並不想瞞你，情況看來不太樂觀。不管怎麼說，他對這件事必須有一個自圓其說的解釋。」

「我就是這麼說的。」弗洛拉迫不及待地大聲說。

白羅不再提這件事，他說他想馬上去當地警察局。他勸弗洛拉回家，讓我陪他去，並由我向負責這一案件的警官介紹他。

我們馬上就按白羅的安排行事。在警察局大門外，我們遇見了戴維警官，他看上去有點悶悶不樂。跟他在一起的還有梅羅斯上校、警察局長和另外一個男人——根據弗洛拉先前的描述，我一眼便認出他就是那個「賊頭賊腦」的拉格倫警官。

我對梅羅斯相當熟悉，於是把白羅介紹給他，並把情況解釋了一番。一眼即可看出，警察局長感到非常惱怒，拉格倫警官則臉色鐵青。戴維看到他的上司一副惱怒模樣，有點幸災樂禍。

「這案子馬上就會水落石出，」拉格倫說，「我們根本不需要業餘偵探來插手。隨便一個傻瓜對昨晚發生的事也能看得一清二楚，我們不該白白浪費這十二個小時。」

他以報復的眼光瞥了可憐的戴維一眼，而戴維還呆頭呆腦地不明就裡。

「當然，艾克洛先生的家人有權決定自己的事，他們想怎麼做就怎麼做，」梅羅斯上校說，「但我們並不想讓任何人來干擾警方的調查。當然，我對白羅先生的名望早有耳聞。」他很有涵養地補充了一句。

「真倒楣，就是警察不能標榜自己。」拉格倫說。

還是白羅打破了這一尷尬的僵局。

「我確實已退出偵探這個行業，」他說，「我從沒打算再接什麼案子，最主要的原因是怕出名。我有一個小小的請求，如果我能為此案做出點貢獻的話，請不要宣揚我的名字。」

拉格倫警官的臉上稍稍露出欣喜的表情。

「對你的非凡成就，我早已知曉許多。」上校也打了圓場。

「我是有許多經驗，」白羅很平穩地說，「但我大多數的成就都是在警方的協助下取得的。我對你們英國警察非常欽佩，如果拉格倫警官同意我協助他，我將感到非常榮幸。」

拉格倫警官的臉上露出了更加愉悅的表情。

梅羅斯上校把我拉到一邊。

「據我所知，這個矮小的傢伙確實做了些了不起的事。」他低聲說，「我們當然不希望最後得找蘇格蘭警場求助。拉格倫對這件案子非常有自信，但我仍有存疑。你知道，我，嗯，我知道白羅的經驗比他豐富許多。看來他那個人並不是為了追求名聲。不知他是否願意屈就，跟我們配合？」

當然囉，他將在拉格倫警官的手下工作。」我鄭重其事地說。

「那就好，」梅羅斯上校以輕鬆愉快的語調大聲說，「白羅先生，我們必須讓你了解最新動態。」

「謝謝，」白羅說，「我的朋友夏波醫生已向我透露，你們認為那個男管家很可疑？」

「全是廢話，」拉格倫立刻回答，「出了這樣的事，那些上級僕人總會感到驚慌失措，舉止難免令人懷疑。」

「那麼，指紋呢？」我提示他說。

「不像是帕克的指紋。」他微微一笑，然後補充說，「你和雷蒙先生的指紋也對不上號，醫生。」

「拉爾夫·佩頓上尉的指紋呢？」白羅不動聲色地問道。

對他那一針見血的提問，我暗自欽佩。警官的目光中也流露出欽佩。

「白羅先生，可以看出你這個人辦事效率極高，我相信跟你一起工作一定非常愉快。我們一抓到這位年輕人就能取到他的指紋。」

「我不得不說你弄錯了，警官。」梅羅斯上校溫和地說，「我是看著拉爾夫．佩頓長大的，他絕不會墮落到殺人的地步。」

「或許吧。」警官用平淡的語調說。

「你們是否找到了指控他的證據？」我問道。

「他昨晚九點出去，大約在九點半的時候有人在弗恩利莊附近見過他，自此之後，他就消失不見了。大家都知道他現在手頭拮据。我已弄到了他的鞋，一雙釘有橡膠飾釘的鞋。他有兩雙這樣的鞋，幾乎一模一樣。我現在就打算拿一雙去核對腳印。有個警員已經去那裡保護腳印，以免人們亂踩。」

「我們馬上就去，」梅羅斯說，「你和白羅先生陪我們一起去怎麼樣？」

我們一口答應，然後上了上校的汽車。警官急切地想馬上到達留下腳印的現場，車才開到門房那裡，他便請求停車。大約在宅內車道的一半，有一條向右叉開的孤形小道，通往艾洛克書房外的陽台及窗子。

「白羅先生，你想和警官一起去，還是先去查看一下書房？」警察局長問道。

白羅選擇了後者。帕克為我們開門，他的舉止謙恭得體。看來已經從前晚的驚恐中恢復過來了。

梅羅斯上校從口袋裡取出鑰匙，打開通往書房走廊的門，領著我們進入書房。

「白羅先生，這房間裡除了屍體被搬走外，其他東西都原封未動，跟昨晚一樣。」

「屍體在哪裡被發現的？」

我把艾克洛的姿勢非常精確地描述了一番。扶手椅仍然在壁爐前。

白羅走了過去，往扶手椅裡一坐。

「你提到的那個藍色信封，在你離開時放在什麼地方？」

「艾克洛先生把它放在右手邊的小桌子上。」

白羅點點頭。

「除了這封信外，其他東西是不是都在原處？」

「我想是的。」

「梅羅斯上校，能不能勞駕你在這張椅子裡坐一會兒？謝謝。醫生先生，你能不能把短劍的精確位置跟我說一下？」

我按他的要求描述了一番，與此同時，這位矮個子偵探就站在門口察看。

「從門口可以清清楚楚地看到劍柄。你和帕克同時看見的？」

「是的。」

白羅走到窗邊。

「你們發現屍體時，電燈必定是開著的，是嗎？」他回過頭來問道。

我回答「是的」，然後走到他身邊，他正在仔細察看窗台上的痕跡。

「這橡膠飾釘的花紋，跟佩頓上尉的鞋是一樣的。」他平靜地說。

他說完又回到房間中央，目光朝四周掃視一遍。他那訓練有素的敏銳眼睛，審視著房間裡的一切。

「你是不是一個善於觀察的人，夏波醫生？」他最後問道。

「我想是的。」我回答道，覺得有點詫異。

「我看當時壁爐是燒著火的。當你們破門而入發現艾克洛先生死亡的時候，火勢怎麼樣？是不是快熄了？」

我笑了笑，但心中不免有點惱怒。

「我，我確實回答不出，我沒有去注意。或許雷蒙先生或者布倫特少校——」

矮個子偵探微微一笑，搖搖頭。

「辦事要講究方法。我問你這樣的問題，是我判斷上的失誤，隔行如隔山，你可以詳細地告訴我病人的外觀，我相信沒有什麼能逃過你的眼睛；但如果我想知道桌子上文件的情況，我得問雷蒙先生，他一定會注意到這一切。所以要想弄清當時火勢如何，我得去問照顧壁爐的人。容我……」

他迅速走到壁爐邊，按響了鈴。

過了一兩分鐘，帕克來了。

「你按鈴了，先生？」他猶豫地問道。

「進來，帕克，」梅羅斯上校說，「這位先生想問你一些事。」

帕克恭恭敬敬地轉向白羅，認真聽他講話。

「帕克，」矮個子偵探說，「當你和夏波醫生破門而入，發現你的主人已死的時候，壁爐裡的火勢怎麼樣？」

帕克毫不遲疑地回答道：「火很小，先生，差不多快熄了。」

「啊！」白羅叫了一聲。從這驚叫聲中可以聽出他似乎有點得意。他接下去又問：「你向四周看看，帕克。現在這房間裡的東西是否跟當時一樣？」

男管家朝房間環顧一周，他的目光突然停留在窗子上。

「窗簾當時是合攏的，先生，燈是開的。」

白羅讚許地點點頭。

「其他東西呢？」

「好的，先生，這張椅子當時朝外稍稍拉出了一點。」

他指指房門左邊那張寬大的老式安樂椅，這張椅子放在門與窗子中間。我畫了一張房間的草圖，給剛才提到的那張椅子標上×號。

「你按當時的位置放給我看。」白羅說。

男管家把那張椅子從牆邊往外足足拖出兩英尺，轉了一個角度，讓椅子面對著門。

「Voilà ce qui est curieux[7]，」白羅低聲說，「朝這方向擺的椅子我想沒人會坐的。那麼又是誰把它推回到原位的呢？是你嗎，管家先生？」

7

法語，意思是「這樣擺就奇怪了」。

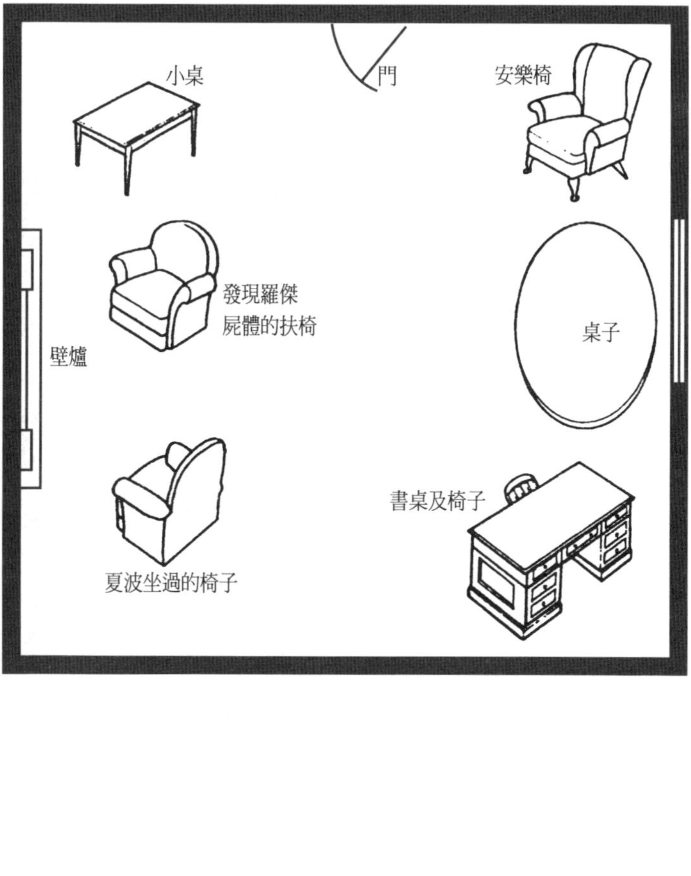

「我沒動過，先生，」帕克說，「我看到主人已經死了，心裡非常煩亂。」

白羅又轉向了我。

「是你動的嗎，醫生？」

我搖搖頭。「我和警察一起進來時，這張椅子已經放回原處，」帕克插話說，「這一點我可以確定。」

「那就奇怪了。」白羅說。

「大概是雷蒙或布倫特把它推回去的，」我提出了自己的看法。「這應該無關緊要吧？」

「完全無關緊要，」白羅說，「所以才引起我的興趣啊。」他輕聲地補充了一句。

「對不起，我出去一會。」梅羅斯上校說完，就和帕克一起離開了房間。

「你認為帕克說的是真話嗎？」我問道。

「就椅子來說，他說的是真話，其他我就不知道了。醫生先生，如果你也來辦這類案子的話，你就會發現，所有的人都有一個共通點。」

「什麼共通點？」我好奇地問道。

「與案件有關的人都各自隱瞞了一些事情。」

「我也隱瞞了嗎？」我笑著問道。

白羅的目光牢牢盯著我。

「我想你也是。」他平和地說。

「那麼是……」

「有關佩頓這位年輕人的事，你是否把你所知道的一切都告訴我了？」他對我笑了笑，這時我的臉開始發燙。「噢，不要害怕，我不會逼你說的，到某個時候我就會知道了。」

「我希望你把辦案的訣竅跟我說說，」我急急忙忙說了一句，以掩飾自己的窘迫，「比方說，有關爐火的事。」

「哦！這很簡單。你是八點五十分告別艾克洛先生的，是嗎？」

「是的，沒錯。」

「當時窗子是關著並拴上了，門沒鎖。發現屍體則是十點一刻，這時門是鎖著，而窗子是開著。是誰開的呢？很明顯，只有艾克洛先生本人可能做這些事。這有兩個原因：一是房間裡熱得難以忍受。但當時爐火馬上就要熄了，昨晚的氣溫又驟然下降，所以這個可能性不成立。第二個原因，就是他讓某個人從窗子進來。如果他讓那人翻窗進屋的話，艾克洛先生一定對那個人非常熟悉，因為先前他對那扇窗子顯得很緊張。」

「聽起來確實很簡單。」我說。

「如果把事實有條有理地串聯起來，一切都是簡單的。我們現在所關心的是昨晚九點半跟他在一起的是誰。一切跡象都表明，他就是那個從窗子進來的人。雖然後來弗洛拉小姐去見艾克洛先生時，他還活著，但我們必須弄清來訪者是誰，才能解開這個謎。那人離開時可能沒關窗子，於是凶手就趁機從窗子進入；但也有可能是同一個人再次回去行凶。啊！上校回來了。」

梅羅斯上校精神抖擻地走了進來。

「終於查到那個電話號碼了，」他說，「不是從這兒打的，是從金艾博特車站附近的公用電話亭撥出，昨晚十點一刻接通夏波醫生家的電話。而十點二十三分有班夜車開往利物浦。」

08 拉格倫警官躊躇滿志

我們相互對視了一下。

「你是到車站去打聽的，是嗎？」我問道。

「這還用問！但我對這個結果並不十分滿意。這車站是什麼樣子，你是清楚的。」

我確實很清楚，金艾博特只不過是個小小的村莊，但設在這裡的車站卻是一個重要的樞紐站。大多數快車都要在這裡停留。列車在這裡調軌，重新分類編組。那裡有兩三個公用電話亭。晚上那段時間有三列地方上的火車先後進站，都是為了讓旅客趕北上的那列快車。這列快車十點十九分到，十點二十三分開。這段時間整個車站人來人往，熙熙攘攘，什麼人在這裡打過電話，或者什麼人上了這列快車，一般不會有人去注意。

「但是究竟為什麼要打這通電話呢？」梅羅斯問道，「我看這有點奇怪，沒有理由打電話嘛。」

白羅小心翼翼地把書櫃上的一個瓷器擺飾扶正。

「可以確定，其中一定有原因。」他回過頭來說。

「什麼原因呢？」

「如果我們知道打電話的原因，一切就迎刃而解了。這個案件既奇特又有趣。」

他最後一句話的含義，叫人捉摸不透，我發現他對這一案件有獨到見解，但到底是什麼樣的見解，我也不清楚。

他走到窗邊，站在那兒朝外眺望。

「夏波醫生，你說你在大門外遇見那個陌生人，是九點鐘，是嗎？」

他問我問題時，並未轉身。

「是的，」我回答道，「我聽到教堂的鐘敲了九下。」

「他走到這幢房子要用多長時間？確切地說，走到窗邊要用多少時間？」

「從外面走要五分鐘，如果走車道右邊的那條小路只要兩三分鐘。」

「這表示他知道有這條路。我怎麼跟你解釋呢？也就是說，他以前來過這個地方，他對周圍的環境很了解。」

「確實如此。」梅羅斯上校附和說道。

「我們一定能夠弄清楚。艾克洛在過去一週內是否會見過任何陌生人？」

「雷蒙這位年輕人可以告訴我們。」我回答說。

「也可以去問帕克。」梅羅斯上校提出自己的看法。

「Ou tous les deux[8]？」白羅微笑著說。

梅羅斯上校出去找雷蒙，我又按鈴通知帕克過來。

眨眼工夫，梅羅斯上校就回來了，身邊跟著艾克洛的年輕祕書。他把祕書介紹給白羅。

雷蒙滿面春風，彬彬有禮，能與白羅相識，他感到很高興，但神態又略顯驚訝。

「沒想到你隱姓埋名住在我們這裡，白羅先生，」他恭維道，「能親眼見識你本人辦案真是天大的榮幸。咦，你在做什麼？」

白羅本來一直站在門的左邊，這時他突然向旁邊移動，趁我轉過身時，迅速把安樂椅拉了出來，一直拉到帕克講過的那個位置。

「想叫我坐在椅子上，給我驗血？」雷蒙非常幽默地問道，「這是什麼意思？」

「雷蒙先生，昨晚我們發現艾克洛先生被刺的時候，這張椅子被人像這樣拖了出來；後來，有人又把它放回到原位。是你放回去的嗎？」

祕書毫不遲疑地回答道：「不是，絕不是我。我甚至記不起這張椅子是擺在這個位置，但既然你說是在這個位置，那一定沒錯。不管怎麼說，必定是有人把它放回原來的位置。這

8 法語，意思是「他們倆在什麼地方」。

樣是不是把線索給毀了？那太糟糕了！」

「這無關緊要，」偵探說，「一點關係都沒有。雷蒙先生，我真正想問你的是：在過去的一星期裡，是否有陌生人來見過艾克洛先生？」

祕書緊皺雙眉思索了一會，這時，帕克也應召而來。

「沒有，」雷蒙最後說，「我想不起有什麼人來過。你呢，帕克？」

「你問的是什麼，先生？」

「這星期有沒有陌生人來見過艾克洛先生？」

男管家回憶著。

「有個年輕人星期三來過，先生，」他最後說，「我知道他是『柯蒂斯暨佐特公司』的業務員。」

雷蒙不耐煩地揮了揮手。

「噢！是的，我記起來了。但這人不是這位先生所說的陌生人。」他轉向白羅，「艾克洛先生想買一台錄音機，」他解釋說，「這樣我們就可提高工作效率。出售這玩意兒的公司派來一位代表，但還未成交。艾克洛先生還沒決定是否要買。」

白羅轉向男管家。

「你能不能描述一下這個年輕人的外貌，帕克？」

「他長著一頭金髮，先生，個子不高，穿著一套整潔的藍嗶嘰西裝。算是個有教養的年輕人，以他的社會地位來看的話。」

白羅轉向我。

「你在大門外遇見的那個人個子很高，是嗎，醫生？」

「是的，」我回答道，「大概六英尺高吧。」

「那麼這兩者就毫無關係了，」這位比利時偵探斷言。「謝謝，帕克。」

男管家對雷蒙說：「哈孟先生剛到，先生，他急於想知道是否能幫我們忙，他很希望跟你談一談。」

「我馬上就去。」這位年輕人說完便急匆匆往外走。白羅以探詢的目光看著警察局長。

「是家庭律師，白羅先生。」後者解釋道。

「現在該是年輕的雷蒙先生要忙的時候了，」白羅低聲說，「從他的外表看，他是一個效率很高的人。」

「艾克洛認為他是一個非常出色的祕書。」

「他來這兒有多久了？」

「剛好兩年，我想。」

「他辦事一定非常小心謹慎，這點我可以相信。他平時有什麼嗜好？喜歡體育嗎？」

「私人祕書沒多少時間可消遣，」梅羅斯上校笑著說，「我相信雷蒙會打高爾夫球，夏天他還打打網球。」

「他不去賽馬場嗎？我的意思是說參加賽馬會。」

「參加賽馬會？不，我想他對賽馬不感興趣。」

白羅點點頭，看來他對雷蒙已失去了興趣。他緩緩地向書房環視一遍。

「我想，這裡該看的我都已經看了。」

我也朝四周看了一遍。

「要是這些牆能開口說話就好了。」我喃喃自語。

白羅搖了搖頭。

「光有舌頭是不夠的，」他說，「它們還需具備眼睛和耳朵。但你不要以為這些沒生命的東西都是啞巴，」他觸摸了一下書櫃的頂部說，「對我來說，它們有時會說話，椅子啊、桌子啊，它們都會提供一些線索！」

他轉過身子，面對著門。

「什麼線索？」我問道，「它們今天對你說了些什麼？」

他轉過頭，滑稽地挑挑眉頭。

「一扇打開的窗子，」他說，「一扇鎖著的門，一張好像生腳會走路的椅子。我對這三樣東西問了『為什麼？』，但它們都不能回答我。」

他搖搖頭，挺起胸膛，站在那裡對我們眨眼睛。他自得意滿的樣子看起來可笑極了。我心想，他到底是不是位名符其實的好偵探？也許他的名聲是建立在一連串好運氣上呢。

我猜梅羅斯上校一定也是這麼想，因為他也在皺眉頭。

「你還想看其他什麼東西嗎，白羅先生？」他唐突地問道。

「能不能麻煩你帶我去看一下銀櫃？就是放著凶器的那個櫃子。看完銀櫃我就不再打攪你了。」

我們向客廳走去，但剛走到半路，有個警員便攔住上校。他倆低聲嘀咕幾句後，上校對我們說聲「請原諒」就離開了。我只好自己帶白羅去看銀櫃。我揭開銀櫃的蓋子，然後放下蓋子；這樣做了一兩次。看過銀櫃，他推開了窗子走入陽台，我尾隨在後。

這時，拉格倫警官正好在屋角拐彎，向我們走來。他的臉上露出冷酷而又滿意的表情。

「你們原來在這裡，白羅先生，」他說，「案件快了結了。我也感到很遺憾，看著一位可愛的年輕人走入歧途。」

白羅的臉馬上陰沉下來，但非常平靜地說：「照你這麼說，我是幫不了你的忙了？」

「可能要等到下一次吧，」警官安慰道，「雖然在我們這個偏僻寧靜的小地方，謀殺案並不常見。」

羅那凝視的目光中流露出讚嘆的神色。

「你辦案太神速了，」他評論道，「我冒昧問一聲，你能不能跟我說說查案的步驟？」

「當然可以，」警官說，「首先，要有方法，這就是我常說的，方法！」

「啊！」白羅叫了起來。「這也是我的格言：方法、順序加上灰色的腦細胞。」

「細胞？」警官疑惑不解地問道。

「大腦裡的小細胞。」比利時偵探解釋道。

「哦，當然囉，我想我們都得動用腦細胞。」

「但每個人動用腦細胞的程度不一樣，」白羅低聲說道，「腦細胞的質量也不盡相同。

接下來就是犯罪心理學知識，每個人都必須學習。」

「啊！」警官說，「你竟然如此熱中心理分析這種東西，像我這麼普普通通的人——」

「這一點拉格倫太太是不會同意的，我敢這麼說。」白羅邊說邊向警官鞠了個躬。

警官一怔，也回敬一鞠躬。

「你沒理解我的意思，」拉格倫警官說著大笑起來，「天哪，語言竟然會造成那麼大的差異。我正在跟你講我辦案的經驗，首先是方法。最後看見艾克洛先生還活著的時間是九點四十五分，是他的侄女弗洛拉．艾克洛小姐看見的。這是第一個事實，對嗎？」

「可以這麼說。」

「那麼，這個時間就確定下來了。十點半時，這位醫生說艾克洛先生至少已經死了半個小時。你能肯定嗎，醫生？」

「當然可以肯定，」我說，「半個小時或更長一點。」

「很好。那麼做案的時間就能精確地定在一刻鐘之內。我給當時在屋子裡的人列了一張表，逐個審查，把他們九點四十五分到十點在什麼地方、做了些什麼，都記下來，並附上他們的證明人。」

他把一張紙條遞給白羅，我在他身後看著，上面清楚整齊地寫著：

布倫特少校——與雷蒙一起在彈子房（後者證明）。

雷蒙先生——彈子房（見右項）。

艾克洛太太——九點四十五分看撞球比賽。九點五十五分上床睡覺（雷蒙和布倫特看見她上樓）。

艾克洛小姐——從她伯父的書房出來後直接上樓（帕克和女僕艾絲．戴爾可以證明）。

僕人：

帕克——直接去儲物間（女管家拉瑟兒證明，她當時從樓上下來，跟他談了一會兒。時間是九點四十七分，大約談了十幾分鐘）。

拉瑟兒小姐——同右。與女僕艾絲．戴爾談話，九點四十五分上樓。

俄秀拉．伯恩（接待女僕）——九點五十五分前一直待在自己房裡，然後去了僕人廳。

珀太太（廚師）——在僕人廳。

格拉娣．瓊斯（助理女僕）——在僕人廳。

艾絲．戴爾——在樓上的臥室（拉瑟兒小姐和弗洛拉小姐看見她在那裡）。

瑪麗．史里普（幫廚）——在僕人廳。

「廚師在這裡已有七年，接待女僕十八個月，帕克一年多一點，其餘都是新來的。他們中間只有帕克有點可疑，其他人看來都沒問題。」

「一張非常完整的名單，」白羅一邊說，一邊把紙條遞還給他。「我可以確定謀殺案並不是帕克幹的。」他非常嚴肅地補充一句。

「我姐姐也這麼認為，」我插了一句，「她的看法通常都是對的。」

他們好像對我的話一點都不在意。

「這份調查記錄非常明確的排除了家裡人做案的可能性，」警官繼續說，「現在我們來看一個至關重要的問題：管門房的那個女人，瑪麗．布萊克，昨晚拉窗簾時看見拉爾夫．佩頓拐進大門，朝屋子走去。」

「這一點她能肯定嗎？」我嚴厲問道。

「當然可以肯定，她一眼就把他認出來。他很快進了大門，向右拐入小道，這是通往陽台的捷徑。」

「那是什麼時候？」白羅問道。他坐在那裡，臉上沒有任何表情。

「精確時間是九點二十五分。」警官非常嚴肅地說。

沉默了一會兒，警官接著說：「這一切都非常清楚，全部事實都對得起來，無懈可擊。

九點二十五分，佩頓上尉從門房進入。九點半左右，雷蒙先生聽見有人在書房裡面向艾克洛先生要錢，但艾克洛先生拒絕了。接下來又發生了什麼呢？佩頓上尉從同一條路離開——從窗子出去，然後沿著陽台走。他又氣又惱，慢慢走到打開的客廳窗子前。這個時間可推斷為九點四十五分，弗洛拉・艾克洛小姐正在給伯父請安。布倫特少校、雷蒙先生和艾克洛太太都在彈子房，客廳裡什麼人都沒有，於是他偷偷溜進去，從銀櫃裡取出短劍，然後又回到書房的窗前。他悄悄爬進去，然後……細節問題我就不說了。事後他就悄悄地溜出去逃跑了。他沒有膽量再回那個小旅社，而是直接逃往車站，在車站他打電話給——」

「為什麼要打電話呢？」白羅輕聲問道。

我被白羅那突如其來的插話嚇了一跳。那矮個子偵探身子朝前傾斜，眼睛炯炯有神，發出奇異的綠光。

拉格倫警官也被他的提問弄得怔了一下，一時不知該說什麼。

「很難確切地說他為什麼要那樣做，」他最後說，「但凶手往往會做出一些荒謬可笑的事，如果你在警察局工作過就明白了。最聰明的人有時也會犯一些愚蠢的錯誤。你過來，我讓你看看這些腳印。」

我們跟著他繞過陽台，來到書房窗前。拉格倫一聲命令，一個警員馬上拿出一雙鞋，這雙鞋是從那家小旅社找出來的。警官把鞋放在腳印上。

「正好一樣，」他信心滿滿說，「但這裡的腳印不是這雙鞋留下的。留下腳印的那雙鞋他穿走了。兩雙鞋完全相同，但這一雙要舊一點，你看下面的橡膠飾釘已經磨損了。」

「不過穿這種鞋的人當然不只他一個，不是嗎？」白羅問道。

「說得沒錯，」警官說，「要不是還有其他一些證據的話，我是不會那麼注重這腳印線索的。」

拉爾夫．佩頓上尉真是個十足的大傻瓜，」白羅若有所思地說，「竟然會留下那麼多的證據。」

「確實如此，」警官說，「昨晚是一個乾燥晴朗的夜晚，這你是知道的。他在陽台和石子路上沒有留下任何痕跡；但活該他倒楣，最近幾天，小道盡頭的那股泉水湧了出來，溢過了車道。你來看這兒。」

幾尺外，有一條小小的石子路跟陽台相連。離盡頭幾碼的地方，地面很潮溼，還有點稀泥。在這潮溼地段有幾個腳印，其中有一雙釘有橡膠飾釘的鞋印。

白羅沿著小道走了一段，警官走在他身旁。

「你注意到有女人的腳印嗎？」他突然問道。

警官大笑起來。

「這是很自然的事。總會有幾個女人走過這條路，也有幾個男的。告訴你，這是一條通往宅邸的捷徑。我們不可能把所有的腳印全部辨別出來。不管怎麼說，窗台上的那個腳印才是最重要的。」

白羅點點頭。

「沒必要再往前走了，」快到車道時警官說，「這一段又是石子路，非常堅實。」

白羅又點了點頭，但他的目光卻落在一座庭閣上，那是一種高級涼亭，就在我們前面一條石子小路的左邊。

白羅在附近停留了片刻，而警官卻回頭向宅邸走去。這時白羅看了我一眼。

「你一定是仁慈的上帝派來替代我朋友海斯汀的，」他眨著眼說，「我發現你跟我形影不離，總是在我身邊。夏波醫生，我們去察看一下涼亭怎麼樣？我對這個涼亭很感興趣。」

他走過去打開門，亭子裡光線昏暗，有一兩張做工粗糙的椅子，一座槌球遊戲架，幾張折疊式躺椅。

我那新朋友的舉動使我感到吃驚。他手腳趴地，四處爬行。還不時地搖著頭，好像不太滿意。最後他跪坐在自己的小腿上。

「什麼都沒有，」他低聲說，「唉，也許真的沒有什麼，可是應該有很多——」

他停下來休息了一會兒，直挺挺地一動也不動。然後他把手伸向一張粗糙的椅子，從椅子的一邊，取下一些東西。

「這是什麼？」我叫了起來，「你找到什麼了？」

他笑了笑，鬆開手讓我看他手掌上的東西。原來是一小塊上過漿的白絲絹。

我從他手上拿過來，好奇地看著，然後又放到他手上。

「你看這是什麼東西，我的朋友？」他眼睛直盯著我看。

「是手帕上撕下來的一片。」我提出自己的看法，說完便聳聳肩。

突然他又伸出手去，撿起一根小小的羽毛管，從外形看，好像是一根鵝毛管。

「那，這個呢？」他非常得意地叫了起來。「你覺得這是什麼？」

我瞠目結舌，無言以對。

他把羽毛管塞進口袋，又看了看那條白色絲絹。

「是手帕上撕下來的嗎？」他若有所思地喃喃自語著，「可能你說得對。但你要知道，再高級的洗衣店也不會給手帕上漿的。」

他得意地向我點點頭，然後小心翼翼地把那條絲絹夾進筆記本。

09 金魚池

我們倆一起往宅邸走去，警官則不知去向。白羅在陽台上停了一會兒，背朝房子站著，然後慢慢地把頭從一邊轉向另一邊。

「Une belle propriété[9]，」他以讚賞的口氣說，「它會由誰來繼承？」

聽了他的問話，我心裡不禁一愣。說來奇怪，到現在為止，我從未想過他們的財產繼承問題。白羅那犀利的目光直盯著我。

「對你來說，這可能是一個新問題，」他終於說道，「你過去從未想到過吧。」

「是沒有，」我跟他說實話。「有想過就好了。」

9　法語，意思是「漂亮的花園住宅」。

他又一次好奇地看著我。

「我不明白你說這句話是什麼意思。」他若有所思地說。我剛想開口，他卻又說：「哦！不問了。Inutile[10]！你是不會把真實想法告訴我的。」

「每個人都隱瞞了一些事情。」我引用了他先前說過的話，說完便笑了起來。

「完全正確。」

「你仍然這麼想嗎？」

「是的，現在我更相信這一點了，朋友。要想瞞過赫丘勒．白羅，可不是件容易的事。我有我的訣竅，能把一切都弄清楚。」

他一邊說，一邊從荷蘭式花園的台階上走了下來。

「我們去走走吧，」他回過頭來說，「今天的天氣真愜意。」

我跟在他身後，他領我拐向左邊小道，周圍全是紫杉樹籬。一條步行小徑通過中間，兩邊是整齊的花圃，在圓形凹壁的盡頭有凳子和金魚池。白羅沒有走到底，他選擇山坡邊一條綠蔭蔥蔥的小徑盤旋而上。有一小塊地方的樹木已被砍掉，上面擺著一張椅子。坐在這裡，望遠可欣賞鄉村的美麗景色，俯首可見鋪有石子的凹壁和金魚池。

「英國真是太美了，」白羅一邊說，一邊欣賞著周圍的景色，接著他笑了，「英國小姐也很美。」他說這句話時，聲音壓得很低。「不要出聲，朋友，請欣賞一下足下的美景。」

這時我才發現，弗洛拉正沿著我們剛才走過的那條小徑走，嘴裡哼著悠揚悅耳的小調。

她走路蹦蹦跳跳，就像在跳舞。儘管她穿著一件黑色連身裙，但看不出絲毫的悲傷，她一個旋轉，連身裙頓時飄浮起來。她仰起頭放聲大笑。

這時，一個男人突然從樹後走了出來，原來是赫克托．布倫特。

那小姐被嚇了一跳，臉上的表情頓時變了。

「你把我嚇了一大跳……我沒看見你在這兒。」

布倫特什麼也沒說，只是靜靜站在那裡看著她。

「我喜歡你那令人愉快的談吐，」弗洛拉語中帶刺。

一聽這話，布倫特那黧黑的臉泛起紅暈，說話的聲音也變了，帶點謙卑的味道，聽起來很可笑。

「我這人不善談吐，年輕時就是如此。」

「我想，那是很久以前囉？」弗洛拉口氣嚴肅地說。

她的話語伴有微弱的譏笑，我想布倫特是注意不到的。

「是的，」他只是簡短地應對了一句。「確實如此。」

「我想問你一個問題，你覺得長生不老、永保青春是什麼滋味？」弗洛拉問道。

10 法語，意思是「毫無用處」。

這回，她的笑意更明顯了，然而布倫特卻只是考慮著如何應對。

你還記得那個把靈魂出賣給魔鬼的傢伙嗎？他的目的就是想變得年輕一點。有一齣戲講的就是這個。」

「你說的是《浮士德》[11]嗎？」她問。

「是的。講一個乞丐，故事情節很奇特。如果真的能夠變年輕，有些人是會這麼做。」

「聽你講話，簡直就像在聽嘎吱嘎吱椅子搖晃的聲音。」弗洛拉半生氣半開玩笑地說。

布倫特一時語塞，目光從弗洛拉身上轉移到別處。他面對一棵不遠的樹喃喃說：「該回非洲去了。」

「你又要出遠門，是去打獵嗎？」

「是這麼想的。通常是為了這個——我的意思是打獵。」

「大廳裡的那個獸頭是你獵到的嗎？」

布倫特點點頭，接著，他臉紅而急速地問道：「你喜歡那些漂亮的獸皮嗎？如果喜歡的話，我可以給你送點來。」他說話時臉脹得通紅。

「哦！太好了。」弗洛拉高興得叫了起來。「你真的要送我嗎？你會不會忘記？」

「我不會忘的。」赫克托．布倫特說。

接著他又說了幾句，想馬上結束他們的談話：「我該走了，這樣過日子是不行的，沒有目標。我是一個粗人，對社會無益，總是忘記該說的話。我確實該走了。」

「但你不應該馬上就走，」弗洛拉叫嚷著，「不行，我們遇到了這麼多麻煩事，你不該走。哦！我求求你。如果你走了……」

她稍稍側過身子。

「你想叫我留下？」布倫特問道。

他明知故問，但問得很簡單。

「我們都想——」

「我想知道你本人的想法。」布倫特直截了當地說。

弗洛拉又慢慢地轉過身子，目光正好跟他相對。

「是我想叫你留下。」她說，「如果，如果這樣說對你有任何意義的話。」

「非常有意義。」布倫特說。

沉默了片刻，他們倆便在金魚池旁的石凳上坐下來，看來不知道接下來該說些什麼。

「多麼、多麼可愛的早晨啊！」弗洛拉終於開口。「你知道我有多麼高興，儘管……儘管發生了這些事。恐怕這種想法有點不近人情。」

「這種想法也是挺自然的，」布倫特說，「你住在你伯父家才兩年，不是嗎？當然不可

11 《浮士德》（*Faust*），是德國劇作家歌德（Johann Wolfgang von Goethem, 1749-1832）最偉大的文學巨作。

能非常悲傷。這比裝模作樣的假意悲傷要好得多。」

「你這人太會安慰人了，」弗洛拉說，「複雜的事情經你一解釋也就變得簡單了。」

「一般情況下，事情總是很簡單的。」這位大名鼎鼎的獵人說。

「並不總是很簡單的。」弗洛拉說。

她的說話聲漸漸低了下來，我看見布倫特轉過頭來看她，把目光從非洲海岸（看來是如此）又轉回弗洛拉身上。很顯然地，他為她的語聲漸弱找到了解釋，因為過了一會兒，他非常唐突地說道：「喂，你沒有必要擔心，我的意思是，你不必為那位年輕人擔心。那個警官是個白癡，這一點大家都明白，指望他來破案那是不可能的。我看是外人幹的，就是盜賊，這是唯一可能的解釋。」

弗洛拉轉過頭來，看了他一眼。

「你真的這麼認為嗎？」

「你不是嗎？」布倫特立刻反問道。

「我……哦，當然也是這麼認為的。」

又沉默了片刻，弗洛拉突然說：「我，我想告訴你，今天早晨我為什麼這麼高興。儘管你會認為我是一個無情無義的人，我還是想告訴你。哈孟先生是我們的律師，他告訴我們有關遺囑的事。羅傑伯父留給我兩萬英鎊！你想想看，兩萬塊迷人的英鎊！」

聽了這番話，布倫特不免有點吃驚。

「錢對你來說是那麼重要？」

「對我那麼重要？你竟會問這樣的問題。錢就是一切：自由，生命，不必勾心鬥角，不必過苦日子，不必吹牛撒謊——」

「撒謊？」布倫特厲聲打斷了她的話。

弗洛拉大吃一驚，停了片刻。

「你該明白我的意思，」她躊躇地說，「那些有錢的闊親戚把要扔掉的垃圾恩賜給你，比方說去年的衣服、裙子、帽子等等，你還要裝出非常感激的樣子。」

「我對女士的服飾毫無鑒賞能力，在我看來，你總是穿得挺漂亮的。」

「但是我得付出不少代價，」弗洛拉低聲說，「不提那些令人不愉快的事了。我太高興了，我現在自由了，想做什麼就做什麼，不用去……」

她突然停下來。

「不用去做什麼？」布倫特急切地追問道。

「哦，我忘了，只是一些雞毛蒜皮的事。」

布倫特拿起一根棍子伸進魚池裡，好像在戳什麼東西。

「你在幹什麼，布倫特少校？」

「那裡有個東西一閃一閃的，不知是什麼……有點像金胸針。唉，水都讓我攪混了，東西不知跑到什麼地方去了。」

「可能是一頂皇冠，」弗洛拉說，「可能就是梅利桑在水中發現的那頂皇冠。」

「梅利桑？」布倫特若有所思地問道，「她是不是某齣戲裡的人物？」

「沒錯，看來你對戲劇還是滿熟悉的。」

「常有人帶我去看戲，」布倫特說，「劇情大半滑稽可笑，而且現場的嘈雜聲比土著用長鼓敲出來的聲音還難聽。」

弗洛拉聽了哈哈大笑。

布倫特繼續說道：「我記得梅利桑跟一個老頭結了婚，那人老得足以當她的父親。」

他把一塊小石頭扔進了金魚池，然後轉過身來面對著弗洛拉。

「艾克洛小姐，我能幫你什麼忙嗎？我是指佩頓的事。我知道你心裡一定很焦慮。」

「謝謝，」弗洛拉非常冷淡地說，「真的不需要幫忙，拉爾夫不會有問題的，我請來了世界上最好的偵探，他一定會把一切弄個水落石出。」

躲在我們這個位置，實在令人感到不自在。我們並不是故意偷聽他們的談話，因為他們只要一抬頭就可以看見我們，要不是我的那位夥伴用力擰我的手臂，提醒我不要出聲的話，我早就會發出信號，提醒他們這裡有人。顯然他是希望我保持沉默。然而這當頭他自己卻動了起來，動作非常敏捷。

他迅速站起身，清了清嗓子。

「十分抱歉，」他大聲說，「我不能讓這位小姐言過其實地恭維我。常言道，竊聽者總是聽到別人說他的壞話，這次卻是例外。為了不使自己出洋相，我不得不來向你們道歉。」

說完他便沿著小徑匆匆而下，我緊緊尾隨著，向魚池走去。

「這位是赫丘勒．白羅先生，」弗洛拉介紹說，「他的大名，你可能早有所聞。」

白羅鞠躬致意。

「久聞布倫特少校大名，」他彬彬有禮地說，「有幸跟你相識，我感到很榮幸，我正需要你提供些資料給我。」

布倫特以探詢的目光看著他。

「你最後見到艾克洛先生活著是什麼時候？」白羅問。

「吃晚飯時。」

「這以後就再也沒有看見他，或者聽見他的聲音了嗎？」

「沒有見過他，但聽見過他談話的聲音。」

「能不能把詳細情況講一下？」

「我在陽台散步——」

「不好意思，是幾點鐘？」

「大約九點半。我在客廳窗前抽菸，來回走著，這時聽見艾克洛先生在書房講話……」

白羅停下來，拔了根細細的嫩草。

「在陽台的那個位置，你應該聽不見書房裡的談話。」他低聲說。

他沒有看布倫特，但我看了他一眼，發現他臉都脹紅了，我感到非常驚訝。

「我正好走到拐角的地方。」他不太樂意地解釋道。

「哦，是嗎？」白羅問道。

從他那溫和的語氣中，布倫特意識到，這麼說還不夠充分。

「因為我好像看見了……一個女人鑽進了樹叢，你知道，只是一道白光，可能是我看花了眼。就是在陽台拐角的地方，我聽見艾克洛和祕書談話的聲音。」

「是和雷蒙說話嗎？」

「是的，我當時是這麼認為。看來我是弄錯了。」

「艾克洛沒叫他的名字嗎？」

「哦，沒有。」

「我冒昧問一句，你憑什麼認為是……」

布倫特費勁地解釋道：「我之所以認為是雷蒙，是因為我去陽台之前，他跟我說，他有一些文件要送到艾克洛那裡去。我壓根兒就沒想到會是其他的人。」

「你還記得聽到的那些話嗎？」

「恐怕記不清了，一些很平常、很瑣碎的事，只是零零星星地聽到一些。我當時正在想別的事。」

「無關緊要的瑣事，」白羅喃喃自語道，「發現屍體後你去過書房，你有沒有移動一張椅子讓它背朝牆壁？」

「椅子？沒有，我為什麼要去動椅子呢？」

白羅聳了聳肩，沒有回答。然後他轉向弗洛拉。

「有件事我想向你打聽，小姐。當你和夏波醫生一起觀看銀櫃裡的東西時，那把劍是不是在裡面？」

弗洛拉噘起了嘴。

「拉格倫警官剛問過我這個問題。」她回答說。從談話的口氣中可以聽出，她有點怨氣。「我已經跟他說了，現在又要跟你說。我完全可以肯定，那把劍不在裡面。拉格倫認為當時劍在裡面，後來拉爾夫偷偷地溜進來把它取走了。他並不相信我，他認為我說這樣的話，是庇護拉爾夫。」

「你是不是在庇護他呢？」我鄭重其事地問道。

弗洛拉跺著腳。

「夏波醫生，你也和他一樣！唉！你們太壞了。」

白羅很巧妙地把話題扯開了。

「布倫特少校，你剛才說的話是真的，池子裡確實有東西在閃爍。讓我試試看，是不是能把它撈上來。」

他在池邊跪下來，把袖子挽到肘關節處，然後慢慢地把手伸進池子，生怕把池底的淤泥攪起來弄渾水。但儘管他那麼小心翼翼地去撈，池底的淤泥還是打起漩渦泛了起來。他只好把手縮回來，什麼都沒撈到。

他懊喪地看著手臂上的汙泥。我把我的手帕遞給他，但他再三推託。最後他說了一連串道謝的話才接受了。布倫特看看手錶。

「快吃午飯了，」他說，「我們還是回屋裡去吧。」

「和我們一起去吃飯吧，白羅先生，」弗洛拉說，「我想請你見見我的母親。她……她非常喜歡拉爾夫。」

白羅鞠躬致謝。

「承蒙邀請，小姐。」

「你也留下吧，夏波醫生。」

我猶豫了一會兒。

「哦，一起吃吧。」

我心裡也想留下，就不再推卻，欣然答應了。

我們一起朝宅邸走去，弗洛拉和布倫特走在前面。

「多美的頭髮呀！」白羅一邊輕聲地說，一邊點頭示意，叫我看弗洛拉的頭髮。「真正的金髮！他們會成為珠聯璧合的一對，她跟黝黑英俊的佩頓上校。你說對不對？」

我以詢問的目光看著他，但他卻開始撣衣袖上的小水珠。他的這一動作使我聯想到貓的動作——他那碧綠的眼珠，那過分講究細節的習慣。

「一無所獲，」我深表同情地說，「我一直在想，池子裡的東西到底是什麼。」

「你想看嗎？」白羅問。

我看了他一眼，他點點頭。

「我的好朋友，」他以溫和且帶點訓誡的口氣說，「在不確定拿得到東西之前，赫丘勒．白羅絕不會冒著弄髒衣服的風險而硬去取下。要是這樣的話，豈不太可笑了？荒唐可笑的事，我是從來不幹的。」

「但你的手伸出水面時，什麼東西也沒有。」我反駁說。

「有的時候需要慎重。你把什麼事都毫不隱瞞地告訴病人嗎，醫生？我想是不會的。就連你那個好姐姐，你也不會把所有的事都告訴她，不是嗎？我讓你們看手的時候，早已把拿上來的東西換到了另一隻手。你想看一下是什麼東西嗎？」

他伸出左手，張開手掌。一枚金戒子，一枚女人戴的結婚戒指。

我從他手裡拿過那枚戒指。

「看裡面。」白羅說。

我朝裡圈看了一眼，上面刻著幾個細細的字：R贈，三月十三日。

我看看白羅，但他忙於用小鏡子觀看自己的儀容。他對著他那兩撇鬍子細細斟酌，對我卻一點都不注意，我看得出他並不想繼續和我交談。

10 接待女僕

我們在門廳遇到艾克洛太太。跟她在一起的，是一個乾癟的矮個子男人，此人上額外突，有一雙目光犀利的灰色眼睛，渾身上下沒有一點地方不像律師。

「哈孟先生要和我們一起吃午飯，」艾克洛太太說，「你認識布倫特少校嗎？哈孟先生，這位是夏波醫生，也是羅傑的密友。還有這一位是……」

她停了一會，茫然地看著赫丘勒．白羅。

「這是白羅先生，媽媽，」弗洛拉介紹說，「我早晨跟你講起過的那個人。」

「哦！是的，」艾克洛太太含糊不清地說，「我記得，親愛的，我記得。他會找到拉爾夫的，是嗎？」

「他將找出謀殺伯父的凶手。」弗洛拉說。

「哦！親愛的，」她的母親大聲說，「求求你！我的神經太脆弱了，今天早晨我的身體狀況極差，完全垮下來了。竟然會發生這麼可怕的事！我總有一種感覺，這件事一定是出於意外。羅傑太喜歡玩弄那些稀奇古怪的古董。一定是他不小心手滑，或者其他什麼原因。」

出於禮貌，人們對她的這番話並沒有提出異議。我看見白羅擠到律師身邊，兩人低聲交談起來。他們慢慢地走到了窗子凹進處，我也想參加他們的談話，但猶豫了一下。

「不妨礙你們談話吧？」我說。

「哪裡的話，」白羅非常熱情地說，「你和我，醫生先生，我們攜手調查這個案件，沒有你，我是不可能成功的。我只是想從好心的哈孟先生這裡打聽點情況。」

「你們是代表拉爾夫．佩頓上尉的？」律師很謹慎地說。

白羅搖搖頭。

「不，我們是為伸張正義而接受這個案件的。艾克洛小姐請我來調查她伯父的死因。」

哈孟稍感吃驚。

「我並不相信佩頓上尉會跟此案有關，」他說，「不管證據對他有多麼的不利。唯一的不利證據就是他生活拮据，為錢所迫——」

「他在錢的方面很拮据？」白羅迅速插問了一句。

律師聳聳肩。

「這種情況已經有很長時間了，」他冷淡地說，「他花錢如流水，老是向繼父要錢。」

「最近他是否仍然經常去要錢？比方說，在最近一年內。」

「我不清楚，艾克洛先生沒向我提過這件事。」

「我明白了。哈孟先生，我想，你對艾克洛先生的遺囑內容，一定很清楚吧。」

「當然囉，我今天來這裡就是為了這件事。」

「那麼，既然我受艾克洛小姐之託，替她辦案，我希望你把遺囑中的條文告訴我，這你不會反對吧？」

「遺囑寫得很簡單，刪去了冠冕堂皇的法律術語。除了確定的遺贈、遺饋外——」

「比如？」白羅打斷他的話。

哈孟先生不免感到驚異。

「給女管家拉瑟兒小姐一千英鎊，給廚師埃瑪．庫珀五十英鎊，給祕書傑弗里．雷蒙五百英鎊。接下來給各個醫院——」

白羅舉起手。

「啊！慈善事業，這個我不感興趣。」

「好。一萬英鎊股票的收益給塞西爾．艾克洛太太，直到她去世。弗洛拉．艾克洛小姐直接繼承兩萬英鎊。其餘的，包括他的財產以及艾克洛父子公司的股票，全部留給養子拉爾夫．佩頓。」

「艾克洛先生擁有豐富的財產嗎？」

「相當大的一筆財產，佩頓上尉將成為一個非常富有的年輕人。」

沉默了片刻，白羅和律師對看了一眼。

「哈孟先生。」從壁爐那邊傳來艾克洛太太大刺刺的叫喚聲。

律師聽到叫喚就過去了。白羅拉著我的手臂，來到窗子凹進處。

「看看這些彩虹，」他放大嗓門說，「太壯觀了！這種景象確實令人心曠神怡。」同時我發覺他在掐我的手臂，並低聲對我說：「你是真心誠意地想幫助我嗎？真的想參與這次調查嗎？」

「當然囉，」我急切地回答說，「再願意不過了。你知道我過的是多麼乏味保守的生活嗎？我從沒做過什麼不尋常的事。」

「很好，那我們現在就是同事了。我可以料到，過一會兒，布倫特少校就會到我們這兒來，因為他一定很受不了那位好媽媽。我想了解一些情況，但我並不想讓別人看出我想知道這些事。你聽明白了嗎？因此只好派你去打聽。」

「你要我打聽什麼事？」我領悟了他的意圖。

「我想請你提提弗拉爾太太的名字。」

「就這件事？」

「當你提到她時，態度要自然。你問他，她丈夫死的時候他是否在這兒。你該明白我的意思。他回答的時候，你要注意他臉上的表情，但要裝出若無其事的樣子。聽懂了嗎？」

我們不能再往下談了，因為這時，正如白羅所料，布倫特突然離開眾人朝我們走來。

我建議到陽台散散步，他沒有出聲，跟著我就出去了。白羅留了下來。

我停下來欣賞一朵遲開的玫瑰花。

「這一兩天發生的事太多了，」我邊看邊說，「還記得上星期三我來這裡，也是在這個陽台散步，當時艾克洛和我在一起，他還是那麼精神飽滿，充滿活力。而現在，三天後，艾克洛竟死了。可憐的老頭。弗拉爾太太也死了——你認識她嗎？你應該是認識的。」

布倫特點點頭。

「你這次來這兒，見到過她嗎？」

「跟艾克洛一起去拜訪過她，好像是上星期二。她是一個迷人的女人，但她的舉止有點古怪，神祕莫測，猜不透她想幹什麼。」

我盯著他那一動不動的灰色眼睛，從眼神中沒發現什麼。接著我又繼續問道：「我猜你以前見過她？」

「就在上次我來這兒的時候——當時她和她丈夫剛到這兒定居。」他停了一會，接著又說：「太不可思議了，上次見到她，跟這次見到她，簡直判若兩人，變化太大了。」

「有什麼變化？」我問道。

「看上去好像老了十歲。」

「她丈夫死的時候，你不在這兒？」我裝出漫不經心的樣子問道。

「不在。據我所知，那或許還算解脫了。這話可能有點殘忍，但事實確實如此。」

我同意他的看法。

「阿什利・弗拉爾絕對談不上是一個模範丈夫。」我很謹慎地說。

「惡棍一個，我看。」布倫特說。

「不，」我說，「只是因為錢多才害了他。」

哦！錢！萬惡之源。世上一切麻煩都是由錢引起，不管有錢或沒錢都會惹麻煩。」

「那你遇到過什麼特別的麻煩呢？」我問道。

「還算好，我是幸運兒。」

「的確如此。」

「事實上，我現在不太富裕。一年前我得到一筆遺產，但我像個傻瓜般上了別人的當，把這筆錢投資到一項靠不住的計畫。」

我對他表示同情，而且也談了自己類似的遭遇。

這時，吃飯的鑼聲響了，我們一起進去享用午餐。白羅把我稍稍往後拉了一下。

「怎麼樣？」

「他沒什麼問題，」我說，「這一點我可以確定。」

「沒什麼——可疑之處嗎？」

「他一年前得到一筆遺產，」我說，「但這有什麼不對？有何不可？我可以保證，他這個人行為規矩、光明磊落。」

「毫無疑問，毫無疑問，」白羅安慰道。「別懊惱了。」

他彷彿是在跟一個壞脾氣的孩子講話。

我們依次進入飯廳。從昨天在這裡進晚餐到現在，竟還不到二十四小時，這簡直令人難以置信。

飯後，艾克洛太太把我拉到一邊，和我一起坐在沙發上。

「這太傷我的心了，」她一邊低聲地訴說著，一邊拿出手絹，但又不想用它來擦眼淚，「我的意思是說，羅傑太不信任我了，這兩萬英鎊應該留給我，而不是留給弗洛拉。他應該相信，作為一個母親，我絕對會保護孩子的利益。我認為他對我不信任。」

「你忘了，艾克洛太太，」我說，「弗洛拉是艾克洛的親侄女，有血緣關係。如果你是他的親妹妹而不是他的弟媳，情況就不一樣了。」

「我畢竟是塞西爾的遺孀，我認為他應該考慮一下我的感受，」艾克洛太太一邊說，一邊用手絹戰戰兢兢地擦眼睛。「但羅傑對錢太謹慎——太吝嗇了。弗洛拉和我的處境實在很可憐。他甚至捨不得給我那個可憐女兒一點零用錢。他是會幫她付帳單，但總是很不樂意，總要問她買這些東西有什麼用？男人就是這樣——哎，我忘了自己想說些什麼了……哦，是的，我們身無分文，弗洛拉對此非常不滿，是的，我應該說，她對此怨恨到了極點。當然，她對她的伯父還是很忠誠的，但任何一個孩子對此都會感到不平的。是的，我應該說羅傑對錢的觀念非常奇怪。我跟他說，他的那條洗臉毛巾已經破了，他就是不願意去買一條新的。

然而，」這時艾克洛太太突然提高了嗓門，這是她跟人談話時的一個特點，「他竟把那些錢，一千英鎊哪，你想想看，一千英鎊——給了那個女人！」

「哪個女人？」

「拉瑟兒那女人啊！她這個人有點『古怪』，我總是這麼說她。但羅傑不允許別人說她一句壞話，他說她是一個很堅強的女人，還說對她非常欽佩，很尊敬她。他老是誇她正直、獨立、有道德感。但我覺得她很靠不住。很明顯，她是千方百計要與羅傑結婚。但我制止了她，所以她非常恨我，這是很自然的，我早就把她看透了。」

我很懷疑自己找不找得到機會讓她住嘴，趕快脫身。

這時哈孟過來跟我們道別，這才把她的談話打斷了。我趁機站起來。

「關於驗屍審訊，」我說，「你認為在什麼地方進行比較合適？在這兒還是三豬苑？」

艾克洛太太張開嘴，兩眼直盯著我。

「審訊？」她顯出一副驚愕的樣子。「沒這必要吧？」

哈孟先生沙啞地乾咳了一聲，低聲說：「出了這種事，一場驗屍審訊是不可避免的。」

「但……夏波醫生一定可以把一切都處理——」

「我有我的權限。」我無動於衷地說。

「如果他死於意外——」

「他是被謀殺的，艾克洛太太。」我冷酷無情地說。

她發出一聲短促的尖叫。

「意外死亡的說法，根本就不成立。」我接著說。艾克洛太太憂傷地看著我，我想她是怕審訊會引起事端。這種想法太愚蠢，我真有點不耐煩。

「如果舉行審訊，我……我不必回答任何問題，是嗎？」她問道。

「我不知道有沒有這個必要，」我回答說，「但我猜想，雷蒙先生會替你回答的，他對什麼情況都了解，他會提供證明身分的正式依據。」

律師微微點頭以示同意。

「我確實認為沒必要感到害怕，艾克洛太太，」他說，「這樣做可以避免許多不愉快的事。至於錢的問題，你現在是否夠用？」當她以探詢的目光看著他時，他補充說：「我是問你手頭上是否有錢，也就是現金。如果沒有的話，我可以調一下，把你所需的錢先給你。」

「這應該沒問題，」雷蒙站在一旁說，「艾克洛先生昨天剛兌換了一百英鎊現金。」

「一百英鎊？」

「是的，準備今天用來發薪水以及支付其他費用，現在還原封未動。」

「這筆錢在什麼地方？在他的書桌裡嗎？」

「不，他習慣把現金放在臥室裡，確切地說，是放在一隻放領結的盒子裡。有趣吧，是不是？」

「我認為，」律師說，「在我離開之前，我們有必要去看一下錢是否還在裡面。」

「當然，」祕書贊同說，「我現在就帶你上樓去……哦！我忘了，門是鎖上的。」

我們從帕克口中探聽到，拉格倫警官正在女管家的房裡問些問題。過了幾分鐘，警官手裡拿著鑰匙回到門廳，跟我們會合。他打開門鎖，我們走進走廊，沿著狹小的樓梯往上走，樓梯頂端就是艾克洛的臥室。臥室的門仍然開著，房間裡光線昏暗，窗簾沒有拉開，床還是和昨晚一樣，床單翻開著。警官拉開窗簾，讓陽光射入室內。雷蒙走向紅木寫字桌，打開最高層的抽屜。

「他竟把錢放在一個不上鎖的抽屜裡，多大意呀！」警官批評著說。

祕書的臉微微一紅。

「艾克洛先生相信僕人們都是很誠實的。」他急躁地說。

「哦！原來如此。」警官急忙應了一聲。

雷蒙打開抽屜，從最裡面拿出一個放領結的圓形皮盒。他打開盒子，從裡面抽出一隻厚厚的皮夾子。

「錢就在這裡，」他把一大卷紙幣從裡面取出來。「你們看，一百英鎊原封未動。艾克洛先生昨晚更衣準備進餐時，當著我的面把這些錢放進盒子裡，以後當然就沒人碰過。」

哈孟先生從他手中接過那卷錢數了起來，他突然抬起頭。

「你說是一百英鎊，但這裡只有六十英鎊。」

雷蒙傻了眼，直盯著他。

「不可能！」

他叫了起來，一個箭步竄上去，從哈孟手中奪過錢，大聲數了起來。

哈孟先生沒數錯，總數確實是六十英鎊。

「但……我無法理解。」祕書困惑不解地大聲嚷著。

白羅開始發問：「昨晚艾克洛先生更衣時，你親眼看著他把錢放進去嗎？你確定他沒有動用過這筆錢？」

「我可以確定他沒有動用過。他當時還說：『我不想帶著這一百英鎊去吃飯，口袋會鼓出來的』。」

「這一來事情就簡單了，」白羅說，「要嘛他昨晚某個時候付出了四十英鎊，要不然就是被偷了。」

「這一解釋簡單明瞭，」警官贊同地說，然後轉向艾克洛太太，「昨晚有哪個僕人來過這裡？」

「我想，那個鋪床的女僕來過。」

「她是誰？你對她了解嗎？」

「她來這兒的時間並不長，」艾克洛太太說，「但她是一個可愛的普通鄉下女孩。」

「我認為我們應該把這件事弄清楚，」警官說，「如果是艾克洛先生本人把錢付出去的話，那這事與神祕的謀殺之謎或許有些關聯。就你所知，其他的僕人是否可靠？」

「哦，我想是的。」

「在這之前有沒有丟失過東西？」

「沒有。」

「有沒有人要離開這裡？」

「有的，接待女僕。」

「什麼時候？」

「她昨天說要離開這裡。」

「向你提出的嗎？」

「不，我跟僕人沒有任何關係。是拉瑟兒小姐處理家中所有的事務。」

警官沉思了片刻，接著他一邊點頭一邊說：「我想我還是先找拉瑟兒小姐談談，再去見戴爾姑娘。」

白羅和我陪他來到了女管家的房間，拉瑟兒小姐以她一貫的沉靜，接待了我們。

鋪床的艾絲・戴爾來弗恩利莊已有五個月。她是一個可愛的女孩，能幹俐落，看來絕對不會拿任何不屬於她的東西。

「接待女僕怎麼樣呢？」

「她是一個極優秀的女孩，非常恬靜、有教養，工作很賣力。」

「那麼她為什麼要離開？」警官問道。

拉瑟兒小姐噘起嘴。

「這件事跟我無關。我只知道昨天下午艾克洛先生故意挑了她的毛病。打掃書房是她份內的工作，我猜想可能她把書桌上的文件弄亂了，使他非常惱怒。然後她就提出辭呈了。這是我從她那裡聽到的，你們最好還是親自去見她一面。」

警官同意了。那個女孩在午餐桌上侍候過我們，當時我就注意到她了。她個子很高，鬈曲的棕色頭髮緊貼後腦勺，有一雙目光堅定的灰色眼睛。

女管家叫喚一聲後，她就進來了，直挺挺地站在我們桌旁，灰色眼睛凝視著我們。

「你是俄秀拉．伯恩？」警官問道。

「是的，先生。」

「你要離開了，是嗎？」

「是的，先生。」

「為什麼？」

「我把艾克洛先生書桌上的文件弄亂了，他非常生氣。我說我還是離開的好，他就叫我盡快走。」

「你昨天晚上去過艾克洛先生的臥室嗎，去整理東西或是什麼的？」

「不，先生，那是艾絲的事，那地方我是從來不去的。」

「我必須告訴你，小姐，艾克洛先生的房間裡，有一大筆錢不見了。」

這時她被激怒了，滿臉脹得通紅。

「錢的事情我一無所知，如果你認為艾克洛先生辭退我是因為我拿了錢，那就錯了。」

「我並沒說你拿了錢，小姐，」警官說，「不要發這麼大的脾氣嘛。」

這女孩目光冰冷地看著他。

「如果你喜歡的話，你可以去搜查我的東西。」她鄙夷地說，「但你什麼也找不到的。」

白羅突然插話問道：「艾克洛先生把你辭退了，或者說是你自己辭職不幹了，這是不是昨天下午的事？」

女孩點了點頭。

「你們的面談進行了多長時間？」

「面談？」

「是的，你和艾克洛先生在書房裡的面談。」

「我，我不太確定。」

「二十分鐘？半個小時？」

「大概是這麼長的時間吧。」

「沒超過這個時間？」

「不會超過半個小時。」

「謝謝，小姐。」

我好奇地看著白羅。他把桌子上的幾件物品重新調整了一下位置，用手指小心地把它們擺正。他的目光炯炯有神。

「行了。」警官說。

俄秀拉．伯恩走後，警官轉向拉瑟兒小姐。

「她來這裡有多長時間了？你有她的推薦函嗎？」

拉瑟兒小姐沒有回答他的問題，只是走到旁邊的那張寫字桌前，打開抽屜，拿出一疊用夾子夾住的信件。她選出一封，遞給警官。

「嗯，」他說，「看來沒什麼問題。理查德．福利奧太太，家住馬比村的馬比農莊。這個女人是誰？」

「一個滿好的鄉下女人。」拉瑟兒小姐說。

「好吧。」警官一邊說，一邊把信遞還給她。「我們再來看看另外一個，艾絲．戴爾。」

艾絲．戴爾是個漂亮女孩，個子很高大，長著一張可愛的臉，但略帶傻氣。她非常俐落地回答了我們提出的問題，對丟錢的事她很關心，而且感到很沮喪。

「我看她沒什麼問題，」把她打發走後，警官說，「帕克怎麼樣？」

拉瑟兒小姐噘著嘴，沒有回答。

「我總覺得這人有點不太對勁，」警官若有所思地說，「現在的問題是，我想不出他有什麼機會下手。從開始吃飯他就一直忙得不可開交，整個晚上他都有充分的不在場證明。我很清楚，因為我一直在注意這個問題。好吧，非常感謝，拉瑟兒小姐，我們暫時先把這個問題擱下。很可能是艾克洛先生本人付出了這筆錢。」

女管家毫無表情地道了聲午安。

我和白羅一起離開艾克洛先生的家。

「我一直在想，」我打破沉默，「這女孩到底把什麼文件弄亂了，艾克洛竟然會發這麼大的脾氣。我認為這裡面一定有解開謎底的線索。」

「祕書說，桌上沒有什麼特別重要的文件。」他很平靜地說。

「是的，但……」我停了一會兒。

「艾克洛先生會對這麼一點小事大發雷霆，你認為很奇怪？」

「是的，非常奇怪。」

「那是一件小事嗎？」

「當然我們並不知道那是些什麼文件，」我承認道，「但雷蒙說——」

「我們先不管雷蒙先生，你認為那個女孩怎麼樣？」

「哪個女孩？接待女僕？」

「是的，接待女僕俄秀拉·伯恩。」

「她看來似乎是個好女孩。」我猶猶豫豫地說。

白羅把我的話重複一遍，但我把重音放在「好」上面，而他把重音放在「似乎」上。
「她看來似乎是個好女孩，沒錯。」
沉默了片刻，他從口袋裡拿出什麼東西，把它遞給我。
「喂，我的朋友，我讓你看一樣東西。你來看！」
他遞給我一張紙條，原來是警官整理出來的材料，他今天早晨交給白羅的。根據他指出的地方，我看見一個用鉛筆寫的小「十」字符號，標在俄秀拉·伯恩名字旁邊。
「當時你可能沒有注意到這一點，我的朋友。這張單子上提不出不在場證明的人只有一個，這人就是俄秀拉·伯恩。」
「你該不是認為她——」
「夏波醫生，我什麼都勇於設想。俄秀拉·伯恩有可能殺死艾克洛先生，但我得承認，我想不出她做案的動機，你覺得呢？」
他那犀利的目光緊緊地盯著我，這使我感到很不自在。
「你覺得呢？」他又重複一遍。
「沒有什麼特別的動機。」我肯定地說。
他的目光鬆弛下來，皺著眉，喃喃自語說：「既然那個敲詐的人是個男的，這就意味著敲詐的人不是她。那麼——」
我咳了一聲。

「就這點來說——」我有點猶豫不決。

他突然轉身面對我。

「什麼？你要說什麼？」

「沒什麼，沒什麼。是這麼回事，確切地說，弗拉爾太太在信中只提到是某個人，她並沒有明確地說是男人。但艾克洛和我，都毫無異議地認為這個人是男的。」

白羅好像沒在聽我解釋，他又自言自語地說：「不管怎麼說，這還是有可能的……對，當然有可能。但是……啊！我得把思路整理一下。方法、順序，這是我現在最需要的東西。每樣東西都得有個位置，一個確定的位置，否則就會誤入歧途。」他突然又轉過身來問我：「馬比村在什麼地方？」

「克蘭切斯特的那一頭。」

「離這兒有多遠？」

「哦，可能有十四英里。」

「你能不能去一趟？明天怎麼樣？」

「明天？讓我想想……明天是星期日，好吧，我可以安排。你要我去那裡幹什麼？」

「去找福利奧太太，打聽一下有關俄秀拉·伯恩的事，愈詳細愈好。」

「好吧，但……我不太喜歡做這種事。」

「現在不是爭辯的時候，你要知道，某個人的命運或許全繫於此。」

「可憐的拉爾夫，」我嘆了口氣說，「你相信他是清白的，是嗎？」

白羅非常嚴肅地看著我。

「你想知道實情嗎？」

「當然想知道。」

「那麼我來告訴你，我的朋友。警方現在所進行的一切，都是為了證明拉爾夫有罪。」

「什麼？」我驚叫起來。

白羅點點頭。

「是的，那個愚蠢的警官——他確實愚蠢——做的每件事都洩漏出他的意圖。我一直在尋找事實，而每次發現的事實都把我導向拉爾夫．佩頓，不管是動機、時機還是手段。但我一定要把事情查個水落石出，我向弗洛拉小姐做過承諾。她是那麼有信心，這小女孩——但也只是信心罷了。」

11 白羅走訪卡羅琳

第二天下午，我來到了馬比農莊，按響了福利奧太太的門鈴，心裡不免有點緊張。我弄不清白羅到底想叫我打聽什麼事。他把這個任務委派給我，究竟是為什麼？是不是因為他想躲在幕後，就像上次叫我去盤問布倫特少校一樣？對布倫特採用這一方法是可以理解的，而同一方法用在這裡，在我看來，根本是毫無意義。

這時，一個機靈的女僕出來給我開門，打斷了我的沉思。

是的，福利奧太太在家。女僕把我領到一個寬敞的客廳，我坐著等女主人，同時好奇地向室內環視了一遍。偌大一個空盪盪的房間，放了幾件小而精緻的老瓷器，幾幅漂亮的蝕刻畫，破舊的地毯和窗簾，看上去就是女人住的房子。

當我正在欣賞牆上那幅巴爾托洛齊的名畫時，福利奧太太走進來，我的目光馬上轉向她。她個子很高，棕色的頭髮顯得有點蓬亂，笑起來很迷人。

「夏波醫生？」她猶豫地說。

「我就是，」我應了一聲，「唐突來訪，實在抱歉。我來這裡，是為了打聽你以前雇用的那位女僕俄秀拉．伯恩。」

一提到這個名字，她臉上的笑容倏然消失，熱忱變為冷淡。她好像感到渾身不舒服，很不自在。

「俄秀拉．伯恩？」她遲疑了一下。

「是的，」我說，「可能你記不起這個名字了吧？」

「哦，當然記得，而且還——還記得非常清楚。」

「她離開你才一年多，是嗎？」

「是的，沒錯！你說得完全正確。」

「她在這裡工作時，你對她是否感到滿意？順便再問一句，她在你這裡工作有多長時間？」

「哦，一兩年吧，確切的時間我記不清了。她……她非常能幹，我可以保證，你對她一定會非常滿意。我不知道她要離開弗恩利莊了，真想不到。」

「你能不能說一下她的情況？」我問道。

「任何有關她的事情嗎？」

「是的，她是什麼地方的人、她的父母親是做什麼的這一類的事。」

福利奧太太的臉色變得更加冷淡。

「我什麼都不知道。」

「來你家幫傭之前，她在哪家做過事？」

「對不起，我記不得了。」

她那緊張不安的神態中流露出一絲憤恨。她的頭往上一揚，這一動作我似乎有點熟悉。

「是不是真有必要問這些問題？」

「不，」我吃驚地說，語氣中帶有歉意，「我不知道你對這些問題那麼介意，真的非常抱歉。」

她的怒氣消了，但又顯得非常困惑。

「哦！我並不介意回答這些問題。真的一點都不介意。我為什麼要介意呢？只不過是感覺有點奇怪。沒別的意思，有點奇怪而已。」

作為職業醫生的某個好處就是，你能夠輕易辨別出別人是否在撒謊。從福利奧太太的態度，我一眼即可看出，她對回答我的問題確實非常介意，而且介意到了極點。她感到渾身不舒服，很不自在。很明顯，其中必有不可告人的事。從她的言行中，我可斷定她是一個不善於騙人的女人，因此當她不得不撒謊時，就會感到十分侷促不安，這連三歲小孩都能看穿。

顯然她不可能再透露些什麼了，不管俄秀拉·伯恩有什麼祕密，我已不打算再從福利奧太太那裡打聽。

深感遺憾地，我對打攪她再次表示道歉，然後拿起帽子告辭了。

我去看了幾個病人，六點鐘左右到家。卡羅琳坐在桌旁，上面放著茶具和吃剩的茶點。從她的臉上我看得出，她正竭力克制住內心的某份狂喜，她那副表情我太了解了。那是她想打聽消息或者傳遞消息時的標準表情。今天不知她想做哪樣。

我一屁股坐到我那張安樂椅上，雙腳伸到熊熊燃燒的壁爐旁。這時卡羅琳開口了：「我今天下午過得太有趣了。」

「是嗎？」我問道，「甘尼特小姐來喝茶了？」

甘尼特小姐也是傳播消息的箇中好手。

「再猜猜看。」卡羅琳自鳴得意地說。

我費勁地把卡羅琳的智囊團成員，一個接一個地猜了一遍。我每猜一次，她就得意地搖搖頭。最後她終於自己說了出來。

「是白羅先生！」她說，「這你有什麼看法？」

我心裡有一大堆想法，但我非常謹慎，並不想告訴她。

「他來做什麼？」我問道。

「當然是來看我啊。他說他對我弟弟很熟悉，所以也希望能跟他那位迷人的姐姐結識——指的就是你迷人的姐姐我。哦，我簡直被迷昏頭了，不過你應該知道我的意思。」

「他跟你講了些什麼？」我問道。

「他講了許多有關他本人的事，還講他辦過的那些案子。你知不知道茅利塔尼亞的保羅王子？就是剛與一位舞蹈家結婚的那個人——」

「怎樣？」

「前幾天，我在《社會新聞摘錄》中看到一篇有關那位舞蹈家的短文，非常有趣。文章說，她事實上是一位俄國女公爵，是沙皇的一個女兒。她設法從布爾什維克黨的手中逃走。在一樁撲朔迷離的謀殺案中，他們倆都被視為涉嫌重大。後來是白羅先生解開這個神祕的疑團。為了這一點，保羅對他感激涕零。」

「保羅沒有送他一枚鑲有小鳥蛋大小的綠玉石領帶飾針吧？」我挖苦地問道。

「他沒說。為什麼這麼問？」

「沒什麼，」我說，「我只是覺得結局應該如此，偵探小說都是這麼寫的。那些超級大偵探的家裡到處是紅寶石、珍珠、綠寶石等等這類東西，都是那些表達感激之情的皇室貴人送的。」

「從他口中聽到這些事情，真是太有趣了。」姐姐得意忘形地說。

是啊——對卡羅琳來說。我不禁對赫丘勒．白羅的足智多謀表示欽佩，他巧妙地從他偵破的眾多案件中，選擇了一個最能引起鄉村老太太興趣的案件聊起。

「他有沒有告訴你，那位舞蹈家是否真的是女公爵？」我問道。

「他不能隨意亂講。」卡羅琳神氣地說。

我不知道白羅跟卡羅琳講的話有多少是變造事實的——或許完全沒有。畢竟他的真實想法只藏在他的挑眉、聳肩之中。

「這麼說來，你已準備跟在他屁股後面供他使喚囉，我猜？」

「說話別這麼難聽，詹姆斯。我不知道你是從哪裡學來這些粗話。」

「可能是因為我整天只能跟病人接觸吧。不幸的是，我的病人中沒有一個是皇親國戚，也沒有好玩的俄國僑民。」

卡羅琳推了推眼鏡，看了我一眼。

「看來你今晚脾氣很壞，詹姆斯。一定是肝火太旺，今晚服顆藍色藥丸吧。」

在我家的時候，你絕對想不到我是個醫生。卡羅琳是我們的家庭醫生，她不僅給自己而且還給我開藥方。

「去你的肝火太旺，」我脾氣暴躁地說，「你們到底是不是談了這件命案？」

「是呀，當然哪，詹姆斯。在我們這個小地方還有什麼可談的？我還糾正了他好幾個看法，他對我非常感謝，並說我天生就是當偵探的料，還是一個優秀的心理學家，能看透人的本性。」

卡羅琳活像一隻吃足奶油的貓，得意地喵喵叫著。

「他大談灰色腦細胞以及它們的功能。他說，他的腦細胞質量最好，是第一流的。」

「他這麼說？」我譏諷地說，「可見謙虛不是他的特長。」

「希望你不要學那些討厭的美國人，詹姆斯。他認為目前最重要的是盡快找到拉爾夫，勸他回來澄清一些事實。他說，他失蹤這件事，在驗屍審訊上對他非常不利。」

「你是怎麼說的？」

「我同意他的看法，」卡羅琳驕傲地說，「我把人們談論的事，都告訴了他。」

「卡羅琳，」我嚴厲地說，「你把那天在樹林裡聽到的話，也告訴白羅先生了？」

「是的。」卡羅琳非常得意地說。

我站起身，來回走動。

「我希望你明白自己做了些什麼，」我氣沖沖地說，「你已經把絞索套在拉爾夫．佩頓的脖子上了，這就像你現在坐在椅子上一樣確定。」

「才不會呢，」卡羅琳非常平靜地說，「倒是我滿驚訝你沒把這件事告訴他。」

「我故意不說的啊，」我說，「我非常喜歡這孩子。」

「我也很喜歡他，所以我認為你是在胡說八道。我並不相信拉爾夫會幹出這種事，因此說實話不會對他有害，我們應該盡力幫助白羅先生。你想想看，很有可能拉爾夫和那個女孩在謀殺的那一晚一起出去了，如果是這樣的話，他就有充分的不在場證明啦。」

「如果他有充分的不在場證明，」我反駁說，「那麼他為什麼不出來講清楚呢？」

「很可能他怕把這女孩牽連進去，」卡羅琳自作聰明地說，「但如果白羅先生能找到她，曉以大義，她一定會自動前來替拉爾夫澄清事實。」

「你好像在編造一個浪漫的童話故事，」我說，「你讀太多那些毫無意義的小說了，卡羅琳，這話我不知講了多少遍。」

我又坐到我的那張椅子上。

「白羅還問了其他什麼問題？」我問道。

「他只是問了那天早晨你那些看診病人的情況。」

「病人的情況？」我追問道，簡直不敢相信自己的耳朵。

「是的，你的看診病人。他問了病人的數量，以及這些病人是誰。」

「聽你的口氣，好像你能夠回答這些問題？」我追問道。

卡羅琳確實令人嘆為觀止。

「怎麼不能？」姐姐得意地反問道，「從這扇窗子，我可以清清楚楚地看到通往診所的那條小路。而且我的記憶力極好，詹姆斯，比你的不知好上多少倍，我可以這麼說。」

「我相信你的記憶力是比我強。」我毫無表情地低聲說。

姐姐繼續往下說，她扳著手指數著病人，說出他們的名字。

「有老貝尼特太太；農場那個弄傷手指的男孩；多利．格賴斯來拔手指裡的刺；那個美國空服員……讓我想一下，這樣已經四個。噢，還有，老喬治．埃文來看胃潰瘍，最後……」

她意味深長地停了一會兒。

「還有呢？」

卡羅琳得意忘形到了無以復加的地步。然後她說出了那個名字：「拉瑟兒小姐。」

她的發音中帶有強烈的「嘶嘶」聲，因為拉瑟兒小姐的名字中有若干個「S」。

她靠回到椅背，意味深長地看著我，而一旦她這樣望著你時，你就別想矇混過去。

「我不知道你是什麼意思，」我假裝不理解。「拉瑟兒小姐膝蓋有毛病，難道她就不能來找我看病嗎？」

「膝蓋有毛病？」卡羅琳說，「胡說八道！她的膝蓋跟你我的一樣，完全正常。她是別有用心。」

「什麼用心？」我問道。

卡羅琳不得不承認，她並不知道拉瑟兒的目的。

「但我可以肯定，這也是他想弄清楚的事──我指的是白羅先生。那女人有點可疑，這一點他很清楚。」

「你的這些話和艾克洛太太昨天跟我說的完全一樣，」我說，「她也說拉瑟兒小姐滿可疑的。」

「啊！」卡羅琳陰沉地叫了一聲，「艾克洛太太！又是一個！」

「又是一個什麼？」

卡羅琳拒絕解釋。她只是頻頻點頭，然後捲起手中的毛線，上樓去罩了一件紫紅色高領綢緞上衣，戴上一條金項鍊。這就是她所謂的更衣進餐。

我呆坐在那裡，目光凝視著爐火，心裡還在想著卡羅琳剛才說的那些話。白羅來這裡，真是為了了解拉瑟兒小姐的情況，還只是卡羅琳按自己的想法亂猜一通？

拉瑟兒小姐那天早晨的一舉一動，沒有任何引人懷疑的地方。至少……

我記得她不斷地談論吸毒，從吸毒又談到各種毒藥，然後又談到下毒。但這個案件跟下毒無關，艾克洛並不是被毒死的。這件事確實有點蹊蹺……

卡羅琳在樓上尖澀地叫喚著：「詹姆斯，快來吃飯。」

我往爐子裡投了幾塊煤，順從地上了樓。

只要家中能保持平靜，我什麼都可以聽她。

12 小小調查會

驗屍審訊在星期一進行。

我並不想詳述這次審訊的經過。如果要詳述的話，那只不過是一遍又一遍地重複相同的內容。警察事先已交代過，不要透露太多。我只提出艾克洛致死的原因，以及死亡的大概時間。驗屍官對拉爾夫．佩頓的缺席，談了自己的看法，但並未過分強調。

事後，白羅和我跟拉格倫警官談了幾句，他的神情顯得非常嚴肅。

「情況非常糟糕，白羅先生，」他說，「我盡量做到客觀公正。我是本地人，在克蘭切斯特曾多次見過佩頓上尉，我並不希望他是凶手。但不管從哪一方面來看，情況對他都很不利。如果他是清白的，他為什麼不前來解釋呢？我們是有些不利於他的證據，但很可能經他解釋後即可澄清。那麼他為什麼不出來解釋呢？」

我當時並沒有完全理解警官這番話的內在含義。其實他們已經向英國的所有碼頭和車站發出通緝拉爾夫的告示，各地的警察都提高警覺。他在城裡的房子，以及他常去的地方或場所，都被嚴密監視。在這嚴密的戒備中，看來拉爾夫是插翅難飛了。何況他既沒有行李，而且眾所皆知的，身上也沒有錢。

「我還沒有找到一個那晚看過他在火車站打電話的人，」警官繼續說，「但這裡的人對他很熟悉，應該會有人看見他打電話的。利物浦也沒有他的消息。」

「你認為他去利物浦了？」白羅問道。

「噢，這是顯而易見的，從車站打來那通電話就是在利物浦快車離開前三分鐘打的。」

「打電話的人可能故意這麼做，想把你們的注意力引開。或許這就是打那通電話的用意。」

「這也是一種看法，」警官急切地說，「你真的以為這是那通電話的用意？」

「我的朋友，」白羅嚴肅地說，「這一點我不能肯定，但我可以告訴你：如果我們能夠弄清打電話的用意，那麼謀殺之謎也就解開了。」

「我記得你以前也說過這樣的話。」我邊說邊好奇地看著他。

白羅點點頭。

「我常在想這個問題。」他鄭重其事地說。

「我看這與謀殺無關。」我提出自己的看法。

「我不這麼認為，」警官提出異議。「但我得坦率地說，白羅先生太拘泥於這一點，我們還有更好的線索可以追查，比方說，劍柄上的指紋。」

白羅的行為突然變得令人費解，每當他感到興奮時，他的表現總是如此。

「警官先生，」他說，「要謹防盲點，盲點啊！那句話是怎麼說的？小路迢迢，沒有盡頭。」

拉格倫警官不解地張大眼睛。我非常機敏地接過話題。

「你的意思是鑽牛角尖？」我說。

「是這個意思，死巷子沒有出路。從這些指紋上，很可能得不到什麼結果。」

「我不懂你在說什麼，」警官說，「你是不是在暗示，這些指紋是偽造的？我確實讀過這類事例，但我從未親身遇到過。不管是真是假，我們總能從中獲得一些線索。」

白羅只是聳聳肩，伸伸雙臂。

警官把各種放大的指紋照片拿給我們看，從技術角度給我們講解手指紋路的問題。

「喂，」他終於說道，顯然對白羅的冷漠感到很惱怒。「你得承認，這些指紋是那天晚上屋子裡的某個人留下的，你說對不對？」

「當然囉。」白羅一邊點頭，一邊說。

「那好，我已經把家裡所有人的指紋都取到了。每一個人的，從老太太一直到廚師，無人例外。」

我想艾克洛太太不會願意別人稱她為老太太，她可花了不少錢在化妝品上。

「每個人的指紋，」警官生怕別人沒聽清楚，又重複一遍。

「也包括我的。」我毫無表情地說。

「驗指紋的結果表明，沒有一個人的指紋跟劍柄上的符合。現在只缺兩個人的指紋——拉爾夫．佩頓的，還有醫生遇見的那個神祕陌生人的。只要我們找到這兩——」

「許多寶貴的時間都給你浪費掉了。」白羅打斷了他的話。

「我不明白你的意思，白羅先生。」

「你剛才說採到了每個人的指紋，」白羅低聲說，「真是這樣嗎，警官先生？」

「當然囉！」

「沒有漏掉任何人？」

「任何人都沒漏掉。」

「包括所有的活人和死人？」

警官一時摸不著頭腦，以為這是一句偈語。過了好一會兒，他才慢慢地說：「你的意思是——」

「死人的指紋，警官先生。」

警官遲疑了一會兒，還是沒弄明白。

「我的意思是，」白羅平心靜氣地說，「劍柄上的指紋是艾克洛先生本人的。要證實這一點非常容易，他的屍體還在。」

「怎麼可能？你的重點是什麼？你不會認為他是自殺的吧，白羅先生？」

「噢！不是。我的意思是，凶手戴著手套或者用什麼東西包住自己的手，行刺後他就用死者的手去緊緊握住劍柄。」

「但這樣做是什麼目的呢？」

白羅又聳聳肩。

「使這個複雜的案件變得更加錯綜複雜。」

「那好，」警官說，「我就去查驗一下。請問你是怎麼想到這一點的？」

「當你好心把劍拿給我看，並指出上面的指紋時，我就想到了這一點。我對手指紋路所知非常少——說老實話，我對指紋根本一竅不通。不過我當時就發現，劍柄上的指紋位置有點不自然。如果叫我去殺人，我絕對不會這樣拿刀。把右手舉到肩膀後面，是很難插入那個位置的。」

拉格倫警官瞠目結舌地盯著那矮個子偵探。白羅顯出心不在焉的樣子，撣了撣衣袖上的灰塵。

「沒錯，」警官說，「這是個看法，我馬上就去證實一下。但如果事情不是這樣，你可不要失望。」

他說話的口氣很溫和，但帶點上司對下級說話的味道。白羅目送他走出屋外，然後轉向我，對我眨眨眼。

「下次我得多多維護他的 amour propre[12]。」他說，「現在我們可以按自己的方案行事了，我的朋友，我們來一次『家庭小聚會』，怎麼樣？」

白羅所說的「小聚會」，半個小時後就進行了。我們在弗恩利莊的飯廳裡，圍著桌子坐著。白羅坐在桌首，猶如董事長召開嚴肅的董事會。僕人都不在場，我們總共只有六人。艾克洛太太、弗洛拉、布倫特少校、年輕的雷蒙、白羅和我。

人到齊後，白羅起身向大家鞠躬致意。

「先生們、女士們，我把你們召集來是為了某件事，」他停了一會兒。「首先，我對弗洛拉小姐有一個特別請求。」

「對我？」弗洛拉問道。

「小姐，你和拉爾夫．佩頓上尉已經訂婚，他最信得過的人就是你。我真心懇求你，如果你知道他的下落，就去說服他回來。」弗洛拉抬起頭正想開口，白羅又說：「等一會兒，想清楚再說。小姐，他的處境日益危險，如果他能馬上來這裡，不管情況對他多麼不利，他都有機會澄清。但是他保持沉默，避而不見，那表示什麼呢？只表示他承認自己犯了罪。小姐，如果你確實認為他清白無辜，那就去說服他，請他快回來，否則就太晚了。」

弗洛拉的臉色變得非常蒼白。

「太晚了！」她遲緩地重複一遍。

白羅身子前傾，看著她。

「你得明白，小姐，」他非常和藹地說，「現在是白羅老爹在請求你。白羅老爹對這類事見得多了，是很有經驗的。我並不是要設陷阱害他，小姐。你是不信任我，所以不願意把拉爾夫·佩頓躲藏的地方告訴我嗎？」

她起身面對白羅。

「白羅先生，」她以清脆的嗓音說，「我向你發誓，最慎重地發誓，我對拉爾夫的下落，確實一無所知。自從那天起，也就是謀殺的那天起，我就再也沒有見到他，也沒有聽到他的消息。」

她又坐下來，白羅一語不發地盯著她看。過了一會兒，他用手在桌上敲了一下，發出清脆的響聲。

「好吧，就這樣，」他臉繃得緊緊地說，「現在我請求其他在座的各位，艾克洛太太、布倫特少校、夏波醫生、雷蒙先生，你們都是這位失蹤者的好朋友或親人，如果你們知道拉爾夫·佩頓的藏身之處，就請說出來。」

久久無人做聲，白羅一個個輪流看了一遍。

「我再次請求你們，」他低聲說，「請說出來吧。」

12 法語，意思是「自尊心」。

仍然沒人說話。最後艾克洛太太開口了。

「我不得不說，」她以平淡的語調說，「拉爾夫的失蹤非常奇怪，確實非常奇怪。到這種時候他還不露面，看來其中一定有什麼原因。親愛的弗洛拉，幸好你們還沒有正式宣布訂婚哪。」

「媽媽！」弗洛拉氣沖沖地說。

「上帝啊，」艾克洛太太說，「『我虔誠地信奉上帝，上帝決定我們的命運。』莎士比亞的優美詩句就是這麼寫的。」

「你的腳踝太粗，該不會怪罪上帝吧？」傑弗里．雷蒙開玩笑地問，放聲大笑起來。

我想，他的意圖是為了緩和一下緊張氣氛，但艾克洛太太用責備的目光瞥了他一眼，然後掏出手絹。

「幸好弗洛拉沒有捲入這樁不光采且令人不愉快的事件。我始終認為，親愛的拉爾夫跟可憐的羅傑之死毫無關係，他不可能幹出這種事來。我這人總喜歡信任別人——從小就如此。我不願意把別人看得很壞。當然，我們還記得，拉爾夫小時候遇過幾次空襲。有人說，這對一個人的神經系統有明顯的影響，這種影響要多年以後才會顯示出來。這種神經受刺激的人，對自己的行為一點也不負責任，他們無法控制自己，有些事他們是下意識去做的。」

「媽媽，」弗洛拉叫了起來，「你不會認為是拉爾夫幹的吧？」

「唉，艾克洛太太。」布倫特說。

「我不知道該怎麼說，」艾克洛太太滿臉淚水地說，「實在太令人傷心了，如果拉爾夫被判有罪，我不知道這些財產該如何處理。」

雷蒙惡狠狠地把桌旁的椅子推出去。布倫特少校仍然保持沉默，若有所思地望著她。

「這猶如一顆炸彈，」艾克洛太太固執地說，「我可以告訴你們，羅傑在錢的方面對他剋扣得太厲害——當然這也是為他好。我知道你們都不同意我的看法，但拉爾夫不露面，我確實感到很不對勁。謝天謝地，幸好弗洛拉跟拉爾夫的訂婚從未公開宣布。」

「明天就要宣布。」弗洛拉以清晰乾脆的聲調說。

「弗洛拉！」她母親被這句話驚呆了。

弗洛拉轉身面對祕書。

「請你把訂婚通知寄給《早晨郵報》和《泰晤士報》，雷蒙先生。」

「如果你確信這種做法是明智的，艾克洛小姐。」他很嚴肅地回答道。

她一陣衝動，轉身面對布倫特。

「你該明白，」她說，「我已經無計可施。事情已經到了這種地步，我必須站在拉爾夫這邊。你認為我該不該這麼做？」

她那犀利的目光期盼地看著他，過了好一會兒，他才匆匆點了一下頭。

艾克洛太太大聲叫嚷著，表示反對。弗洛拉仍然坐在那裡不為所動。這時雷蒙開口了。

「你的動機我很讚賞，艾克洛小姐。但不認為這樣做太倉促嗎？還是再等一兩天吧。」

「明天，」弗洛拉說得非常乾脆。「媽媽，這樣拖下去沒有好處，不管發生什麼事，我都要忠於我的朋友。」

「白羅先生，」艾克洛太太老淚縱橫地懇求道，「你難道不能開口說幾句話嗎？」

「沒什麼可說的，」布倫特插話說，「她做得對，不管發生什麼事，我都站在她這邊。」

弗洛拉把手伸向他。

「謝謝你，布倫特少校。」她說。

「小姐，」白羅說，「我這個老頭得盛讚你的膽量和忠誠。如果我請求你，很誠懇地請求你，至少再遲兩天宣布，我想，你不會對我有什麼誤解吧？」

弗洛拉猶豫著。

「我請求你這麼做完全是為了拉爾夫．佩頓，也是為了你，小姐。你看起來不太情願，但你並不明白我的用意。我可以向你保證，這樣做確實對你們有好處。Pas de blagues[13]，你既然請我來辦這件案子，就不該阻礙我的工作。」

弗洛拉沒有馬上答覆，過了幾分鐘後她說：「我是不太情願延期，但我願意按照你說的去做。」

她又坐回到桌旁的椅子上。

「好吧，先生們，女士們，」白羅說得非常快。「現在我把我的想法跟大家講一下。我已經下定決心要弄清事實真相。不管這個真相是多麼的醜陋，對於澄清真相的人來說，都是非常美妙的。我年事已高，能力已不如過去。」說到這裡，他停了一下，顯然是期望有人反對他的說法。「很可能這是我承辦的最後一個案子。但是赫丘勒·白羅絕對不會以失敗而告終。先生們、女士們，我告訴你們，我一定要了解真相，不管你們如何阻撓，我都會把真相弄清楚。」

他以挑釁的口吻，狠狠向我們拋來最後一句話。所有在場的人都被他的話震懾住，只有傑弗里·雷蒙除外，他仍然跟往常一樣樂呵呵地，對這些話無動於衷。

「『不管你們如何阻撓』，這是什麼意思？」他揚起眉毛問道。

「是這麼回事，先生。這個房間裡的每個人，都對我隱瞞了一些事情。」他那憤恨不滿的說話聲愈來愈響，手在空中揮動著。「是的，是的，我明白我自己說的話。你們可能會認為那都是些無關緊要的、瑣碎的小事，看上去好像跟本案沒有多大關係，但在我看來，這些事跟破案關係密切。你們每個人都隱瞞了一些事情，請講出來。難道我這話說的不對嗎？」

他朝桌旁的人掃視了一遍，那犀利的目光中帶有挑戰和指責的味道。在座的所有的人都低下了頭，不敢正視他，包括我在內。

「我已經得到回答。」白羅笑著說，笑聲有點不太自然。他從座位上站了起來。「我請

13 法語，意思是「我不是開玩笑」。

求在座的每個人把隱瞞的事告訴我——所有的事實。」室內鴉雀無聲，沒人回答。「沒有人要說嗎？」

他又短促地笑了一聲。

「C'est dommage.[14]」

說完，他便離開了房間。

14　法語，意思是「太遺憾了」。

13 鵝毛管

那天晚上應白羅邀請，我一吃完飯就去他家。卡羅琳看著我出門，臉上露出不高興的神色，我知道她非常想陪我一起去。

白羅非常客氣地接待我。他事先已把一瓶愛爾蘭威士忌（這種酒我不太喜歡）放在一張小小的桌子上，旁邊還放著蘇打水吸管和一只玻璃杯。他自己喝的是熱巧克力，我後來才知道這是他最喜歡的飲料。

他彬彬有禮地問候我姐姐，說她是一個非常有趣的女人。

「恐怕是你的拜訪使她有點飄飄然。」我冷漠地說，「星期日下午，你們談了什麼？」

他眨著眼大笑起來。

「我最喜歡雇用專家。」

此話我不甚理解，但他拒絕加以解釋。

「你一定聽到了不少閒言閒語，」我說，「這些談論既有真的，也有假的。」
「還有大量寶貴的訊息。」他平靜地補充了一句。
「比如——」我期待他進一步說下去。
他搖搖頭。
「你為什麼不願告訴我真實情況？」他反問道，「在這個地區，拉爾夫．佩頓所做的一切必定查得到。就算你姐姐那天沒有路過那片樹林，其他人也會看見他們。」
「說得沒錯，」我粗魯地說，「那麼你對我的病人大感興趣，又是怎麼一回事？」
他又眨眨眼。
「只對一個病人感興趣，醫生，只有一個。」
「最後一個？」我妄猜著。
「我認為拉瑟兒小姐是個有趣的調查對象。」他含糊其辭地說了一句。
「你是不是相信家姐和艾克洛太太的話？認為她很鬼祟？」我問道。
「哦，你說什麼？鬼祟？」
我盡可能把這個字眼解釋清楚。
「她們都是這麼說的嗎？」
「家姐昨天下午沒跟你這麼說嗎？」
「這也有可能啊。」

「簡直莫名其妙。」我說。

「女人，」白羅說，「是不可思議的！她們毫無根據地隨意推測，而推測的結果卻往往是正確的，神奇的還不在這點。女人還能夠觀察到許多細節問題，但她們本身並未意識到，她們的下意識會把這些細節組合在一起。人們把這種現象稱之為直覺。我對心理學是非常精通的，這些事我都清楚。」

他非常高傲地挺起胸，模樣十分可笑，我費了很大的勁，才忍住沒笑出聲來。他呷了一小口巧克力，小心翼翼地抹了一下八字鬍。

「我希望你能告訴我，」我衝口而出，「你對這一切是怎麼看的？」

他放下杯子。

「你想知道我對這一切的看法？」

「是的。」

「我看見的東西你也看見了，難道我們的看法不一致嗎？」

「恐怕你是在嘲笑我吧，」我語氣生硬地說，「當然，對這類事我毫無經驗。」

白羅毫無顧忌地衝著我笑。

「你真像一個想了解機器怎麼運作的孩子。你想了解這件事，但不是以家庭醫生的角度來了解，而是以偵探那種不帶感情的眼光來看待。對偵探來說，所有的人都是陌生人，所有的人都是懷疑的對象。」

「你解釋得太精闢了。」我說。

「那麼我就教你小小的一招。首先，你得把出事那天晚上的來龍去脈都搞清楚；要隨時牢記，每個人都有可能說謊。」

我揚了揚眉毛。

「要保持一種懷疑的態度。」

「這是必要的，我保證，這是非常必要的。首先，夏波醫生八點五十分離開那幢房子，我是怎麼知道的？」

「是我告訴你的。」

「但可能你沒說真話，或者你的手錶走得不準。不過帕克也說你是八點五十分離開的，所以我們可以接受這個說法略下不談。九點鐘的時候，你遇見了一個人。我們暫且把這個稱作：『跟神祕陌生人的奇遇』，就在宅邸的大門外。我怎麼知道事實正是如此？」

「是我告訴你的——」

我回答說，但白羅不耐煩地揮手打斷我的話。

「啊！你今晚有點呆頭呆腦，我的朋友。你當然知道這一切，但我是怎麼知道的呢？好吧，那我就來告訴你，這個神祕陌生人不是你的幻覺，因為甘尼特小姐的女僕在你遇見他之前幾分鐘，也見過他，他也是向她打聽去弗恩利莊的路。因此我就確定，確有此人。我們對他有兩點是可以肯定的——第一，他對附近這一帶很不熟悉；第二，不管他去弗恩利莊的目的是什麼，其中一定沒有什麼祕密，因為他問了兩次去那裡的路。」

「對，」我說，「我能明白。」

「目前，我的任務就是要打聽到這個人更多的情況。我知道他在三豬苑喝了酒，那裡的女服務生說他說話帶美國口音，並說他剛從美國回來。你有沒有注意到他的美國口音？」

「是的，我想是有。」我停了一會兒才回答。在這短暫的停頓中我又回想起那天相遇的情景。「但口音並不重。」我又補充了一句。

「確實如此。還有這個，你可能還記得，這是我在涼亭那兒撿到的。」

他把小小的鵝毛管拿到我面前，我好奇地察看著，突然，我想起了小說中讀到的情景。

白羅一直盯著我看，當他看到我那領悟的神色時便點點頭。

「是的，海洛因，白粉。吸毒者是這樣拿的，然後從鼻子裡吸進去。」

「鹽酸海洛因。」我不加思索地低語著。

「在大西洋彼岸，用這種方法吸毒是司空見慣的事。這又是一個證據，證明此人是加拿大人或美國人。」

「是什麼東西使你注意涼亭的？」我好奇地問道。

「我的警官朋友認為，任何去艾克洛家的人都會抄這條近路，但當我看到涼亭後，我馬上就想到，任何去涼亭幽會的人也要走這條路。現在可以確定，那個陌生人既沒走前門，也沒走後門。那麼，是否有人從家中出來跟他相會呢？如果是這樣的話，還有什麼地方比這小涼亭更方便呢？我到涼亭搜尋了一番，希望能找到點線索。結果我找到了兩件東西，一小條絲絹和一根鵝毛管。」

「那條絲絹？」我好奇地問。「它有什麼不對？」

白羅挑了挑眉毛。

「你沒有動用你的灰色腦細胞，」他冷冰冰地說，「一眼就應該看出這是一條上過漿的絲絹。」

「我就看不出。」我換了一個話題。「不管怎麼說，這人到涼亭來是跟某個人相會，那麼要會見的是誰呢？」

「這就是問題的關鍵，」白羅說，「你是否還記得，艾克洛太太和她的女兒是從加拿大到這兒來的？」

「這就是你今天指責大家都隱瞞一些事情的意思嗎？」

「可以這麼說。現在還有一點，俄秀拉的話，你認為怎麼樣？」

「什麼話？」

「她之所以辭職的那番話。解雇一個僕人要花半個小時嗎？有關重要文件的事是否可信？你該記得，雖然她說她從九點半到十點都在自己的臥室裡，但沒有人能證明這一點。」

「你把我搞糊塗了。」我說。

「對我來說，情況愈來愈清楚。但我想知道你的看法和推論。」

我從口袋裡掏出一張紙。

「我只是草草地寫了幾個看法。」我抱歉地說。

「非常好，你也有自己的方法，我現在就洗耳恭聽。」

我有點難為情地唸出寫下來的看法。

「首先，看問題要有邏輯性。」

「可憐的海斯汀也經常這麼說，」白羅打斷了我的話，「但糟糕的是，他從來不按自己說的去做。」

我繼續說：「第一點，九點半時，有人聽到艾克洛先生在跟某個人談話。

「第二點，那天晚上，拉爾夫‧佩頓一定從窗子裡進來過，這一點可從他的鞋印證實。

「第三點，艾克洛先生那晚很緊張，從這一點可看出，他要會見的人是他認識的。

「第四點，九點半，跟艾克洛在一起的那個人是來要錢的。而我們知道拉爾夫‧佩頓正缺錢用。

「從這四點可以看出，九點半跟艾克洛先生在一起的那個人是拉爾夫‧佩頓。但我們知道，艾克洛先生九點四十五分還活著，因此凶手就不是拉爾夫。拉爾夫離開時沒有關窗，過後那個凶手就翻窗進入了書房。」

「誰是謀殺者？」白羅問道。

「那個陌生的美國人。很可能是他和帕克串通好的。敲詐弗拉爾太太的人可能就是帕克，他可能聽到一些風聲，意識到這場遊戲該結束了。他跟同謀商量後，由他的同謀出面去謀殺，那把行凶用的短劍則是帕克拿給他的。」

「這也是一種推理，」白羅不得不承認說，「看得出你也有那種細胞。但還有不少地方你沒解釋清楚。」

「比如——」

「打電話的事、被推動過的椅子——」

「你當真認為那椅子的事很重要嗎？」我打斷了他的話。

「可能不重要，」我的朋友承認道，「它可能只是被意外地推了一下，很有可能是雷蒙或布倫特在情緒極度緊張的情況下，無意識地把它推回原來的位置。接下來就是丟掉的四十英鎊。」

「艾克洛把它給了拉爾夫，」我提出了自己的看法，「他一開始拒絕給拉爾夫，後來經再三考慮就同意了。」

「仍然有個問題沒有解釋清楚。」

「什麼問題？」

「為什麼布倫特認為九點三十分的時候，是雷蒙跟艾克洛先生在一起？」

「這一點他已解釋過了。」我說。

「你是這麼認為嗎？對這一點，我並不想深究。但請你告訴我，拉爾夫・佩頓失蹤的原因是什麼？」

「那就更難解釋了，」我不慌不忙地說，「從一個醫生的角度來看，拉爾夫的精神一定失常了！如果他突然知道，他的繼父在他離開後幾分鐘就被謀殺了——就在他跟他的繼父激烈爭吵之後——唉，他很可能是一時受驚逃走了。我們都知道，人往往會如此，亦即，在完全清白的情況下，卻表現得像是犯下重罪。」

「是的，你說得沒錯，」白羅說，「但我們不能忽略一件事。」

「我知道你要說什麼，」我說，「動機。他的繼父死後他可繼承一大筆財產。」

「那只是其中一個動機。」白羅在這一點上同意我的看法。

「其中一個動機？」

「是的，你有沒有意識到，擺在我們面前的有三個互不相干的動機。有人偷了藍色信封以及裡面的信，這是確定無疑的，這是一個動機——敲詐！拉爾夫・佩頓很可能就是敲詐弗拉爾太太的那個人。你應該記得，哈孟說過，拉爾夫・佩頓最近沒有向他的繼父要錢。看來他的錢好像是從其他地方弄來的。接下來就是——你們是怎麼說的，『窮途潦倒』？他怕這種情況傳到他繼父的耳朵裡。最後一個動機就是你剛才說的。」

「天啊，」我驚叫了一聲，「這個案件確實對他很不利。」

「是嗎？」白羅說，「這就是你和我的分歧所在。三個動機——好像太多了點。不管怎麼說，我仍然相信拉爾夫・佩頓是無辜的。」

14 艾克洛太太

就在我前述的那個晚上過後，事情好像進入一個截然不同的局面。整件事情可以分為兩個階段，這兩個階段有明顯的差異。第一階段，從星期五晚上艾克洛被刺開始，到第二週的星期一晚上。這一階段，都是平鋪直敘的描述，也就是人們講給赫丘勒・白羅聽的那些事。整個第一階段我都在他的身邊，他看見的東西我也看見了，我一直設法揣測他在想些什麼，但到現在我才發現我無法猜出他心裡想的事。雖然白羅把他所發現的東西都讓我看了，比如訂婚戒指，但他並沒有把其中的重要性，以及在他心裡形成的邏輯關係講出來。我後來才知道，嚴守祕密是他的特性。他隨時可以向你提供一些線索和暗示，但除此之外他什麼都不肯透露。

直到星期一晚上之前，就如我剛才所說，我的敘述也就等於是白羅本人的敘述。我只是扮演了福爾摩斯的助手華生的角色。而星期一以後，我們便分道揚鑣，各做各的事。白羅忙於他的調查，我則從別人那裡聽到一些他所做的事。在金艾博特這個小地方，你什麼事情都打聽得到。但他沒把他要做的事先告訴我，而我也忙於自己的事。

回顧過去一段時間，給我印象最深刻的是：到處充滿了毫無關聯的零星線索。每個人對這謀殺之謎都有自己的見解，這跟拼圖非常相似，每個人都提供了一點資料或新的發現，但他們所做的僅此而已，只有白羅才有能力把這些零碎的東西拼合成一個完美的圖案。

有些事情在當時看來，與案件毫不相干，沒有多大意義。比如有關黑靴子的問題。然而後來……為了把發生的事情嚴格地按照時間順序排列，我必須從艾克洛太太招我去出診開始敘述。

星期四一大早她就派人來請我，好像有什麼急事。我急匆匆地趕過去，心想她是不是快要死了。

艾克洛太太躺在床上，所以她也就不能太講究禮節了。她伸出乾癟的手向我指了指椅子，意思是叫我把椅子拉到床邊。

「呃，艾克洛太太，」我說，「什麼地方不舒服？」我和藹地問道，就像一般的執業醫生那樣。

「我全身虛脫，」艾克洛太太說話的聲音非常衰弱。「完全虛脫了，這是受驚引起的，可憐的艾克洛遇刺使我受驚不少。人們都說這種情況在當下感覺不到，一段時間後才會反應出來。」

非常遺憾，受限於醫生這一職業，我無法把心裡想的事說出來——我很想對她說：「胡說八道！」

但我沒有這麼做，而是向她推薦一種補藥，她欣然接受了。第一幕看來是結束了。我根本就不相信她是因艾克洛的死而受驚，才召我出診的。她絕對是有事要對我說，但她又不懂怎樣直截了當地討論一個話題，她老是拐彎抹角地說來說去，談不到正題，我一點都摸不清她請我去的意圖。

「昨天的那種場面——」

她停了一會，好像是等我接話。

「什麼場面？」我問。

「醫生，你怎麼啦？難道你忘了那個盛氣凌人的小法國人——也可能是比利時人，管他是哪個國家的人！他用那種方式來威脅我們，我非常憤怒，那比羅傑的死還令人難受。」

「您多擔待了，艾克洛太太。」我說。

「我不知道他是什麼意思，竟然敢那樣嚇唬我們。我完全明白我該盡的義務，怎麼可能隱瞞事實呢？我已經盡了全力來協助警察工作。」

艾克洛太太頓住了。我說「確實如此」，開始隱隱約約地意識到她要談的問題。

「沒有人敢說，我沒有盡到我的責任，」艾克洛太太繼續說，「我相信拉格倫警官一定對我非常滿意。而這個自命不凡的外國佬，憑什麼在那裡沒事找事？相貌長得那麼古怪，活像時事諷刺劇裡那些滑稽可笑的法國佬。我不明白弗洛拉為什麼堅持要他來辦這個案件。這件事她事先根本就沒有跟我商量過，自作主張就去做了。弗洛拉這孩子也太任性了，我畢竟是個見過世面的女人，而且又是她的母親，她應該事先徵得我的同意。」

我靜靜地聽她講述。

「他到底在想些什麼？這是我想知道的。他真的認為我隱瞞了某些事？他昨天直言不諱地指責我。」

我聳了聳肩。

「沒有關係的，艾克洛太太，」我說，「既然你沒隱瞞什麼事，就不必多心，他的那番話可能並不是針對你說的。」

艾克洛太太按她慣常的方式，唐突地轉到另一個話題。

「僕人們太討厭了，」她說，「她們喜歡閒言閒語，相互傳遞謠言。有些事一傳十，十傳百地馬上就傳開了……這些事很可能只是捕風捉影，無中生有。」

「僕人們一直在談論？」我問道，「她們在談些什麼？」

艾克洛太太狡黠地瞅了我一眼，我感到有點不自在。

「如果別人都知道，我相信你也知道，醫生。你一直和白羅先生在一起，不是嗎？」

「我是。」

「那麼你一定知道。是不是那個叫俄秀拉．伯恩的女孩說了什麼？這是預料中的事，她馬上要離開這裡了。在離開前，她必定會想辦法來製造麻煩。滿肚子壞心眼，她們就是這種人，全一個樣。醫生，既然當時你在場，你一定知道她說了些什麼？我擔心的是，謠傳會產生誤解。不管怎麼說，我認為沒有必要把一切瑣碎的細節都告訴警察，你說對不對？有些事是家庭內部的私事，跟謀殺案毫不相干。但如果這個女孩居心不良的話，她可能把所有的事都說了出去。」

從她那滔滔不絕的話語中，我一眼就看透了她的內心。她感到非常焦慮。這證明白羅的假設是正確的。昨天圍坐桌旁的六個人中，至少艾克洛太太是隱瞞了一些事情。我現在的任務，就是要弄清她到底隱瞞了什麼。

「艾克洛太太，如果我是你，」我魯莽地說，「就把一切都講出來。」

她發出一陣短促的尖叫聲。

「哦！醫生，你說話怎麼這樣唐突，聽你的口氣，好像，好像……我很快就可以把一切解釋清楚。」

「那麼為什麼不說出來呢？」我提議道。

艾克洛太太拿出一條繡有飾邊的手絹，開始嗚咽起來。

「醫生，我想請你去跟白羅先生說……把事情解釋清楚。你知道，外國人很難理解我們的觀點。你可能並不知道——也沒有其他人知道——我一直在困境中掙扎、煎熬，長期的煎熬，這就是我的生活。我並不想說死者的壞話，但情況確實如此。即使是一份小小的帳單，羅傑都要過目，好像他這個人每年只有幾百英鎊的微薄收入，根本不像是個地方上的富紳（這一點是哈孟先生昨天告訴我的）。」

艾克洛太太停了下來，用繡有飾邊的手絹擦了擦眼睛。

「是的，」我誘引道，「你是說帳單的事？」

「那些可怕的帳單。有些我並不想拿給羅傑看，因為男人是不懂的。如果讓他看的話，他一定會說這些東西沒有必要買。當然，這些帳單愈積愈多，而且還源源不斷地送來──」

她懇切地看著我，似乎是希望我能說幾句安慰話。

「女人都有這種毛病。」我安慰她說。

她的語調變了，變得非常生硬。

「我向你保證，醫生，我的精神已經受到了極大的傷害。晚上睡不著覺，心臟老是怦怦地劇跳。然後，我收到蘇格蘭鄉紳的來信──事實上是兩封，都是蘇格蘭鄉紳寫來的。一個叫布盧斯．麥克森，另一個叫戈林．麥克納，這完全是巧合。」

「不一定是，」我冷漠地說，「他們通常稱自己是蘇格蘭鄉紳，但我懷疑他們的祖先跟猶太人有血緣關係。」

「他們可以提供十鎊到一萬鎊的現金借款。」艾克洛太太一邊想，一邊低語著。「我曾寫信給他們其中一個，但看來是有困難。」

她又頓住了。

我猜想我們已開始涉及到她的核心問題。我還從未碰過這麼會繞彎說話的人。

「你要知道，」艾克洛太太低聲說，「這只是一種期望，對遺囑的一種期望。雖然我預料羅傑會給我留下財產，但我並不能完全確定。我想，如果能夠看看他的遺囑……我並沒有什麼不良動機，只是這樣一來，我比較好為自己打算。」

她斜睨了我一眼。眼下的情況確實難以處理，看來她非得用詞巧妙，才能掩飾某項醜陋卻赤裸裸的事實。

「我只能告訴你下面這些事，親愛的夏波醫生，」她說得非常快，「我相信你不會對我產生誤解，我希望你如實地把這件事告訴白羅先生。那是星期五的下午——」

她停了下來，嚥了一口唾液，顯出遲疑不決的神情。

「是的，星期五下午怎麼樣？」我催促道。

「所有人都出去了，所以我獨自一人來到羅傑的書房……我去那兒絕對是有正當理由，我的意思是，沒有什麼見不得人的陰謀。當我看到堆在書桌上的文件時，一個想法像閃電般闖入我的腦海：羅傑會不會把遺囑放在書桌的某個抽屜裡呢？我這個人總是很性急，從小就是如此，我做什麼事都不加思考，只憑一時衝動。他，也太不小心了，把鑰匙留在最上面那個抽屜的鎖上。」

「哦，是這麼回事，」我附和了一句，「然後你就翻遍了他的書桌，找到遺囑了嗎？」

艾克洛太太輕輕尖叫一聲，我意識到自己說話太不圓滑。

「你這話聽起來太可怕了，事情並不像你說的那樣。」

「當然不是，」我趕緊說，「我這個人嘴笨，老得罪人，請原諒。」

「當然囉，男人都很古怪。如果我是羅傑的話，我不會反對把遺囑的內容公開。但男人總喜歡保密。我只好採取某些手段來保護自己。」

「那麼你的手段成功沒有？」我問道。

「我正想跟你講這一點。當我打開最底層的那個抽屜時，俄秀拉進來了。當時的情況非常尷尬。當然我馬上關上抽屜，站起身來。我跟她說，桌面上有不少灰塵。她看人的樣子我不太喜歡——表面上看來是恭恭敬敬的，但目光中帶有惡意，確切地說，是鄙夷。我並不十分喜歡這個女孩。她是個好女僕，總是恭恭敬敬地稱我太太，叫她戴帽子、穿圍裙她都樣樣照辦（我也知道，現在許多人都不願意戴帽子、穿圍裙）。如果她代帕克去開門，她可以毫不顧忌地回絕人家說『不在家』。她不會呵呵地怪笑，許多接待女僕在餐桌侍候時，往往會這樣——我講到什麼地方了？」

「你講到儘管她有一些優點，但你從不喜歡她。」

「我一點也不喜歡她，她有點……古怪，她與眾不同。受太多教育了，這是我的看法。現在很難辨別誰是淑女，誰不是淑女。」

「後來怎麼樣了？」我問道。

「沒出什麼事。最後，羅傑進來了，我還以為他出去散步了。他問：『這是怎麼回事？』

我說：『沒什麼事，我只是來拿《謗趣》週刊。』說完我就拿著《謗趣》週刊出去了。俄秀拉還留在後面，我聽見她問羅傑，是否可以跟他交談一下。我直接回到自己的房間，往床上一躺，心裡挺不是滋味。」

她又頓住了。

「你會跟白羅先生解釋的，是不是？你自己也看得出，這只不過是件微不足道的小事。不過既然他這麼看重我們是否隱藏了真相，我就回想到這件事。俄秀拉很可能會胡說一通，但我相信你會如實解釋的，是嗎？」

「就這麼點事？」我說，「你把什麼都告訴我了嗎？」

「是的。」艾克洛太太遲疑了一下。「哦！是的。」她又果斷地補充了一句。

但我注意到她那短暫的遲疑，心想，她必定還有些事沒講出來。這只是一種直覺，而這種直覺驅使我追問下去。

「艾克洛太太，」我說，「是不是你把銀櫃打開的？」

聽了此話，她的臉一下子變得通紅，即使臉上塗著胭脂水粉，也無法掩飾她的窘迫。

「你是怎麼知道的？」她低聲問道。

「確實是你打開的？」

「是的，我，唉……裡面有一兩件舊銀器……非常有趣。我曾讀到過一篇文章，上面附有一幅首飾的圖片，那首飾在克莉絲蒂珠寶店賣了一大筆錢。那小玩意看上去跟銀櫃裡的某個收藏完全一樣。我心想，去倫敦時可順便把它帶去，讓珠寶店估個價。如果確實是一件非常珍貴的物品，這對羅傑將是一大驚喜。」

我克制住自己不去打斷她的話，讓她把整個經過講完。就連「為什麼要鬼鬼祟祟地去拿這東西」之類的問題，都沒問。

「你為什麼不把蓋子蓋上？」她說完後，我問道。「是忘了嗎？」

「我當時有點慌張，」艾克洛太太說，「我聽到陽台上有腳步聲，就匆忙跑出了房間，剛跑到樓上，帕克就為你開了前門。」

「陽台上的人必定是拉瑟兒小姐。」我若有所思地說。

艾克洛太太向我揭示了一個極其重要的事實。她所說的銀器之事是真是假我不知道，也並不在乎。真正使我感興趣的是，我弄清了一個事實：拉瑟兒小姐一定是從窗子進入客廳的，而且我對她跑得上氣不接下氣的判斷也是正確的。在這之前，她去過什麼地方呢？我想起了涼亭，以及涼亭裡找到的那一小塊絲絹碎片。

「不知道拉瑟兒小姐的手帕是否上過漿！」我一時衝動驚叫起來。

艾克洛太太被這驚叫聲嚇了一跳，這才使我恢復了理智。我起身準備離去。

「我想你會向白羅先生解釋的，是嗎？」她焦急地問道。

「哦，當然囉，這是絕對的。」

她替自己的行為找了一大堆理由，我不得不耐著性子聽著，好不容易才等到她講完，便告辭了。

那名接待女僕就在大廳裡，她動手幫我穿上風衣。我比以往更仔細地瞧瞧她。她顯然哭過了。

「你曾經跟我們說，星期五艾克洛先生要你去他的書房面談，這是怎麼回事？」我問道，「我現在才知道，是你要跟他談話。」

我盯著她看時，她低下了頭。

接著她說：「不管怎麼樣，我都要離開這裡。」她說話時有點猶豫。

我沒吭聲。她替我打開前門。當我剛跨出門，她突然低聲說：「借問一下，先生，有沒有佩頓上尉的消息？」

我搖了搖頭，用詢問的目光看著她。

「他應該回來，」她說，「他確實應該回來。」

她用懇求的目光看著我。

「沒人知道他的下落嗎？」她問道。

「你知道嗎？」我厲聲反問道。

她搖搖頭。

「不知道。我什麼都不知道，但我認為，凡是他的朋友，都應該勸他回來。」

我沒有馬上離開，心想，這小姐可能還要說些什麼。她接下來提的問題，使我大為震驚。

「他們認為謀殺是什麼時候進行的？是十點前嗎？」
「是的，」我說，「在九點四十五分到十點之間。」
「有沒有再早一點的可能性？會不會在九點四十五分以前？」
我目不轉睛地看著她，很明顯，她急切地想聽到一個肯定的答覆。
「那是不可能的，」我說，「艾克洛小姐在九點四十五分時還看見他好好的。」
她轉身走開，一副頹喪不已的樣子。
「好個標致的小姐，」我一邊發動汽車，一邊自言自語地說，「這小姐真是太漂亮了。」
卡羅琳在家裡。白羅又來拜訪過她，她感到很得意，顯出一副了不起的樣子。
「我在幫他破案。」她解釋道。
我感到很不安。卡羅琳現在這個樣子已讓人受不了，如果她那探聽消息的本能再受到慫恿的話，不知道她會變成什麼樣子。
「是不是叫你到附近去打聽跟拉爾夫·佩頓談話的那位神祕女子？」我問道。
「打聽那位小姐是我自己的事，」卡羅琳說，「白羅先生叫我幫他弄清楚一件特殊的事情。」
「什麼事？」我問道。
「他想知道拉爾夫·佩頓的靴子是黑色的還是棕色的。」卡羅琳非常嚴肅地說。
我盯著她看。這時我才意識到我對靴子之事一無所知。我完全弄不清其中的重要性。

「是棕色的鞋，」我說，「我見過的。」

「不是鞋，詹姆斯，是靴子。白羅先生想弄清楚拉爾夫帶到旅館去的那雙靴子是棕色的還是黑色的，這一點至關重要。」

我瞪著她看，對靴子之事，我到現在還是一頭霧水。

「你打算怎麼去弄清楚？」我問道。

卡羅琳說，這並不困難。我們的安妮有個最親密的朋友叫克拉拉，她是甘尼特小姐的女僕。克拉拉和三豬苑那家靴子店的店員正在熱戀當中。整件事情的經過非常簡單。我們得到甘尼特小姐的鼎力相助，她馬上放了克拉拉的假，這件事就這樣神速地辦妥了。

當我們坐下來一起吃午飯時，卡羅琳裝出一副漠不關心的樣子，開始說：「拉爾夫·佩頓的那雙靴子——」

「嗯，」我說，「那雙靴子怎麼啦？」

「白羅先生認為很可能是棕色的。他弄錯了，實際上是黑色的。」

卡羅琳連連點著頭，很明顯在這個問題上，她感到自己勝過了白羅。

我沒有答話。拉爾夫·佩頓那雙靴子的顏色竟然與本案有關，這一點我確實疑惑不解。

15 傑弗里・雷蒙

那天，我又得到了一個證據，證明白羅的策略是卓有成效的。他那挑戰性的語言，來自於他對微妙人性的透徹了解。恐懼與罪惡感的複雜交錯，迫使艾克洛太太講出了真話，她是第一個做出反應的人。

那天下午我出診回來，卡羅琳告訴我傑弗里・雷蒙剛走。

「他是來找我的嗎？」我一邊在門廳裡掛衣服一邊問道。

卡羅琳走到我身旁。

「他要找的是白羅先生，」她說，「他先去了老爾什居，但白羅先生不在家，他還以為在我們這裡，結果不然，你或許知道白羅先生去什麼地方了。」

「我一點都不知道。」

「我叫他等一會，」卡羅琳說，「但他說，過半個小時再到老爾什居來找他，說完就朝村子那邊走去。太不巧了，他前腳走，白羅先生後腳就到了。」

「來我們家了？」

「不，是他自己的家。」

「那你怎麼會知道？」

「從邊窗看見的。」卡羅琳簡短地回答道。

在我看來，這一話題該結束了，但卡羅琳並不這麼認為。

「你要過去嗎？」

「去什麼地方？」

「當然是老爾什居嘛。」

「親愛的卡羅琳，我過去幹什麼呢？」

「雷蒙先生非常想見他，」卡羅琳說，「你可以去聽聽是怎麼回事。」

我揚了揚眉毛。

「好奇可不是我的罩門，」我冷漠地說，「就算不知道我的鄰居們在幹些什麼、想些什麼，我照樣能夠活得很舒坦。」

「胡說八道，詹姆斯，」姐姐說，「你一定跟我一樣，也想知道這件事。你這人說話不老實，總是假惺惺。」

「我真的不想管這些事，卡羅琳。」我邊說邊走進了看診室。

十分鐘後，卡羅琳輕輕地叩叩門，走了進來。她手裡拿著什麼東西，好像是一瓶果醬。

「詹姆斯，不知道你願不願意把這瓶歐楂果凍送去給白羅先生？我答應過給他的，他從來沒有嘗過普通人家自個兒做的歐楂果凍。」

「為什麼不叫安妮去跑一趟呢？」我冷漠地說。

「她正在縫補衣服，騰不出手。」

卡羅琳和我四目相對。

「好吧，」我站起身來。「如果你一定要我拿去的話，我就把它放在他家門口，你聽明白了嗎？」

姐姐揚了揚眉毛。

「當然，」她說，「誰還敢叫你做其他的事啊！」

好，她說了算。

當我打開前門準備離開時，她說：「如果你碰巧見到白羅先生的話，你就告訴他有關靴子的事。」

多麼巧妙的囑咐啊！其實我也非常想了解靴子之謎。當那位帶著布雷頓女帽的老婦人給我開門時，我木然地問，白羅先生是否在家。

白羅聞聲跳了起來，滿面笑容地出來迎接我。

「請坐，我的老朋友，」他說，「坐這張大椅子還是那張小椅子？房間是不是太熱？」

我感到這屋子太悶熱，但還是克制住自己沒說出來。窗子都關著，而且爐子裡的火燒得很旺。

「英國人有一個癖好，喜歡新鮮空氣。」白羅說，「要吸新鮮空氣外面多的是，這是屬於屋外的，為什麼要放它進來呢？這些老掉牙的話題，我們就不多談了。你是不是給我拿來了什麼東西？」

「兩件東西，」我說，「第一件，這個，這是家姐送給你的。」

我把一瓶歐楂果凍遞給了他。

「卡羅琳小姐真是太好了，她還記得她的諾言。那麼第二件呢？」

「可以算是一條訊息吧。」

我把會見艾克洛太太的經過告訴他，他非常感興趣地聽著，但並不顯得特別興奮。

「這就弄清楚了，」他若有所思地說，「這對核實女管家提供的證詞有幫助。你一定還記得，她說她發現當時銀櫃的蓋子是開的，當她從旁邊經過時順手把它關上了。」

「她說，她到客廳是去看花還新不新鮮，這一點你是怎麼看的？」

「啊！我們從來沒有認真地考慮過這一點，是嗎？我的老朋友，她的話顯然是個藉口，這是她在匆忙中捏造出來的。她認為有必要對自己待在客廳的原因做一番解釋。其實，你可能壓根就不會想問這問題，我當時想，她這種反應很可能出於她動過銀櫃。但我現在認為，有必要尋找另一個解釋。」

「是的，」我說，「也就是她出去跟誰會面？為什麼要跟那人會面呢？」
「你認為她是去會見某個人嗎？」
「是的。」
白羅點點頭。
「我也這麼認為。」他若有所思地說。
談話停頓了一會兒。
「順便說一下，」我說，「家姐託我帶給你一個訊息。她說拉爾夫．佩頓的靴子是黑色的，不是棕色的。」
我告訴他這個訊息時，仔細地察看著他的表情。我發現他的神情有點煩亂，不過一瞬間又恢復了常態。
「她能確定不是棕色嗎？」
「絕對確定。」
「啊！」白羅非常懊喪地說，「太遺憾了。」
他看上去有點垂頭喪氣。
他沒做任何解釋，馬上轉移話題。
「女管家拉瑟兒小姐那個星期五早上去找你看病……能不能冒昧問一聲，你們談了些什麼？我的意思是，除了跟看病有關的問題外。」

「當然可以，」我說，「跟疾病有關的問題談完後，我們談了一些毒藥問題，還談了中毒後是否能夠檢驗出結果的問題，最後還談了吸毒和吸毒者的問題。」

「尤其是古柯鹼，是嗎？」白羅問道。

「你是怎麼知道的？」我感到有點吃驚。

他沒有直接回答我的問題，只是起身走到歸檔的報紙跟前，拿了一份九月十六日星期五的《預算日報》給我看，上面有一篇關於古柯鹼走私的文章。內容聳人聽聞，敘述生動刺激。

「這就是她談起古柯鹼的原因，我的朋友。」他說。

我原想進一步詢問，因為我還沒弄懂他的意思。但就在這時，門開了，傑弗里．雷蒙出現在門口。

他走了進來，還是跟往常一樣氣色很好。他彬彬有禮地向我們倆打招呼。

「你好，醫生。白羅先生，這是我今天早晨第二次來你這裡了，我到處在找你。」

「那麼我先走了。」我尷尬地說。

「不用避嫌，醫生。不要走，就留在這裡吧。」他說話時，白羅向他揮了下手，讓他坐著說。「我是來坦白的。」

「真的嗎？」白羅和氣而又關注地問道。

「嗯，只是一點點小事。但事實上從昨天下午開始，我的良心一直在折磨著我。你指責我們大家都隱瞞了一些事情。我認罪，白羅先生，我確實有件事瞞著你。」

「是什麼事，雷蒙先生？」

「我剛才已經說了，只是一件微不足道的小事。是這麼回事，我負了一筆債，不小的一筆債，就在這危難時刻，我作夢都沒想到竟得到一筆遺產——艾克洛先生留給我五百英鎊。這筆錢能幫我度過難關，而且還有點結餘。」

他坦然地向我們倆笑了笑。這位年輕人的微笑，確實討人喜歡。

「你是了解情況的，那些警察非常多疑，如果我承認手頭拮据的話，他們必定會懷疑到我頭上來。但我確實太傻了，因為從九點四十五分到十點，布倫特和我一直在彈子房，所以我有無可辯駁的不在現場證明，我沒什麼需要害怕的。但你昨天嚴厲地指責我們每個人都隱瞞了一些事，聽了這番話我受到良心的責備，我想還是把它說出來好。」

他又站起身，向我們笑了笑。

「你是個有頭腦的年輕人，」白羅邊說邊讚許地點點頭，「跟你老實說，當我知道每個人都對我隱瞞了一些事情時，我還以為隱瞞的事可能都非常嚴重呢。你這樣做就對了。」

「能擺脫嫌疑，我感到很高興，」雷蒙笑著說，「我該走了。」

「就這麼點小事。」當年輕的祕書出門後，我說了一句。

「是的，」白羅同意我的看法，「一件微不足道的事，但如果他不在彈子房，那就難說了。因為許多人還是會為了不到五百英鎊去犯罪、去殺人；關鍵不在數目大小，而是取決於把那個人逼上絕路的是多少錢。這是相對而言的，你說對嗎？你想過沒有，我的朋友，那幢房子裡的許多人都能在艾克洛先生死後得到好處。艾克洛太太、弗洛拉小姐、年輕的雷蒙先生、女管家，這些人統統能得到好處。事實上只有一人沒得到好處，就是布倫特少校。」

他說布倫特的名字時，語調有點特別，我抬起頭看了他一眼，心裡充滿了疑惑。

「我不懂你的意思。」我說。

「我指責的那些人中，已經有兩個人把真實情況告訴了我。」

「你認為布倫特少校也隱瞞了一些事？」

「關於這個問題，」白羅若無其事地說，「不是有句老話說，『英國人只隱瞞一件事：愛情』？有沒有這回事？我敢說布倫特少校不善於隱瞞。」

「有時候我在想，我們對某一點一直沒有認真討論過。」

「哪一點？」

「認為敲詐弗拉爾太太的人，必然是謀殺艾克洛先生的凶手。這種看法是不是正確？」

白羅使勁地點頭。

「很好，實在太好了。我不知道這是否是你自己的想法。當然這是可能的，但我們必須記住一個事實，就是那封信不翼而飛了。當然，正如你所說的，信並不一定就是凶手拿的。當你們發現屍體的時候，帕克可能趁你不注意時把信拿走了。」

「帕克？」

「是的，帕克，我老是想到帕克，但並不認為他是凶手。不，不是他殺的。但脅迫弗拉爾太太的那個神祕惡棍很可能就是他。他可能是從金帕達克的僕人口中，打聽到弗拉爾先生的死因。不管怎麼說，他比那些偶爾來此做客的人，比如布倫特，更有可能知道這件事。」

「拿走信的人可能就是帕克，」我說，「我後來才注意到信不見了。」

「是什麼時候？是布倫特和雷蒙進房間之前？還是之後？」

「我記不清楚了，」我思索著說，「我想是在他們來之前吧……不，在他們進來之後。是的，我幾乎可以肯定就是在他們進來之後。」

「那麼範圍就擴大到三個人了。」白羅若有所思地說，「但帕克的可能性最大，我想做個小小實驗來試探帕克。你認為怎麼樣，我的朋友？你願不願意陪我去弗恩利莊？」

我對他的邀請默然認可，隨後就出發了。白羅要求見艾克洛小姐，沒多久她就來了。

「弗洛拉小姐，」白羅說，「我必須向你透露一個祕密，到現在為止我還不能相信帕克是清白的。我想請你協助我做一個小小的試驗，來試探他一下。我想叫他把那天晚上的舉動重新表演一遍，但我們必須找個藉口——啊！有了。我可以對他說，我想弄清楚在走廊裡發出的說話聲，是否能在陽台上聽見。好吧，勞駕你按鈴把帕克叫來。」

我按他的指示行事，不久男管家就來了，他仍跟往常一樣順從有禮。

「是您按的鈴嗎，先生？」

「是的，帕克，我想做一個小小的試驗。我讓布倫特少校站在書房窗外的陽台上，我想證實一下，那天晚上站在那裡的人，是否能夠聽到艾克洛小姐和你在走廊裡的說話聲。我想叫你重新表演一下這個場面。可能你還要去拿托盤或者其他什麼東西吧？」

帕克出去了，我們一起來到了書房外的走廊上。不一會兒我們就聽見門廳裡傳來叮叮噹噹的響聲，帕克端著托盤出現在廳口，托盤裡放著一根吸管、一瓶威士忌和兩只玻璃杯。

「等一下，」白羅舉起手叫喊著，他看上去非常興奮。「一切都必須按先後順序排演，就像當時的情景一樣。這是我辦案的方法。」

「這是外國人的做法，先生，」帕克說，「人們稱之為『重建犯罪現場』，是嗎？」

他顯得非常沉著，恭恭敬敬地站在那裡等待著白羅的吩咐。

「啊！你懂得還真不少，帕克，」白羅大聲說，「你一定讀過這方面的書。好吧，勞駕你一切按原樣進行。當你從外面的門廳過來時，小姐在什麼地方？」

「在這裡。」弗洛拉站在書房門外的那個位置上說。

「完全正確，先生。」帕克說。

「我剛把門關上。」弗洛拉接著說。

「是的，小姐，」帕克確認了她的說法。「你的手就像現在一樣，還握著門把。」

「那麼開始吧，」白羅說，「為我表演一下這齣短劇。」

弗洛拉手握著門把站在那裡，帕克端著托盤從門廳走來。

他剛跨進門就停下來，接著弗洛拉說：「喂，帕克，艾克洛先生吩咐過今晚不要去打攪他。」她低聲添了一句：「我是不是這麼說的？」

「在我的記憶中你是這麼說的，弗洛拉小姐，」帕克說，「但我記得你當時用的是『今夜』，而不是『今晚』。」接著他像演戲一樣，提高了嗓子，「照辦，小姐。要不要跟往常一樣把門鎖上？」

「好吧。」

帕克退了出去，弗洛拉跟在後面，隨後上了大樓梯。

「這樣夠了嗎？」她回過頭來問道。

「太好了，」白羅搓著手說，「順便問一下，帕克，你是否能肯定，那天晚上托盤裡確實有兩只玻璃杯？那麼另一個杯子是給誰的？」

「我每次總是拿兩只杯子，先生，」帕克說，「還有什麼要問的嗎？」

「沒有了，謝謝。」

帕克退了出去，自始至終他都很認真。

白羅皺著眉頭站在門廳中央，弗洛拉又下樓回到我們這裡。

「這個試驗成功嗎？」她問道，「我還不太明白，你知道……」

白羅對她笑了笑。

「你不明白沒有關係，」他說，「不過，請你告訴我，那天晚上帕克的托盤裡是否確有兩只杯子？」

弗洛拉皺了皺眉頭。

「我確實記不清了，」她說，「我想可能是兩個吧。這，這就是你做試驗的目的？」

白羅拉住她的手，輕輕拍了一下。

「跟你這麼解釋吧，」他說，「我對人們是否說真話，特別注重。」

「帕克說的是真話嗎？」

「我想他說的是真話。」白羅若有所思地說。

幾分鐘後，我們又順著原路回到村子。

「你提杯子的問題，到底是什麼意思？」我好奇地問道。

白羅聳了聳肩。

「人們在一起總得說一些話，」他說，「提這一個問題跟提別的問題，沒有什麼差別。」

我困惑不解地盯著他。

「不管怎麼說，我的朋友，」他認真地說，「我現在已經弄清楚我想要知道的事情。關於這個問題就到此為止吧。」

16 打麻將

有天晚上，我們舉行了一次小小的麻將聚會，這種簡單的娛樂在金艾博特村非常流行。晚飯後，客人們穿著套鞋和風衣，紛紛到來，他們先是喝咖啡，然後吃糕餅、三明治，或者喝茶。

那天晚上，我們的客人有甘尼特小姐和住在教堂附近的卡特上校。在這種聚會中，最容易傳播一些小道消息，有時甚至會干擾遊戲的順利進行。我們的遊戲通常是打橋牌——我們邊談邊打，打得很不認真。後來我們發現打麻將比打牌要溫和些。在打牌時，你的合作者沒有打某一張牌，你就會厲聲責怪他。但在打麻將時，雖然我們也會直接地批評一兩句，但絕對沒有惡意。

「今晚太冷了，是不是，夏波？」卡特上校背朝爐火站著問道。卡羅琳則把甘尼特小姐帶到自己的房間，幫她脫下臃腫的外套。「這又使我想起阿富汗的情景。」

「是嗎？」我彬彬有禮地問道。

「可憐的艾克洛死了，這確實是個難解的謎，」上校一邊接過咖啡一邊說，「一定是擺布命運的惡魔在搗鬼，這是我的看法。夏波，有件事你可別跟別人說，我聽到有人提到敲詐之事！」

上校看了我一眼，眼神中流露出一個男人對另一個男人的信任。

「毫無疑問，這件事涉及到一個女人，」他說，「你絕對可以相信我，這裡面一定有個女人介入。」

這時，卡羅琳和甘尼特小姐過來參加我們的談話。甘尼特小姐喝著咖啡，而卡羅琳拿出麻將盒，把麻將牌倒在桌子上。

「洗牌，」上校開玩笑似地說，「是的，叫洗牌，我們在上海俱樂部就是這麼說的。」

卡羅琳和我心裡都暗忖著，卡特上校這一生從未去過上海俱樂部，他最遠只到過印度，再往東就沒去過了。大戰期間，他在印度做過牛肉罐頭和李子、蘋果果醬的生意；但他的確是個軍人。在金艾博特這塊地方，人們可以大肆吹噓自己的一丁點兒功勞。

「開始吧。」卡羅琳說。

我們圍著桌子坐下。最初五分鐘裡，沒有人說一句話，因為這裡面有一場祕密的爭鬥，看誰能最快把牌理好。

「開始吧，詹姆斯，」卡羅琳最後說，「你是莊家。」

我打出第一張牌，過了一兩圈，沉悶氣氛被單調的叫喊聲打破，「三條」、「二筒」、「碰」。甘尼特小姐經常叫「碰」，然而常常馬上又改口說「不碰」，因為她有一個習慣，總是沒看清牌就倉促叫「碰」，然後又說「不碰」。

「今天早晨我看見了弗洛拉．艾克洛，」甘尼特小姐說，「碰——不，不碰，我又看錯了。」

「四筒。」卡羅琳說，「你在什麼地方碰到她的？」

「她沒看見我，」甘尼特小姐回答道，態度是一副在小鄉村才見得到的小題大做。

「啊！」卡羅琳饒有風趣地說，「恰。」

「現在的正確說法是『吃』，不是『恰』。」甘尼特小姐逗趣地說。

「亂說，」卡羅琳說，「我總是說『恰』。」

「在上海俱樂部，」卡特上校說，「他們都說『恰』。」

甘尼特小姐不再吭聲。

「你剛才說弗洛拉．艾克洛什麼來著？」卡羅琳專心打了幾分鐘牌後突然問道，「她和別人在一起嗎？」

「是的。」甘尼特小姐說。

兩位女士的目光對視了一下，好像是在交換訊息。

「真的嗎？」卡羅琳很感興趣地說，「是這樣嗎？哦，這我一點都不奇怪。」

「卡羅琳小姐，我們在等你出牌呢。」上校說。

他有時喜歡裝出一副男人的直率模樣，專心打牌而對流言蜚語不屑一顧。但他的裝模作樣一眼就能看穿。

「如果你問我——」甘尼特小姐說，「親愛的，你打的是條子嗎？哦！不對，我看錯了，是筒子。如果你問我的話，我得說弗洛拉真是非常幸運，她的運氣特別好。」

「你打的是什麼，甘尼特小姐？」上校問道，「那張牌我碰。你從哪一點看出弗洛拉小姐很幸運？這個小姐確實迷人。」

「對犯罪的事情，我知道的並不多，」但甘尼特小姐說話的神態好像世上什麼事情她都知道。「不過有件事我可以告訴你們。案發後，人們要問的第一個問題總是『最後看見死者還活著的人是誰』，而這個人通常就是被懷疑的對象。在這個案件中，弗洛拉．艾克洛是最後看見他伯父還活著的人。照理說，這點對她十分不利，真的十分不利。據我看來——這看法絕對值得參考——拉爾夫．佩頓是因為她而隱匿起來的，目的是想引開人們的注意力，不去懷疑她。」

「這怎麼可能？」我溫和地駁斥了她的說法，「難道你認為像弗洛拉．艾克洛這樣的年輕小姐，也會無情地對自己的伯父下毒手？」

「這可不一定，」甘尼特小姐說，「我從圖書館借來一本書，這兩天正在讀，書中描述了巴黎下層社會的情況，說那些最壞的女罪犯，往往是長著一副天使面孔的年輕小姐。」

「那是在法國。」卡羅琳馬上反駁。

「沒錯，」上校說，「現在我來給你們講一件非常少見的事，這件事在印度的許多市集上，流傳得很廣……」

結果上校的故事不但又臭又長，而且還少見地無趣。拿一個多年前發生在印度的事，跟金艾博特村前幾天才發生的命案相提並論，簡直是不堪一擊。

卡羅琳運氣好，最後讓她胡了，這一下總算打斷了上校那冗長的故事。卡羅琳算台數沒有算正確，我糾正了她的錯誤，她還有點不太高興。接著我們重新開始洗牌。

「換我坐莊，」卡羅琳說，「我對拉爾夫·佩頓有自己的看法。三萬。到現在為止，我還沒對任何人講過。」

「是嗎，親愛的？」甘尼特小姐說。「吃——哦，說錯了，是碰。」

「是的。」卡羅琳果斷地說。

「靴子那方面有問題嗎？」甘尼特小姐問道，「我的意思是，因為是黑色的？」

「沒問題。」卡羅琳說。

「你認為它是什麼顏色有什麼關係嗎？」甘尼特小姐問道。

卡羅琳噘著嘴，搖了搖頭，擺出一副盡在不言中的表情。

「碰，」甘尼特小姐說，「不對，不碰。我想醫生跟白羅先生的關係不錯，他一定知道所有的祕密。」

「一無所知。」我說。

「詹姆斯真是太謙虛了，」卡羅琳說，「哈！一個暗杠。」

上校吹了聲口哨，閒聊中止了。

「你自己的莊，」他說，「你已經碰了兩次，我們得小心了。卡羅琳小姐在做大牌。」

大約有幾分鐘，我們都專心打著牌，沒有說一句跟打牌無關的話。

「這位白羅先生真的是一個了不起的偵探嗎？」卡特上校問道。

「是世界上最了不起的偵探，」卡羅琳鄭重其事地說，「他隱姓埋名到這裡來，就是為了避開公眾的注意。」

「吃，」甘尼特小姐說，「我敢說，他的到來給我們這個小小的村子增添了不少光采。順便說一句，克拉拉——我的那個女僕，你是認識她的——跟弗恩利莊的女僕艾絲是好朋友。你知道艾絲跟她說了些什麼？她說有一大筆錢被偷了，她認為——我說的是艾絲的看法——接待女僕跟這件事有關。她這個月就要離開這裡了，晚上經常在哭。我看哪，這女孩十有八九和匪徒有往來，她性格古怪透了，在我們這裡一個朋友也沒有。她出門總喜歡單獨一個人，我認為這很不正常，非常可疑。我曾有一次邀請她來參加女子聯誼晚會，她拒絕了，後來我又問了她家裡的情況等等的，她的反應，我可以確定地說，非常傲慢。從外表看，她是一個恭恭敬敬的女僕，但她對我總是抱有戒心。」

甘尼特小姐停下來喘口氣，上校對僕人的事一點都不感興趣。他說，在上海俱樂部裡，是隨意的打法，沒有死板的規則。

我們打了一圈隨意麻將。

「那個拉瑟兒小姐，」卡羅琳說，「星期五早晨來這裡找詹姆斯，假裝看病。在我看來，她是想弄清楚毒藥放在什麼地方。五萬。」

「吃，」甘尼特小姐說，「這種想法太離譜了！你弄錯了吧？」

「提起毒藥，」上校說，「嗨，怎麼回事？我還沒出牌嗎？哦！八條。」

「胡了！」甘尼特小姐說。

卡羅琳感到非常惱怒。

「來一張紅中，我就有三對牌了。」她非常懊喪地說。

「我一上來就有兩張紅中。」我說。

「捏得這麼死，詹姆斯，」卡羅琳責備地說，「你根本就不懂這種牌該怎麼打。」

但我認為我打得很聰明。如果讓卡羅琳胡的話，我得輸一大筆錢，而甘尼特小姐只是屁胡，這一點卡羅琳一直在指正她。

一局過了，我們又重新開始洗牌，沒有人說一句話。

「我剛才想跟你說的是這件事。」卡羅琳說。

「什麼事？」甘尼特小姐興奮地問道。

「我對拉爾夫·佩頓的看法。」

「說吧，親愛的。」甘尼特小姐更興奮了。「吃！」

「這麼早就吃，不太好，」卡羅琳嚴厲地說，「你應該做大牌。」

「我知道，」甘尼特小姐說，「你剛才要說拉爾夫．佩頓的事，你忘了？」

「哦，是的。我有一個絕妙的想法，知道他在什麼地方。」

我們都停下來直盯著她。

「太有趣了，卡羅琳小姐，」卡特上校說，「是你自己想出來的嗎？」

「哦，並不完全是。我來告訴你們。我們家的大廳裡有一張大型郡地圖，這個你們該知道吧？」

我們都異口同聲地說「知道」。

「那天白羅從我們家走出去時，他在地圖前停住，仔細察看了一會兒，還說了幾句話。他說的話我記不清了。好像是說，我們附近唯一的大鎮就是克蘭切斯特。當然這是正確的。但他走後，我突然想起……」

「想起了什麼？」

「他話中的含義。可以肯定，拉爾夫就在克蘭切斯特。」

就在這時，我把擱牌的牌尺撞倒了。姐姐馬上責備我手腳太笨，但說話的口氣並不太認真。她仍醉心於她那套邏輯推理。

「他在克蘭切斯特，卡羅琳小姐？」卡特上校說，「不會在克蘭切斯特！那地方離這裡太近了。」

「就是在那裡，」卡羅琳得意洋洋地大聲說，「現在看來非常清楚，他並沒有坐火車逃離。他是徒步走到克蘭切斯特的，我相信他還在那裡。沒有人會想到他就在附近。」

我對她的推理提出幾個不同看法，可是一旦某種想法在她腦子裡扎根，就無法驅除了。

「你認為白羅先生也有同樣的想法嗎？」甘尼特小姐若有所思地說，「這是一個非常奇妙的巧合——我今天下午在克蘭切斯特的馬路上散步時，他從那個方向開車過來，從我身邊駛過。」

大家面面相覷。

「天哪！」甘尼特小姐突然叫了起來，「我已經胡了，我竟沒注意到。」

卡羅琳從談話中回過神來，她向甘尼特小姐指出，這是一副混一色的牌，而且可以聽許多張牌，不做牌而屁胡是很可惜的。甘尼特小姐一邊收著籌碼，一邊平靜地聽著。

「是的，親愛的，我懂你的意思，」她說，「但這要看你起牌時手中的牌，對不對？」

「如果不做牌，你就永遠胡不了大牌。」卡羅琳竭力堅持自己的看法。

「沒錯，但我們各有各的打法，不是嗎？」甘尼特小姐反駁說，她低下頭看了看自己的籌碼。「不管怎麼說，到現在為止我是贏家。」

卡羅琳鬱鬱不樂，一句話也不說。

一局完了，我們又開始洗牌。安妮端來了茶點。卡羅琳和甘尼特小姐有點相互嘔氣，這種情況在我們歡樂的聚會中經常會發生。

「請你稍微打快一點，親愛的。」甘尼特小姐出牌時稍有猶豫，卡羅琳便說：「中國人打麻將打得非常快，聽上去就像小鳥在嘰嘰喳喳鳴叫。」

於是我們也像中國人一樣，打得飛快。

「你還沒給我們提供什麼消息，夏波，」卡特上校非常和氣地說，「你這個人跟狐狸一樣狡猾。你配合大偵探破案，然而什麼消息都不透露。」

「詹姆斯是個古怪的人，」卡羅琳說，「他捨不得跟他的消息分手。」

她冷冰冰地白了我一眼。

「我向你們發誓，我什麼都不知道，白羅從不把他的想法講給我聽。」我說。

「真是個聰明人，」上校一邊說，一邊發出呵呵的笑聲，「他不肯透露祕密。這些外國偵探真不可思議，我想他們一定詭計多端。」

「碰，」甘尼特小姐非常得意地說，「胡了。」

場面愈來愈緊張。甘尼特小姐連胡三把，卡羅琳感到非常懊惱，理牌時，便找我出氣：「你這人太討厭了，詹姆斯，坐在那裡像個木頭人，什麼也不說！」

「親愛的，」我回駁說，「我確實沒什麼可說的，我的意思是，你要我說的那些事，我什麼也不知道。」

「我不信，」卡羅琳一邊理牌一邊說，「你一定知道些有趣的事。」

我一時沒有作聲。這時我簡直無法抑制內心的興奮，我曾聽別人說過天聽——拿起牌就胡了，但從沒想到自己也會碰到這般手氣。

我抑制住內心的喜悅，把牌倒在桌上。

「在上海俱樂部裡，他們管這叫做『天聽』。」我說。

上校的眼睛鼓得像乒乓球一樣大，似乎馬上就要從臉上迸了出來。

「天哪！」他說，「這種奇怪的牌我還從未遇到過！」

由於卡羅琳的嘲諷，再加上一時的得意忘形，我終於忍不住說了起來。

「說到有趣的事，」我說。「一枚背面刻有日期和『R贈』字樣的結婚戒指，你們覺得如何啊？」

接下來的情況我就不必多說了。但在他們的逼迫下，我只講出找到戒指的確切地點，以及戒指上刻著的日期。

「三月十三日，」卡羅琳說，「到現在剛好六個月。啊！」

大家非常興奮地進行了種種猜測，從中可歸納出三種不同的看法：

卡特上校的看法：拉爾夫跟弗洛拉已經祕密結婚。這種解釋最簡單明瞭。

甘尼特小姐的看法：羅傑·艾克洛跟弗拉爾太太已經祕密結婚。

姐姐的看法：羅傑·艾克洛已經跟女管家拉瑟兒小姐結婚。

第四種看法，或者可以說是一種超級觀點，是我們準備上床時卡羅琳提出來的。

「你知道嗎，」姐姐突然說，「如果發現傑弗里．雷蒙和弗洛拉已經結婚，我一點也不會感到吃驚。」

「如果是這樣的話，應該寫『G贈』而不是『R贈』。」我提出了異議。

「這可不一定，有些女孩就喜歡用姓氏稱呼男人。剛才甘尼特小姐說弗洛拉不夠檢點那些話，你是聽到的。」

嚴格來說，我根本就沒有聽到甘尼特小姐這麼說。我對卡羅琳舉一反三的能力佩服得五體投地。

「赫克托．布倫特怎麼樣？」我暗示著說，「如果要猜的話——」

「胡說，」卡羅琳說，「我敢說他喜歡她，甚至可能愛上了她。但你可以相信我的話，如果一個女孩身邊有個英俊瀟灑的男祕書，就絕不會去愛上一個老得足以當她父親的人。她或許是把布倫特少校弄得神魂顛倒，女孩子都是很狡猾的，但有一件事我可明確告訴你，詹姆斯．夏波先生，弗洛拉．艾克洛一點也不喜歡拉爾夫．佩頓，而且從來沒有喜歡過。我說的不會錯。」

我毫無異議地接受了她的看法。

17 帕克

第二天早晨，我才意識到自己因「天聽」而沖昏了頭腦，把一些不該說的話講了出來。當然，白羅並沒有叫我對金戒指的事保密。但他在弗恩利莊從未提過戒指的事，就我所知，找到戒指的事，除了白羅，就我一人知道。現在這件事就像燎原之火，在金艾博特村迅速傳開了。我心裡有種罪惡感，隨時等待著白羅的嚴厲指責。

弗拉爾太太和羅傑·艾克洛先生的葬禮定於十一點舉行，這是一次令人傷感的儀式。弗恩利莊所有的人都到場了。

白羅也出席了葬禮。葬禮一結束，他就拉著我的手臂，邀我陪他一起回老爾什居。他看上去非常嚴肅，我害怕昨晚不慎說漏嘴的事已傳到他的耳中。但我很快就發現，他心裡想的完全是另外一件事。

「喂，」他說，「我們得馬上行動。我想考察一下某位證人，希望你能協助我。我們去盤問他，必要時嚇唬他一下，這樣，他就會說出真話。」

「你指的是哪個證人？」我吃驚地問道。

「帕克！」白羅說，「我叫他中午十二點到我家來，他現在一定在我家等我了。」

「你對他有什麼看法？」我眼睛斜睨著他，試探地問道。

「有一點我很清楚──我對他還心存疑慮。」

「你認為是他敲詐了弗拉爾太太？」

「不是敲詐就是……」

「就是什麼？」我等了他一兩分鐘後說。

「我的朋友，我想告訴你的是──我希望是他。」

他的態度非常沉重，臉上帶有一種難以言狀的神情。看到他這副模樣，我不敢再問了。

我們一到老爾什居，就有人稟報，帕克已經在等我們了。進屋時，男管家對我們恭恭敬敬地起身致意。

「早安，帕克，」白羅愉快地說，「請稍等一下。」

他脫下風衣和手套。

「讓我幫你脫，先生。」

帕克一邊說，一邊快步上前幫他脫去風衣。他把風衣整整齊齊地放在一張靠近門邊的椅子上，白羅讚許地看著他。

「謝謝你，帕克，」他說，「請坐，我要說的話比較長。」
帕克鞠躬致謝，然後畢恭畢敬地坐下。
「你知道我今天為什麼叫你來嗎？」
帕克乾咳一聲。
「先生，我知道你想問一些我已故主人的事情，有關他的私事。」
「說得沒錯，」白羅面帶微笑地說，「你做過不少敲詐的勾當吧？」
「先生！」
男管家從椅子上跳了起來。
「不要太激動，」白羅心平氣和地說，「不要假裝老實了，好像我冤枉了你。敲詐之道你是非常精通的，是不是？」
「先生，我……我以前從來沒……沒有——」
「沒有受過這樣的侮辱？」白羅接過他的話說，「那麼，那天晚上你聽到敲詐這個字眼以後，為什麼急於想偷聽艾克洛書房裡的談話？」
「我不是，我——」
「誰是你的前一位主人？」白羅突然問道。
「我的前一位主人？」
「是的，你來艾克洛先生家之前的那位主人。」

「是埃勒比少校，先生——」

白羅接過他的話。

「就是他，埃勒比少校。埃勒比少校吸毒成癮，是嗎？你經常陪他外出旅行。有一次他在百慕達遇到一點麻煩，有個人被殺，埃勒比少校負有部分責任。這件事被掩蓋下來了，但你是知情者，為了堵住你的嘴，埃勒比少校給了你多少錢？」

帕克瞠目結舌，直愣愣地盯著他，一副六神無主的模樣，臉頰的肌肉微微顫抖著。

「你要明白，我做了大量的調查，」白羅愉快地說，「正如我所說的，你敲詐了一大筆錢，埃勒比少校一直付錢給你，直到他死為止。現在我想聽一下，你最近這次敲詐的情況。」

克仍然目不轉睛地盯著他。

「抵賴是沒用的，我赫丘勒．白羅什麼都知道。有關埃勒比少校的事，我講得不對嗎？」

儘管帕克不想承認，但他還是點點頭。他的臉像塵土般蒼白。

「但對艾克洛先生，我一根汗毛都沒碰過，」他呻吟著說，「上帝作證，先生，我沒有碰他。我一直提心吊膽的，生怕這件事懷疑到我頭上。我可以告訴你，我沒有，沒有殺他。」

他說話的聲音愈來愈大，幾乎是在喊叫。

「我大致相信你，朋友，」白羅說，「你沒有那個膽量和勇氣。但你要說真話。」

「我把一切都告訴你，先生，你想知道的一切。那天晚上我的確想偷聽，因為我聽到的一兩句話勾起了我的好奇心。艾克洛先生把自己和醫生關在書房裡，不希望有人去打攪。我跟警察說的那些話都是實話，老天可以作證。我聽到敲詐這個字眼，先生，於是就——」

他停了下來。

「你想這件事可能對你有點好處，是嗎？」白羅非常平靜地說。

「嗯，是的，我是這麼想的，先生。我想如果艾克洛先生被敲詐了，我何不從中分享一點甜頭呢？」

一種好奇的表情在白羅臉上一閃即逝，他身子往前傾斜。

「在那之前，你是否想過艾克洛先生被人敲詐了？」

「沒有想到過，先生，那也使我感到非常震驚。他是一個沒有任何不良習慣的紳士。」

「你偷聽到多少談話？」

「不多，先生，我想這是一種卑鄙的行為。當然我也得回餐具室去做我的事。我只能抽空到書房去聽一下，這能聽到多少呢？第一次，夏波醫生出來時差點被他抓到；第二次，雷蒙先生在門廳跟我擦肩而過，朝書房走去，因此沒偷聽成；最後一次我端著托盤，又被弗洛拉小姐攔住了。」

白羅一直盯著他的臉，好像是在考察他說話是否老實。帕克也態度誠懇地回視他。

「我希望你能相信我，先生。我一直擔心警察會查到我敲詐埃勒比少校的往事，從而懷疑到我頭上。」

「好吧，」白羅最後說，「我可以相信你說的那些話，但我必須要求你一件事——把你的存摺讓我看一下。我猜想你是有存摺的。」

「是的，先生，事實上存摺現在就在我身上。」

他毫不遲疑地從口袋裡拿出存摺。白羅接過細長綠封面的摺子，仔細察看每一筆存款。

「啊！你今年買了五百英鎊的國民儲蓄券？」

「是的，先生，我已經存了一千多英鎊了——呃，就是打從我，呃，已故主人埃勒比少校那裡來的。今年的賽馬，我的運氣也不錯，又贏了一筆錢。你記不記得，先生，有一隻不知名的賽馬贏了『五十年節』大獎。我運氣好，賭了牠一票，得了二十英鎊。」

白羅把存摺還給他。

「希望你今天上午過得愉快，我相信你跟我講的都是真話。如果你說的是謊話，那你的下場就不堪設想，我的朋友。」

帕克離開後，白羅又拿起風衣。

「又要出去？」我問道。

「是的，我們一起去拜訪好心的哈孟先生。」

「你相信帕克的話？」

「從他臉上的表情可以看出，他的話是可信的。很明顯——除非他是個出色演員——他還以為是艾克洛被敲詐。若是如此，表示他根本就不知道弗拉爾太太的事。」

「不是他還會是誰呢？」

「問得好！究竟是誰呢？待我們拜訪哈孟先生後，就可回答這個問題了，要麼證明帕克是清白的，要嘛——」

「如何？」

「我老毛病又犯了，不想把話講完，」白羅非常抱歉地說，「請多包涵。」

「順便說一下，」我侷促不安地說，「我要向你坦白，由於一時疏忽，我把那枚戒指的事，洩漏了出去。」

「什麼戒指？」

「你在金魚池裡找到的那枚戒指。」

「啊！是的。」白羅大笑起來。

「我希望你不要生氣，我是無意中說漏出去的。」

「不，我的朋友，我是不會生氣的。我並沒給你下過命令，你絕對可以把想說的話說出來。你姐姐一定很感興趣吧？」

「是的，她確實很感興趣。我一說出口，大家就七嘴八舌地議論開了，各人提出了自己的看法。」

「啊！其實答案很簡單，真正的解釋就在眼前，你說對不對？」

「是嗎？」我木然地說。

白羅笑了起來。

「聰明人從不輕易表態，」他說，「說得不對嗎？哦，哈孟家到了。」

律師在他的辦公室，我們一分鐘都沒耽擱，就有人把我們領了進去。他起身，毫無表情且客套地向我們打招呼。

白羅開門見山地說：「先生，我想跟你打聽一件事，希望你可以告訴我。我知道，你曾經是金帕達克弗拉爾太太的律師，對嗎？」

律師的眼神裡流露出一瞬間的驚恐，我馬上就注意到了。但由於職業訓練使然，他馬上就恢復了鎮靜，又裝出一副嚴肅的樣子。

「當然，她的一切事務都由我們經辦。」

「很好。這樣吧，在我向你提問之前，先請夏波先生講述一遍事情的經過。老朋友，請你把上星期五晚上，你跟艾克洛先生談話的經過再複述一遍，這個要求你不會反對吧？」

「當然不會。」接著，我就開始背書般地，把那天晚上發生的事敘述了一遍。

哈孟非常專心地聆聽著。

「就這些。」我複述完畢後說。

「敲詐勒索。」律師若有所思地說。

「你感到吃驚了？」白羅問道。

律師取下夾鼻眼鏡，用手帕擦了擦鏡片。

「不，」他回答說，「我並不感到吃驚。這段時間我一直在懷疑這件事。」

「既然如此，我想打聽些情況，」白羅說，「只有你才能告訴我們被敲詐的總金額。」

「我沒必要對你們隱瞞這些事，」停了一會兒，哈孟說，「在過去的一年中，弗拉爾太太把某些債券賣了，而賣債券的錢都進了她的支出帳戶中，並沒有再做投資。她的收入是相當可觀的，而且丈夫死後一直過著平靜的生活，看來這些錢都是用來支付某些特殊款項。我曾向她提起此事，她說她必須資助她丈夫的那些窮親戚。當然我也不好再過問。我常在想，這些錢必定是支付給某個跟阿什利．弗拉爾先生有關係的女人。但我萬萬沒想到，會是跟弗拉爾太太本人有關。」

「金額是多少？」白羅問。

「把每筆錢加起來，總數至少達到兩萬英鎊。」

「兩萬英鎊！」我驚叫起來，「就一年時間！」

「弗拉爾太太是個非常有錢的女人，」白羅尖澀地說，「這謀殺的代價也是夠大的了。」

「你還要打聽什麼事？」哈孟先生問道。

「謝謝，沒有了，」白羅站起身說，「精神錯亂了，請原諒。」

「沒關係，沒關係。」

當我們走到外面時，我說：「剛才你告辭時用了 derange 這個詞，這個詞通常是用來指精神錯亂。」

「啊！」白羅叫了起來。「我的英語永遠也達不到道地的程度，英語真是一種奇特的語言。那麼剛才我應該說 disarranged 是嗎？」
「Disturbed 才是你應該用的詞。」[15]
「謝謝，我的朋友，我發現你對詞語的用法特別講究。好吧，現在就談談你對帕克老友的看法。身上揣有兩萬英鎊，你認為他還會繼續當男管家嗎？我想是不會的。當然，他有可能是用別人的名字把錢存入銀行，但我還是相信他說的是真話。如果他是個壞胚子，那也一定是個小角色，玩不出大花樣。剩下的可能人選就是雷蒙或……布倫特少校。」
「當然不可能是雷蒙，」我反對說，「我們都很清楚，為了五百英鎊，他已傷透腦筋。」
「對，他是這麼說的。」
「至於赫克托．布倫特——」
「至於善良的布倫特少校，我可以向你透露些線索，」白羅打斷了我的話，「調查就是我的工作，我一直在進行調查。他提到自己繼承的那筆遺產，我發現其金額將近兩萬英鎊，這一點你是怎麼想的？」
我驚駭得幾乎說不出話來。
「這是不可能的，」我最後說，「像赫克托．布倫特這樣的紳士名流，不可能幹出這樣的事。」
白羅聳了聳肩。
「那只有天知道了。至少他是個格局較大的人。我承認，我也很難看出他是個敲詐者，但還有一個可能性你沒有考慮到。」

「什麼可能性？」

「爐火，我的朋友，你走了以後，有可能是艾克洛本人把那封信毀了，包括藍信封以及裡面的信。」

「我想不太可能，」我說得非常緩慢，「但——當然，也有可能。他或許改變了想法。」

我們不知不覺走到我家門口，這時我突然心血來潮，邀請白羅到家裡吃頓便飯。

我還以為卡羅琳會很高興我這麼做，然而要使女人感到滿意真是不容易。這天中午我們吃排骨，其他的菜還有牛肚和洋蔥。三個人面前擺著兩塊排骨，確實有點尷尬。

但卡羅琳從不會讓尷尬局面持續很久。她編造了一個令人乍舌的謊言，她向白羅解釋說，雖然詹姆斯經常嘲笑她，她還是堅持吃素食。她手舞足蹈地談論著果仁雜燴的美味（我可以確定她從未嘗過這道菜），津津有味地吃著塗有奶酪的烤麵包，嘴裡還口口聲聲地說：「吃肉食有害健康。」

飯後，我們坐在壁爐前抽菸，卡羅琳直截了當地向白羅發動攻勢了。

「還沒找到拉爾夫·佩頓嗎？」她問道。

15 Disarranged 的意思是「混亂」，disturbed 的意思是「打擾」。

「我該到什麼地方去找她呢，小姐？」

「我還以為你在克蘭切斯特找到他了。」從卡羅琳的語調中可聽出，她話中有話。

白羅被弄得莫名其妙。

「在克蘭切斯特？為什麼是在克蘭切斯特？」

我給了他一點提示，但說話的語氣稍帶譏諷。

「我們那個業餘偵探大隊中的某個成員，昨天在克蘭切斯特的馬路上，碰巧看見你坐在車上。」我解釋道。

白羅這才恍然大悟，放聲大笑起來。

「啊，原來如此！我只是到那裡去看牙醫，就這麼回事。我的牙疼，到了那裡之後，就好多了。我想馬上回來，但牙醫說不行，要我把牙拔掉，我不同意，但他還是堅持要我拔，他這個人固執得很！那顆牙齒再也不會疼了。」

卡羅琳就像是洩了氣的皮球，一下子就癱了下來。

接著，我們討論了拉爾夫．佩頓的事。

「他這個人性格很軟弱，」我堅持說，「但絕不是一個邪惡的人。」

「啊！」白羅說，「那麼他軟弱到什麼程度呢？」

「確切地說，跟在座的詹姆斯一樣，軟弱得跟水一般，這種人沒人照顧就不行。」

「親愛的卡羅琳，」我生氣地說，「說話時請不要進行人身攻擊。」

「你確實軟弱，詹姆斯，」卡羅琳毫不退讓地說，「我比你大八歲——哦！我並不在乎白羅先生知道我——」

「我絕對猜不到，小姐。」白羅說完便殷勤地向她鞠了一躬。

「大八歲呢，所以我總把照顧你看成是我的天職。如果從小沒有很好的教養，天知道你現在會變成什麼樣子。」

「我本來可以跟一位美麗的女探險家結婚。」我低聲說，眼睛看著天花板，嘴裡吐著菸圈。

「女探險家！」卡羅琳鼻子裡哼了一聲，「如果要談女探險家的話——」

她說到一半便頓住了。

「往下說嘛。」我帶著好奇的口吻說。

「不說了。只是我知道在一百英里內有那麼一個人。」她突然轉向白羅。「詹姆斯說，你認為是當晚在屋子裡的人做的案。我可以確定，你弄錯了。」

「我不太可能弄錯，因為那不是我的……怎麼說呢，métier[16]。」

「根據我從詹姆斯和別人那裡探聽到的情況，我對這件事已經看得相當清楚。」卡羅琳

16　法語，意思是「專長」。

並沒有注意白羅在說些什麼，只是一個勁地往下說，「就我所知，那晚，只有兩個人有機會行刺，拉爾夫．佩頓和弗洛拉．艾克洛。」

「親愛的卡羅琳——」

「喂，詹姆斯，別打斷我的話。我絕對知道我在說些什麼。帕克在門外遇見了她，不是嗎？他並沒有聽見她的伯父跟她說晚安，所以她可能在出來以前就把他殺了。」

「卡羅琳！」

「我並沒說是她幹的，詹姆斯，我只是說她有可能。弗洛拉就像現下的女孩子，對長輩們毫無敬意，總以為自己無所不知。我相信她連隻雞都不敢殺，但是，雷蒙先生和布倫特少校有不在場證明，艾克洛太太也有，甚至連拉瑟兒這女人好像也有——這對她來說是很幸運的，那麼還剩下誰呢？只有拉爾夫和弗洛拉了！不管你怎麼說，我不相信拉爾夫．佩頓是殺人兇手。這孩子我們是看著他長大的，我對他很了解。」

白羅一言不發，看著自己嘴裡吐出的菸圈冉冉上升。最後他終於開口了，說話的語氣很溫和，但有點心不在焉的樣子，這跟他往常的態度完全不一樣。

「假設有這麼一個人，一個普普通通、不曾有謀殺念頭的人。但他有某種邪惡的東西，深深地埋藏在心裡，一直未曾被召喚出來。或許，它一輩子也不會表現出來，如果是這樣的話，他會體面地走完人生歷程，受到眾人的崇敬。但我們假定發生了某些事，他陷入困境——甚至未必，他意外地發現了某個祕密，這個祕密和某人的生死存亡休戚相關。他的第一個反應是把它講出來，盡到一個誠實公民的義務。接著他的那份邪念就開始發聲了：這是發財的好機會，這是一大筆錢。他需要錢，他亟需這筆錢，而它又唾手可得。他不用費勁，只需要保持沉默就行了。這僅僅是個開端，隨後想得到錢的願望愈來愈強烈。他必須得到更多的錢，愈來愈多的錢！他被腳下已開發的金礦所迷醉，變得愈來愈貪婪，被貪婪征服了。對一個男人，你怎麼敲詐他都行；但對一個女人，你就不能逼得太厲害，因為女人的內心有一種說真話的強烈願望。有許多丈夫一輩子矇騙自己的妻子，最後帶著祕密安然去世；然而，更多的是一些矇騙丈夫的妻子，在跟丈夫吵架時說出了真話，從而毀了自己的一生！她們被逼得太厲害，在危急時刻縱身飛蛾撲火（當然她們事後會感到後悔），為圖一時的心安而把事實吐露出來。本案亦是如此——壓力太沉重了，所以產生了所謂『拚死一搏』的舉動。但事情還沒有結束，我們所說的那個人正面臨著真相敗露的危險。他已經不是過去的他了，比方說和一年前已經不一樣了。他的道德品性已經喪失殆盡，他在絕望中掙扎，正在打一場注定要失敗的仗。他不惜任何代價去掩藏，因為真相的敗露就意味著一生的毀滅。就這樣，劍刺了出去！」

他停了一會兒。這番話好像對房間施了魔法，大家一時鴉雀無聲。這些話所產生的效應我無法描述。這無情的分析，這冷酷的事實，使我們倆都毛骨悚然。

「過後，」他溫和地說，「劍拔出來了，他又恢復了本來面目，正常、和藹。但如果再有必要的話，他還會將劍刺出。」

卡羅琳突然醒悟過來。

「你是在說拉爾夫·佩頓，」她說，「不管你說得對還是不對，你沒有權利在別人背後說壞話。」

電話鈴響了，我走進門廳拿起話筒。

「喂，」我說，「是的，我是夏波醫生。」

我聽了一兩分鐘，然後簡短地回答了幾句。打完電話我又回到客廳。

「白羅，」我說，「他們在利物浦拘留了一個人，名叫查爾斯·肯特，他們認為，這個人就是那天晚上去弗恩利莊的陌生人，叫我馬上去利物浦指認一下。」

18 查爾斯·肯特

半小時後，白羅、我和拉格倫警官就坐上了去利物浦的火車。警官顯得非常興奮。

「即使得不到其他消息，我們至少也能了解一些敲詐的事情，」他喜笑顏開地說，「從電話裡聽到的情況來看，他是一個很難對付的傢伙，而且還吸毒成癮。從他那裡，我們可輕而易舉地套出我們所需要的東西。只要找出一點點動機，我們就可斷定，他就是殺害艾克洛先生的疑犯。但果真這樣的話，那為什麼佩頓這年輕人躲著不出來呢？這整個案件真是錯綜複雜。順便提一下，白羅先生，你對指紋的看法是對的，確實是艾克洛先生本人的指紋。我也曾經想到過這一點，但後來又認為這種可能性不大，所以就忽略了。」

我心裡暗自好笑，拉格倫警官顯然是在挽回自己的面子。

「那傢伙還沒被逮捕？」白羅問道。

「沒有，只是因嫌疑而被拘留。」

「他是怎麼替自己辯解的？」

「幾乎沒有辯解，」警官咧嘴笑道，「我看他只是一隻處處設防的小狐狸，罵人的話說了一大堆，但半點有用的話都沒有。」

火車一到利物浦便有人前來迎接白羅先生，看到這種情景我大為吃驚。來接我們的有海斯刑事主任，他以前跟白羅一起破過案，他把白羅的辦案能力吹噓得神乎其技。

「既然能請到白羅先生來辦案，那破案就為時不遠了，」他樂呵呵地說，「我還以為你退休了，先生。」

「是退休了，我的好海斯，我確實是退休了。但退休生活實在乏味極了！我簡直無法想像，怎麼度過那一天又一天的枯燥時光。」

「是的，是非常枯燥單調，所以你就跑來看看我們發現了什麼線索？這位是夏波醫生嗎？先生，你應該能夠指認得出這個人吧？」

「我沒什麼把握。」我帶著不太確定的口氣說。

「你們是怎麼抓住他的？」白羅問道。

「你知道，不管是私下流傳或媒體刊載，這件事到處在傳布，我承認沒什麼可以多講。這傢伙說話帶美國口音，他並不否認那天晚上他去過金艾博特村附近的地方。他老是問，他去那地方跟我們有什麼相干，還說，要明白我們的意圖後才回答問題。」

「我能不能去看一下那個人？」白羅問道。

主任會意地眨眨眼。

「有你在一起，我們感到非常高興，先生。你可以做任何你想做的事，蘇格蘭警場的傑派警官前幾天還問起你，他聽說你以非官方名義參加了這次破案工作。佩頓上尉躲在什麼地方，你能不能告訴我？」

「我想，事涉敏感，不宜多談。」白羅一本正經地說。

我緊抿嘴唇，以免自己笑出來。這個矮個子偵探，打官腔還真有模有樣。

一番交談之後，我們被帶去見拘留的嫌疑犯。

此人很年輕，年齡在二十二、三歲。高個子、瘦削、手微微發抖，看得出昔日的強壯體魄蕩然無存，現在變得很虛弱。他長著一頭黑髮，藍眼睛目光躲閃，不敢正視我們。之前我心裡老有一種幻覺：那個陌生人跟我熟悉的某個人有相似之處。但如果眼前這個人確實是那天我遇見的人，那麼我就錯了。他沒有跟我認識的人有任何相似之處。

「喂，肯特，」主任說，「站起來，有人來看你了。你認識他們當中的任何人嗎？」

肯特緊繃著臉，怒視著我們，沒有作聲。我看見他的目光在我們三人身上來回掃視，最後落在我身上。

「那麼先生，」主任對我說，「你有什麼話要說嗎？」

「身高差不多，」我說，「就模樣來看，好像就是那天晚上我遇見的那個人。除此之外我就不確定了。」

「你這話究竟是什麼意思？」肯特問道，「你有什麼根據指控我？說吧，全說出來！我究竟幹了什麼？」

我點點頭。

「就是他，」我說，「說話的聲音我聽出來了。」

「你聽出我的聲音？你以前在什麼地方聽過我的聲音？」

「上週五晚上，在弗恩利莊門外。你問我，去弗恩利莊怎麼走。」

「我問你？我有嗎？」

「你承不承認？」警官問道。

「我什麼都不承認，在你們拿出證據之前，我是不會承認的。」

「你讀了這幾天的報紙沒？」白羅問道，這是他第一次開口。

那個傢伙的眼睛瞇了一下。

「哦，原來是這麼一回事。我從報上看到一位老鄉紳在弗恩利莊被人宰了。你們想證明這件事是我幹的，是嗎？」

「那天晚上你去過那裡。」白羅平靜地說。

「你是怎麼知道的，先生？」

「這就是證據。」

白羅從口袋裡拿出一樣東西，遞了過去。

這是我們在涼亭裡找到的鵝毛管。

一看見這東西，那傢伙臉色驟變。他的手畏畏縮縮地伸出一半。

「白粉，」白羅若有所思地說，「不，我的朋友，裡面是空的。這就是那天晚上你掉在涼亭裡的東西。」

查爾斯．肯特疑惑地看著他。

「看來你什麼都知道了，你這個矮冬瓜，你應該還記得，報上說這位老鄉紳是在九點四十五分至十點之間被殺的，是嗎？」

「是的。」白羅回答道。

「真的是那個時候被殺的嗎？我想弄清這個事實。」

「這位先生會告訴你的。」白羅說。

他指了指拉格倫警官，拉格倫猶豫了一下，抬頭看了海斯主任一眼，然後又看了一眼白羅，最後他好像是獲得了批准，才開口說：「沒錯，是在九點四十五分至十點之間。」

「那麼你們就沒有理由把我關在這裡，」肯特說，「我是九點二十五分離開弗恩利莊，你們可以去狗哨打聽。狗哨是一間酒吧，離弗恩利莊只有一英里，在去克蘭切斯特的路上，我還記得我在那裡鬧了一陣。我進去的時間大約是九點四十五分。這一點你們怎麼說？」

拉格倫警官在筆記本裡做了記錄。

「怎麼樣？」肯特追問道。

「我們會去調查的，」警官說，「如果你說的是事實，我們會放你走的，你不必再在這裡發牢騷。不管怎麼說，你去弗恩利莊，到底幹了些什麼？」

「去見一個人。」

「誰？」

「這你就無權過問了。」

「說話請客氣點，年輕人。」主任警告道。

「什麼客氣不客氣，我去那裡辦點私事，這就是原因。如果我在謀殺案發生前已經離開，這件事就跟我無關，破案是你們警察的事。」

「你的名字叫查爾斯．肯特，」白羅說，「你出生在什麼地方？」

那傢伙盯著他看，然後笑了起來。

「我是一個道道地地的英國人，」他說。

「是的，」白羅沉思了一會說，「你是英國人，我猜你是在肯特郡出生。」

那傢伙又盯著他看。

「你這是什麼意思？就因為我的名字？名字和這有什麼關係？名叫肯特的人，一定是在肯特郡出生的嗎？」

「在某種情況下，我想是可能的，」白羅故意重複一遍。「在某種情況下。這句話的意思，我想你是明白的。」

他話裡有話，兩位警官站在一旁摸不著頭腦。而查爾斯．肯特聽了此話，臉脹得通紅。有那麼一瞬間，我覺得他想向白羅撲過去，但他還是忍了下來，轉過身子，裝出一副笑臉。

白羅點點頭，感到很滿意。他向門外走去，兩位警官尾隨而出。

「他的話我們要去證實一下，」拉格倫說，「儘管我認為他說的是真話。但他必須把去弗恩利莊幹了些什麼講清楚。在我看來，我們幾乎已經把敲詐犯抓到手了。另一方面，就算他講的都是真話，也確實與謀殺案無關，但他被逮捕時身上有十英鎊，那是相當大的一筆錢。我想這四十英鎊是落在他手中了——雖然錢的數額對不起來，但他可能後來把一些錢花掉了。艾克洛先生一定是把錢給了他，所以他想盡快逃離這個地方。至於肯特郡是不是他的出生地，這是什麼意思呢？這跟本案有什麼關係？」

「沒什麼關係，」白羅很和氣地說，「這是我的一點小小靈感，沒其他意思。我這個人就是以有點小靈感出名的。」

「真是這樣嗎？」拉格倫疑惑不解地看著他。

主任放聲大笑起來。

「我曾多次聽傑派警官講起白羅先生的小小靈感！他說這些靈感無從捉摸，但裡面還真弄得出名堂。」

「你這是在嘲笑我，」白羅笑著說，「不過沒關係，到最後笑得出來的一向是老人，而聰明的年輕人最後只會傻瞪眼。」

他煞有介事地朝他們點點頭，然後向大街走去。

我們倆一起在一家旅館吃了午餐。直到現在，我才發覺他已經把整個案件的頭緒理得清清楚楚，找到了解開謎底所需要的最後線索。

在這之前，我總以為他過於自信，而且理所當然地認為，讓我迷惑不解的事，一定也困擾著他。

對我來說，最大的謎就是查爾斯‧肯特在弗恩利莊幹了些什麼，我一次次向自己提出這一問題，但始終得不到滿意的答案。最後我只好壯著膽子去試探白羅，對我的詢問他馬上做出了回答。

「我的朋友，我也不知道。」

「真的嗎？」我表示懷疑。

「是的，我說的是真話。如果我說，他那天晚上去弗恩利莊是因為他出生在肯特郡，你一定會認為我在胡言亂語，是嗎？」

我瞪眼看著他。

「在我看來，這種解釋確實不合邏輯。」我誠實地說。

「啊！」白羅對我的回答表示遺憾。「唉，沒關係，我還有其他的小靈感。」

19

弗洛拉・艾克洛

第二天早晨，我出診回來時，拉格倫警官在我背後大聲叫喊。我應聲停下來，他順著石階跑上來。

「早安，夏波醫生，」他上前跟我打招呼。「我跟你說，他的不在場證明已經沒問題。」

「你說的是查爾斯・肯特？」

「是的，他的不在場證明。狗哨酒吧的女服務生薩利・瓊斯可以作證，她還清清楚楚記得那天晚上的事，並把他從五張照片中挑了出來。他進酒吧的時間正好是九點四十五分。這個女服務生說，他身上帶著許多錢，她看見他從口袋裡掏出一大把鈔票。更讓她驚訝的是，她看到這種傢伙竟穿著一雙亮新乾淨的靴子。他的四十英鎊可能大多就花在那裡。」

「他還是不肯說出到弗恩利莊的原因嗎？」

「他簡直是頭頑強的驢子。今天早晨，我跟利物浦的海斯在電話裡聊了一會兒。」

「赫丘勒．白羅說，他知道那傢伙那晚去那裡的原因。」我說。

「真的嗎？」警官迫不及待地問道。

「真的，」我的話語中帶有惡意。「他說他去那裡的原因，就是因為他出生在肯特郡。」

我把心中的困窘傳遞給他後，心裡明顯好受多了。

拉格倫聽了此話，迷惑不解地盯著我。然後他那黃鼠狼般的眼睛一轉，臉上又馬上露出微笑。他敲敲自己的腦門，好像突然領悟到什麼。

「他為什麼來這裡，」他說，「對這個問題我想了很久。這可憐的老頭，很可能在家裡有一個癡呆的侄兒。這就是他放棄自己的職業，來這裡定居的原因。」

「白羅嗎？」我吃驚地問道。

「是的，他從來沒跟你提過嗎？這可憐的侄兒很溫順，什麼都好，就是瘋得太厲害。」

「是誰告訴你的？」

拉格倫警官又咧嘴笑笑。

「你的姐姐，夏波小姐，是她告訴我的。」

卡羅琳的所作所為實在令人驚訝。她非要把每個人家裡的祕密全打聽清楚才肯罷休。遺憾的是，我就是無法糾正她，讓她不要去亂傳別人的私事。

「快上車，警官，」我一邊打開車門，一邊說，「我們一起去老爾什居，把最新消息告訴我們的比利時朋友。」

「好吧，儘管他有點怪裡怪氣，但不管怎樣，他在指紋這件事上還是給了我一些很有用的提示。他對肯特這傢伙的事已經走火入魔；但這很難說，可能他的說法也有理由吧。」

白羅還是跟往常一樣彬彬有禮，帶著微笑接待我們。

他認真聽著我們給他帶去的消息，不時點點頭。

「看來好像沒什麼問題，是嗎？」警官的臉上露出陰鬱的表情。「一個人不可能在某處行凶殺人，而同時又在一英里以外的酒吧喝酒嘛。」

「你們打算把他放了嗎？」

「我們又有什麼辦法呢？總不能因為他的錢來路不明，就長期拘留他。我們拿不出任何證據。」

警官怨氣十足地把火柴扔入壁爐的柵格，白羅把它又取出來，並且整整齊齊地放進一個專門放火柴的盒子裡。他的這個動作純粹是反射性的，因為我可以看出，他正在考慮著別的什麼事。

「如果我是你，」他最後說，「我現在還不急於把他放走。」

「你這話是什麼意思？」

拉格倫不明就裡地盯著他。

「我是說，暫時不要釋放他。」

「你認為他和謀殺案有關，是嗎？」

「我想可能沒關係，不過現在還很難確定。」

「我剛才不是跟你說了——」

白羅舉起手制止他往下說。

「是的，是的，我已經聽見了，我不是聾子，也不是傻瓜，這得感謝上帝！但我可以告訴你，你完全是從一個錯誤的前提出發，來處理這件事——『錯誤』這個詞用得恰當吧？」

警官目光遲鈍地凝視著他：「我不知道你是根據什麼得出這個結論。我提醒你注意，艾克洛先生九點四十五分還活著，這一點你得承認，是嗎？」

白羅盯著他看了一會兒，然後微笑著搖搖頭。

「任何沒有得到證實的事情，我都不相信！」

「哦，我們有足夠的證據來證明這一點。弗洛拉·艾克洛可作證。」

「就根據她跟她伯父道晚安，來證明這一點嗎？對我來說，年輕女士的話，我並不完全相信，即使她長得漂亮迷人也一樣。」

「說什麼鬼話！帕克看見她從房裡出來的。」

「不，」白羅聲音宏亮地嚴加駁斥。「他根本就沒看見。根據那天所做的小小試驗，我就知道了。你還記得吧，醫生，帕克是看見她在門外，手放在門把上；但他並沒有看見她從裡面出來。」

「不是從裡面，她還可能從什麼地方出來呢？」

「可能從小樓梯上。」

「小樓梯上？」

「我的小小靈感告訴我，是這樣。」

「但這樓梯只通向艾克洛先生的臥室呀。」

「完全正確。」

警官仍舊茫然地盯著他。

「你認為她去過他伯父的臥室了？那她為什麼不說實話呢？」

「啊！這就是問題的關鍵。這要看她在那裡幹了些什麼，對嗎？」

「你的意思是，錢？見你的鬼，你的言外之意是，艾克洛小姐拿了這四十英鎊？」

「我可沒這麼說，」白羅說，「但我想提醒你一點，她們母女倆的日子過得挺辛苦。她們需要錢來付帳單，常常為了一小筆錢而弄得焦頭爛額，而羅傑·艾克洛對錢又特別精明。這小姐很可能被一小筆款項逼得走投無路。可想而知，這會引起什麼樣的結果。她拿了錢，然後下樓；當她走到一半時，聽見門廳裡玻璃杯的叮噹聲，她知道是怎麼回事，帕克要去書房了。她無論如何都不能讓他看見自己在小樓梯上，帕克可不是健忘的人，他會起疑心。如果錢不見了，他必定會想起她從樓上下來的事。她的時間只夠跑到書房門口，所以當帕克出現在門廊時，她便把手放在門把上，裝出剛從書房出來的樣子。她順口說一句心裡突然閃現的話，重複那天晚上早些時候羅傑·艾克洛的吩咐，然後輕鬆回到自己的房間去了。」

「好。然而案發之後，她必定會意識到這件事關係重大，有必要說出事實真相，你說對不對？不管怎麼說，整個案件就圍繞著這一點！」警官堅持己見。

「事後，弗洛拉對此事難以啟齒，」白羅冷靜地說，「那天晚上去叫她時，你們只跟她說，家裡東西被盜，警察來了。很自然，她馬上就意識到偷錢之事被發覺。她決定堅持自己的說法。當她知道她伯父被殺後，她完全嚇呆了。你得明白，先生，現在的年輕女孩，沒遇上特別大的刺激是不會暈倒的，然而她卻暈倒了。她必定會堅持自己的說法，否則就得把一切都坦白交代出來。一個年輕美貌的小姐絕不會承認自己是賊，尤其是在一批她必須維持尊嚴的人面前。」

拉格倫一拳敲在桌子上，發出「砰」的一聲。

「我不相信，」他說，「這是，這是不可信的。你，你早就知道這件事了？」

「一開始我就想到了這個可能性，」白羅承認道，「我一直認為弗洛拉小姐對我們隱瞞了一些事。為了弄清這一點，我做了一次小小的試驗，就是我剛才跟你講的那個試驗。夏波醫生陪我一起去的。」

「你說是去考察一下帕克。」我憤懣地說。

「老弟，」白羅非常抱歉地說，「我當時不是跟你說，我們必須找個藉口嘛。」

警官站起身來。

「現在就剩這件事了，」他說，「我得馬上去處理這位年輕女子的事。你跟我一起去弗恩利莊跑一趟怎麼樣，白羅先生？」

「當然可以，夏波醫生會開車送我們去的。」

我沒吭聲，但非常樂意地默認了。

我們問起艾克洛小姐，僕人把我們帶到彈子房。弗洛拉和赫克托·布倫特少校，一起坐在一條靠窗的長凳上。

「早安，艾克洛小姐，」警官說，「能不能單獨跟你談一下？」

布倫特馬上起身向門口走去。

「什麼事？」弗洛拉非常緊張地問道，「不要走，布倫特少校。他可以待在這裡的，是嗎？」她轉身問警官。

「隨你的便，」警官冷冰冰地說，「我想問你一兩個問題，小姐，這是我的職責。但我想我們還是單獨談的好，我敢說，這件事你也是願意單獨談的。」

弗洛拉目不轉睛地盯著他。我發現她的臉色變得很蒼白，接著她轉身對布倫特說：「我想請你待在這裡，是的，我說真的。不管警官要跟我說什麼，我都想讓你知道。」

拉格倫聳了聳肩。

「好吧，如果你堅持的話，那就隨你的便。是這麼回事，艾克洛小姐，這位白羅先生跟我提起一件事。他認為上星期五晚上你根本就不在書房，你沒去見艾克洛先生，更不可能跟他說晚安。當你聽到帕克端著飲料穿過門廳時，你不是在書房，而是在通往你伯父臥室的那段小樓梯上。」

弗洛拉的目光轉向了白羅，他向她點點頭。

「小姐，那天我們一起圍坐在桌旁時，我懇求你們對我要坦率，白羅老爹遲早會弄清楚你們隱瞞的事。我是這麼說的，不是嗎？我跟你直截了當地說了吧，是你拿了錢，是嗎？」

「錢？」布倫特尖叫一聲。

有足足一分鐘，室內鴉雀無聲。接著弗洛拉挺起身子說：「白羅先生說得對，錢是我拿的，我偷了錢，我是賊，是的，一個普通、卑劣的小偷。現在你們都知道了！這件事終於曝光了，我感到很高興。最近幾天，這件事一直像夢魘似的纏著我！」她突然坐下來，雙手捂住臉，聲音沙啞地透過指縫說：「你們不知道我在這裡過的是什麼日子。想買東西卻沒錢，為了得到這些東西，我東想西想、撒謊、欺騙，最後弄得債台高築。哦！一想到這些，我就恨自己！就是因為這點，我們才會接近起來，拉爾夫和我。我們倆都很軟弱！我了解他，也同情他，因為我和他都是寄人籬下，受人支配。我們倆都太軟弱了，無法獨立生存。我們都是軟弱的、悲慘的、可鄙的小人。」

她看看布倫特，突然跺足大吼。

「你為什麼用那種眼光看我？你不相信？我或許是小偷，但不管怎麼說，我現在已經恢復了我的真面目，我不再說謊了，也不想再裝扮成你所喜歡的那種女孩——年輕、天真、純樸。如果你不想再見到我，我也不在乎。我恨自己，鄙視自己，但你必須相信一點，如果說真話對拉爾夫有好處的話，我早就說出來了。但我一直以為說出來對拉爾夫沒好處——現在看來，這反而對他更為不利。我不說出真相，並不是存心想害他。」

「拉爾夫，」布倫特說，「我全明白了，口口聲聲不離拉爾夫。」

「你不明白，」弗洛拉絕望地說，「你永遠不會明白的。」

她轉向警官。

「我什麼都承認。我被錢逼得走投無路。那天晚上離開餐桌後，我就沒見過我的伯父。至於偷錢的事，不管你們怎麼處理都行。反正再怎麼樣也不會比現在更糟！」

突然她嚎啕大哭起來，用手捂住臉衝出房間。

「好了，」警官以平淡的語調說，「事情弄清楚了。」

他有點不知所措，不知道接下去該怎麼辦。

布倫特走上前來。

「拉格倫警官，」他非常平靜地說，「那筆錢是艾克洛先生為了某種特殊用途交給了我，艾克洛小姐從未碰過這筆錢。她說錢是她拿的，這是謊話，她以為這樣做就能開脫佩頓上尉的罪責。事實就是如我所言，我隨時可到證人席去作證。」

他全身急速地晃了一下，算是鞠躬，然後轉身疾步走出房間。

白羅轉瞬間追了出去，在門廳裡追上了他。

「先生，我懇求你稍等一下。」

「你要幹什麼，先生？」

很明顯，布倫特有點不耐煩。他站在那裡，雙眉緊鎖地看著白羅。

「我想跟你說，」白羅說得非常快。「你這小小的謊言騙不了我。不，我是不會受騙的。這錢確實是弗洛拉小姐拿的。不管怎麼說，你的那番話富有同情心，我聽了也感到高興。這一點你做得挺不錯，你是個思維敏捷，敢作敢為的男子漢。」

「我根本就不在乎你怎麼想，謝謝。」布倫特冷漠地說。

說完他便往前走，但白羅並沒有生氣，他一把拉住他的手臂。

「啊！你必須聽我把話講完，我還有一些事要跟你說。那天，我說每個人都隱瞞了一些事，其實我早知道你所隱瞞的事。你真心愛著弗洛拉小姐，你對她是一見鍾情，是嗎？哦！不要介意談這些事，為什麼在英國一提起愛情，就好像在談什麼不光采的祕密呢？你愛弗洛拉小姐，但卻又千方百計要隱瞞這一事實。沒錯，你完全可以隱瞞，但聽赫丘勒．白羅一句忠告——至少不要在她面前隱瞞你的愛。」

白羅說這番話時，布倫特有點侷促不安，他最後幾句話引起了他的注意。

「你說這話是什麼意思？」他尖刻地問道。

「你以為她愛拉爾夫．佩頓上尉，但我赫丘勒．白羅可以告訴你，這不是真的。弗洛拉小姐同意跟佩頓上尉結婚，完全是為了討她伯父的歡心，因為對她來說，結婚是擺脫這種生活的捷徑，這種生活她是愈來愈難以忍受了。她喜歡他，他們之間有的是同情和理解，但愛情——沒有！弗洛拉小姐愛的並不是佩頓上尉。」

「你這話究竟是什麼意思？」布倫特問道。

我發現他黧黑的臉上泛起了紅暈。

「你眼瞎了，先生，簡直瞎了！這小姐非常重義氣，現在拉爾夫．佩頓飽受嫌疑，她只是為了他的名譽，才決定站在他這邊，替他辯解。」

我想我也該說幾句話，來促成他們的美事。

「家姐那天晚上跟我說，」我鼓勵著說，「弗洛拉從未喜歡過拉爾夫．佩頓，今後也不會喜歡他的。家姐對這類事情，從來不會看錯。」

布倫特對我這番好心的幫腔，毫不理睬。他轉身對著白羅。

「你真的認為……」他欲言又止。

他是一個不善辭令的人，不知道如何表達自己的意思。

白羅從未見過這麼笨口拙舌的人。

「如果你不相信，可以去問她本人，先生，但可能你再也不願意——因為錢的事……」

布倫特哼了一聲，冷笑道：「你以為我會因這件事而討厭她嗎？羅傑對錢太過於吝嗇。她手頭拮据，但又不敢跟他說。可憐的女孩，可憐而無助的女孩。」

白羅若有所思地看看邊門。

「我想弗洛拉小姐去花園了。」他低聲說道。

「我真是個大傻瓜，」布倫特突然叫了起來，「這場對白太有意思了，就像在演丹麥戲劇一樣。但你確實是個大好人，白羅先生，謝謝。」

他拉著白羅的手，緊緊捏了一把，白羅感到一陣疼痛，把手縮了回來。接著他向邊門走去，穿過大門進了花園。

「不能算是十足的傻瓜，」白羅一邊輕輕地揉著被捏痛的手，一邊低聲說，「只是某種——愛情的傻瓜。」

20 拉瑟兒小姐

拉格倫警官大失所望。他跟我們一樣，並沒有被布倫特信誓旦旦的謊言所矇騙。在回家的路上他一個勁地大聲抱怨。

「這樣一來，一切都得改變，我不知道你是否意識到這一點，白羅先生？」

「說得沒錯，我也是這麼認為，」白羅說，「你要知道，我早就這樣想過了。」

拉格倫警官只是在短短的半小時前才產生這種想法，他鬱鬱不樂地看看白羅，繼續談論他對破案的新看法。

「看看這些不在場證明。白費工夫，全都白費了！我們得從頭開始，弄清每個人在九點半以後幹了些什麼。九點半，這才是我們的關鍵時間。你對肯特的看法完全正確，我們暫時不能放他。讓我想一下，九點四十五分在狗哨酒吧……如果跑步的話，一刻鐘是可以到達那裡的。雷蒙先生聽到那個跟艾克洛先生談話的人可能就是他，他向艾克洛先生要錢，艾克洛先生拒絕了。但有一件事是清楚的，打電話的人一定不是他。車站在另一方向半英里以外的地方，離狗哨有一英里半以上。他離開狗哨的時間是十點十分。這該死的電話！一談到這個問題我們就被卡住了。」

「的確，」白羅同意他的看法，「這通電話確實令人費解。」

「有這樣一種可能性：佩頓上尉爬進他繼父的房間，發現他已經被謀殺，就打了這個電話。他受了驚嚇，心想他會被指控為殺人犯，便一走了之。這是可能的，不是嗎？」

「他為什麼要打電話呢？」

「可能他還沒完全確定那老頭是不是否真的死了，他想應該盡快請醫生去看一下，但又不想暴露自己的身分。是的，這就是我的看法。你們認為這種分析怎麼樣？我敢說，有幾分道理。」

警官深深吸了口氣，態度顯得很傲慢。一眼即可看出，他對自己的一番分析感到非常得意；如果我們再發表自己的看法，那就多餘了。

這時，車子已經到了我家門口，我匆匆跑去看我的病人，他們已經等了很長時間。白羅和警官只好步行去警察局。

打發完最後一個病人後，我緩步走進屋子後面的小房間，我稱它為工作室——裡面有我甚感自豪的自製無線電。卡羅琳討厭我的工作室。我把工具都存放在那裡，不允許安妮拿著畚箕和掃把到裡面去亂弄。家裡的那只鬧鐘，大家都說走得不準，所以我想把它修一下。當我正在調節鬧鐘機芯時，卡羅琳探頭進來。

「哦！原來你在這裡，詹姆斯，」她抱怨道，「白羅先生想見你。」

「好吧。」我煩躁地說。她突然進來，把我嚇了一跳，手上拿的那個精密零件，也不知道掉到什麼地方去了。「他想見我，可以叫他到這裡來嘛。」

「到這裡來？」卡羅琳問道。

「是的，到這裡來。」

卡羅琳不高興地哼了一聲，然後退出去。過了一兩分鐘，她帶著白羅進來，然後又退出去，並且用力把門砰地一聲關上了。

「啊哈！我的朋友，」白羅一邊說，一邊搓著手走上來，「你想躲開我，可不是件容易的事，你看我又找上門來了。」

「你跟警官的事辦完了？」我問道。

「暫時是結束了。你呢？病人都看完了？」

「是的。」

白羅坐了下來，看著我。他那蛋殼似的腦袋歪向一邊，彷彿在品嘗一個令人回味無窮的玩笑。

「錯了，」他最後說，「還有一個病人你還沒看。」

「不會是你吧？」我吃驚地說。

「啊，當然不是我，我的身體好得很呢。跟你說實話，這是我的一個小compot[17]。告訴你，我想見一個人，但又不想引起全村人的好奇——如果人們看到一個女人進我家，他們一定會閒言閒語。但對你來說，她是你的病人，以前曾在你這裡看過病。」

「拉瑟兒小姐！」我驚呼起來。

「沒錯。我很想跟她談談，我已經給她送去了便條，約她在你的診所見面。你不會介意吧？」

「恰恰相反，」我說，「請問，我能不能參加你們的談話？」

「當然可以！那是你的診所嘛！」

「你知道，」我放下手中的鉗子，「整個事件是那麼撲朔迷離。每有一個新的發現，情況就會大變，就像看萬花筒似的，稍稍動一下，整個圖案就全變了。你現在急於會見拉瑟兒小姐，是什麼原因？」

白羅揚了揚眉毛。

「這還不明顯嗎？」他低聲說。

「你又來這一套了，」我嘟囔著說，「在你看來，每件事都很明顯。但你總是讓我蒙在鼓裡。」

白羅非常和藹地搖搖頭。

「你是在嘲笑我。就拿弗洛拉的事來說，警官聽了以後感到很吃驚，而你並沒有啊。」

「我根本就沒想到她是小偷。」我駁斥道。

「偷錢的事你可能沒想到，但我當時一直在觀察你的臉色，你並不像拉格倫警官那樣吃驚和疑惑。」

我沉思片刻。

「可能你是對的，」我最後說，「我一直覺得，弗洛拉隱瞞了一些事。因此，當真相暴露時，心理上已經下意識地做好準備。而對拉格倫警官來說，他確實受到偌大挫折，這可憐的傢伙。」

「啊，說得沒錯！這可憐的傢伙不得不重新調整自己的想法。我趁他思想混亂時，迫使他答應我的一些要求。」

「那是什麼？」

白羅從口袋裡掏出一張便條，上面寫著一些字。他放聲讀了起來：

艾克洛先生於上週五遇刺。近來警察一直在搜捕的拉爾夫·佩頓上尉，也就是弗恩利莊艾克洛先生的養子，在利物浦剛要登上前往美國的客輪時被捕。

17 法語，意思是「陰謀」。

讀完後，他又把那張便條折疊起來。

「我的朋友，在明天早晨的報紙上，你就可以見到這條消息了。」

我瞠目結舌，呆呆望著他。

「但……但這不可能是真的！他不在利物浦！」

白羅朝我微微一笑。

「你的思維真敏捷！不，我們並沒有在利物浦找到他。拉格倫警官一開始不同意我把這段文字寄給報社，特別是我不肯向他透露真實意圖。但我鄭重其事地向他保證，這條消息一上報，有趣的事就會接踵而來，這樣他才讓步。但他聲明，他絕不承擔任何責任。」

我凝視著白羅，他又對我微微一笑。

「我實在弄不懂，」我說，「你究竟想要做什麼？」

「你得動用一下你的灰色腦細胞。」白羅嚴肅地說。

他起身朝對面的長凳走去。

「看得出來你極為愛好機械裝置。」他仔細察看我拆開的那些零件。

每個人都有自己的興趣愛好。我馬上把白羅的注意力引到我自製的無線電上，我發現他對我的手藝很讚賞。接著我又給他看了一兩件小發明，都是微不足道的小器具，但很實用。

「按我的看法，」白羅說，「你應該當發明家，而不是當醫生。門鈴響了，一定是你的病人來了，我們到看診室去吧。」

上次我曾被這位女管家遲暮的美貌所打動，今天早晨我又一次被震懾了。她還是跟往常一樣，穿著樸素的黑洋裝，高高的個子，大大的黑眼睛，挺胸直立，昂然靜佇。平時蒼白的臉頰，泛起了罕見的紅暈。看得出，她年輕時一定是個銷魂攝魄的美女。

「早安，小姐，」白羅說，「請坐，夏波醫生允許我們在他的看診室做簡短的談話。」

拉瑟兒小姐還是跟往常一樣，鎮靜自若地坐了下來。即使她的內心感到焦慮不安，但外表上是絕對不顯露出來的。

「允許我冒昧地說一句，」她說，「在這種地方談話，好像有點詭異。」

「拉瑟兒小姐，我想告訴你一件消息。」

「是嗎？」

「查爾斯·肯特已在利物浦被捕。」

她顯得無動於衷，只是眼睛稍稍睜大了一點。她以挑戰的口氣質問道：「你跟我說這話是什麼意思？」

這時我突然發現，某個縈繞在我心裡的謎團豁然開解了。她那挑釁的口氣跟查爾斯·肯特很相似。儘管他們倆的說話聲，一個粗澀而沙啞，另一個費勁地學貴婦人的腔調，但口氣相似到令人難以置信的地步。原來那天晚上在弗恩利莊外遇見那個陌生人時，使我聯想到的人就是拉瑟兒小姐。

我看了白羅一眼，向他暗示我已經了然於胸。他向我微微地點點頭。

他沒有直接回答拉瑟兒小姐的問題，只是做了個法國人的習慣手勢，把雙手一攤。

「我想你可能會感興趣的，就這麼回事。」他非常溫和地說。

「我沒什麼特別的感覺，」拉瑟兒小姐說，「這個查爾斯．肯特究竟是誰？」

「就是案發當晚來弗恩利莊的那個人，小姐。」

「真的嗎？」

「他這個人很幸運，有不在場證明，證明他在九點四十五分時，人正在離這裡一英里外的酒吧。」

「他運氣太好了。」拉瑟兒小姐說。

「但我們仍然沒弄清楚，他來弗恩利莊做了些什麼？比如說，他來跟誰會面。」

「恐怕我無法提供任何幫助，」女管家彬彬有禮地說，「我沒有聽說過什麼。如果沒有別的事的話——」

她做了一個試探性的動作，好像要起身，白羅馬上阻止她。

「還沒完呢，」他心平氣和地說，「今天早晨又發現新的情況。現在看來，艾克洛先生被謀殺的時間不是九點四十五分，而是在這個時間之前。亦即從八點五十分夏波醫生離開起，到九點四十五分之間。」

我發現女管家臉上的紅暈漸漸消失，變得像死人般蒼白。她的身子向前傾斜，有點坐立不安。

「但艾克洛小姐說，艾克洛小姐說——」

「艾克洛小姐已經承認她說的是謊話。那天晚上她從未進去過書房。」

「那麼——」

「那麼，看來我們要尋找的人就是查爾斯·肯特。他去了弗恩利莊，但又說不出做了些什麼——」

「我可以告訴你他在那裡做了什麼。他根本沒碰過老艾克洛一根寒毛，他從未靠近過書房，謀殺之事跟他無關，我可以明明白白地告訴你。」

她身體前傾，那鋼鐵般的自制力最後終於崩潰了，她臉上露出恐懼和絕望的表情。

「白羅先生！白羅先生！哦，請相信我。」

白羅站起身，走到她面前，拍拍她的肩膀，讓她消除疑慮。

「好的，好的，我相信你。我的目的只是讓你說出真話，你明白嗎？」

一瞬間，她的臉上露出懷疑的神色。

「你說的都是真的？」

「你是指懷疑查爾斯·肯特犯下謀殺罪？這是真的。只有你才能救他，只要你說出他來弗恩利莊的目的就行了。」

「他是來看我的，」她說得又快又輕，「我出去跟他會面——」

「在涼亭會面，這一點我是知道的。」

「你是怎麼知道的？」

「小姐，調查是我的專長。我知道你那天晚上很早就出去了，你在涼亭留了一張字條，上面寫著幾點鐘在那裡會面。」

「是的，我是這麼做的。我收到他的來信，他說要來。我不敢讓他進屋，因此我按照他給我的地址寫了封回信，約他在涼亭會面，並把涼亭的位置詳細地描述了一番，以免他走錯地方。但我擔心他會等得不耐煩，所以我跑出去，在那裡留張紙條，說我大約在九點十分到那裡。我並不想讓僕人看見我，所以就從客廳的窗子溜了出去。當我回來時遇見夏波醫生，我猜想他一定感到奇怪，因為我是跑步回來的，所以上氣不接下氣。我並沒想到他那天晚上會來赴宴。」

她頓住了。

「往下說，」白羅說，「你九點十分出去跟他會面，你們說了些什麼？」

「你這是給我出難題，你知道——」

「小姐，」白羅打斷了她的話，「在這個問題上，我必須知道全部事實。你告訴我們的事絕不會傳出這屋外。夏波醫生說話非常謹慎，我也一樣。你要知道，我會幫助你的。這個查爾斯・肯特是你的兒子，是嗎？」

她點了點頭，兩頰脹得緋紅。

「還沒人知道這件事。這是很久很久以前的事了，在肯特郡。我並沒有結婚……」

「因此你就以郡名作為他的姓，這一點可以理解。」

「我找到工作後，他的吃住費用都由我承擔。我從未告訴他我是他的母親，他後來慢慢地學壞了，開始酗酒、吸毒。我給他買了票讓他去加拿大，曾有一兩年未聽到他的音訊。後來不知怎麼搞的，他知道了我是他的母親，於是便寫信來向我要錢。在最近的一封信中，他說他要回國了，並且說要到弗恩利莊來看我。我不敢讓他進門，因為我在這個家中頗受人尊敬，如果這種事傳出去的話，我這女管家的工作就保不住了。因此我寫信給他，約他在涼亭會面，具體情況剛才都跟你說了。」

「當天早晨，你就來見夏波醫生了？」

「是的，我來看看有何辦法可想。他並不是個壞孩子——在他染上毒癮之前。」

「我明白了，」白羅說，「請繼續往下說。他那天晚上到涼亭來了？」

「是的，我到達時他已經在那裡等我。他的態度非常粗暴，動不動就罵人。我把所有的錢都給他，簡短地談了幾句，然後他就走了。」

「他走的時候是幾點鐘？」

「大約是九點二十分至九點二十五分之間，因為我回到屋裡還不到九點半。」

「他走的是哪條路？」

「還是從來的那條路出去，就是門房旁邊和車道連接的那條小路。」

白羅點點頭。

「你呢？你做了些什麼？」

「他走了之後我就回屋子了，看見布倫特少校正在陽台上來回踱步，嘴裡還叼著香菸，因此我繞了個圈，從邊門進屋，這時正好九點半，我剛才已經講了。」

白羅又點點頭，並在小筆記本上做了些記錄。

「我想這就夠了。」他若有所思地說。

「我該不該……」她猶豫了一會。「我該不該把這一切都告訴拉格倫警官？」

「到時候再說，不必急於告訴他。我們要按正確程序和方法循序漸進。現在還沒有正式指控查爾斯．肯特犯有謀殺罪。如果有強力的間接證據，你的那些隱私就不必講出來了。」

拉瑟兒小姐站起來。

「非常感謝，白羅先生，」她說，「你人真是太好了。你，你真的相信我嗎？查爾斯的確跟這件邪惡的謀殺案無關！」

「毫無疑問，九點半在書房跟艾克洛先生談話的人，不可能是你的兒子。要振作起來，小姐，一切都會圓滿解決的。」

拉瑟兒小姐走了，白羅和我還留在屋裡。

「又了結一件事，」我說，「每次進展都無法證明拉爾夫．佩頓無罪。你是怎麼知道查爾斯．肯特要見的就是拉瑟兒小姐呢？你注意到他們的相似之處了嗎？」

「在見到肯特之前，我早已把她跟一個未知的男性聯想在一起了。當我發現鵝毛管時，我就想到了毒品，同時又想起了拉瑟兒小姐拜訪你的事，詳細情況你已經跟我說了。接著我發現那天的晨報上，有一篇關於古柯鹼的文章，把這一切綜合起來，事情就清楚了。她那天早晨知道某個人已經染上了毒癮，又看到報上那篇文章，於是就跑來向你提出一些試探性的問題。她提到了古柯鹼，因為這篇文章談的就是古柯鹼。但是，當你被引起興趣後，她馬上又轉了話題，談到偵探小說以及難以查驗的毒藥。我當時就猜想，那個染上毒癮的男人可能是她的兒子、兄弟或者令人討厭的親戚。啊！我該走了，吃午飯的時間到了。」

「留下來一起吃午飯吧。」我建議道。

白羅搖搖頭，眼睛裡微光閃爍。

「今天不能再留下來了，我不想讓卡羅琳小姐連吃兩天的素食。」

我突然意識到，沒有什麼能逃得過赫丘勒·白羅的眼睛。

21 引起轟動的消息

拉瑟兒小姐進來看診室時，卡羅琳一定是看見的。我料到她會問起這件事，所以事先就編好一套謊言，說拉瑟兒來看膝蓋的毛病。然而卡羅琳並沒有盤問我，原因是：她認為拉瑟兒小姐來這裡的目的，她是一清二楚的，而我則是被蒙在鼓裡。

「她是來試探你，詹姆斯，」卡羅琳說，「毫無疑問，她是用最可恥的方式來試探你，我敢說你根本就不知道她來這裡的原因。男人總是那麼單純。她知道你是白羅的知心朋友，所以到你這裡來打聽消息。你知道我是怎麼想的嗎，詹姆斯？」

「我可不敢妄加猜測，你的見解總是特別獨到。」

「你不要挖苦我。我認為拉瑟兒小姐對艾克洛先生的死因了解很多，但她不承認。」

卡羅琳得意洋洋地靠在椅子上。

「你真的這樣認為？」我心不在焉地問道。

「你今天怎麼這麼呆，詹姆斯？一點生氣都沒有，肯定又是肝臟出了毛病。」

接下來，我們談的全是自己家裡的私事。

第二天早晨，當地的日報及時刊登了白羅編造的那則消息。刊登消息的目的，我仍一無所知，然而，這則消息對卡羅琳的影響極大。

她開始吹噓說，她一直是這麼說的——簡直是一派胡言。我揚了揚眉毛，並沒有跟她爭辯。然而，卡羅琳的胡言亂語受到了良心的譴責，她接著說：「雖然我沒有明說是利物浦，但我知道他想設法逃往美國。克里本[18]就是這麼做的。」

「但沒有成功。」我提醒她。

「可憐的孩子，他們已經把他抓起來了。詹姆斯，我認為你應該善用你的職權，設法讓他不被判死刑。」

「你想叫我幹什麼呢？」

「嗨，你不是醫生嗎？你看著他長大，對他很了解。他精神有毛病，你就這麼說。前幾天我從報上看到，那些精神病患在布羅摩爾[19]過得很幸福，那地方就像個高級俱樂部。」

18 克里本（Hawley Harvey Crippen），英國一九一〇年著名的殺妻案凶手，案發後偽裝逃逸，在乘往美洲的輪船上被逮捕。

19 布羅摩爾（Broadmoor），英國收容精神病囚犯的精神病院。

卡羅琳的話使我想起一件事。

「白羅有一個低能的侄子？我一點也不知道。」我好奇地問道。

「你不知道嗎？哦，他把什麼都告訴我了。這可憐的小傢伙。這是他們家的一大不幸。迄今為止，他們一直把他關在家裡，現在情況愈來愈嚴重，他們不得不把他送到某個精神病院去。」

「我想你現在對白羅家的一切都瞭若指掌了。」我氣憤地說。

「確實了解得很清楚，」卡羅琳自鳴得意地說，「能夠把家裡的不幸向別人傾訴，是一種極大的抒解。」

「如果是自覺自願說出來的話，那倒是可能。但如果是被迫說出自己的隱私，那可就未必了。」

卡羅琳以殉道者光榮殉難的神態，看著我。

「你這個人太不露口風了，詹姆斯，」她說，「自己不願意分享任何心事，還指望別人跟你一樣。我認為，我從來沒有強迫任何人說出自己的隱私。比方說，如果白羅先生今天下午過來的話（他說他可能要來），我一定不會問他，今天一大早誰到他家去了。」

「今天一大早？」我追問道。

「非常早，」卡羅琳說，「牛奶還沒送來之前。我恰好朝窗外看——百葉窗剛好被吹動了。是個男的，他從車窗緊閉的汽車裡走出來，全身都裹得密密實實的，我看不清他的臉。

但我可以把我的看法告訴你，以後你會知道我是正確的。」

「你有什麼看法？」

卡羅琳神祕兮兮地壓低聲音。

「一個內政部的官員。」她低聲說。

「內政部的官員？」我驚奇地說，「卡羅琳哪！」

「記住我的話，詹姆斯，以後你會知道我的看法是正確的。拉瑟兒那女人，那天早晨曾向你打聽毒藥的事情。所以，羅傑·艾克洛那晚很可能是吃了被下毒的食品。」

我放聲大笑起來。

「胡說八道，」我大聲說，「他是頸後被刺，這一點誰都知道。」

「詹姆斯，這是死後製造的假相。」

「我的姑奶奶，」我說，「是我驗的屍，我知道自己在說什麼。那個刀口不是死後才刺進去的。他死於刀傷，這一點絕對沒有錯。」

卡羅琳還是一副無所不知的樣子，這使我非常氣惱。於是我接著說：「請你告訴我，卡羅琳，我是否具有醫學學位？」

「你當然有，詹姆斯，我知道你有。但不管怎麼說，你這個人太缺乏想像力。」

「上帝賦予你三倍的想像力，把我的那一份也給了你。」我毫無表情地說。

那天下午，白羅按約好的時間來了。看到卡羅琳嫻熟地運用那套探聽消息的技巧，我感到很有趣。姐姐並沒有直接提問，而是通過種種巧妙的方法，拐彎抹角地談起那位神祕的客人。從那炯炯有神的目光中，我看出白羅已經識破了她的意圖，但他仍然裝出無動於衷的樣子，非常成功地擋住了她擊來的「保齡球」，最後她自己也不知道該如何往下談了。

我猜想他對這場小小的遊戲也饒富興味。談話完畢，他站起身來，建議出去散散步。

「我需要散步放鬆一下，」他解釋道，「你跟我一起去嗎，醫生？散完步，卡羅琳小姐可能會為我們準備好茶點。」

「十分樂意，」卡羅琳說，「你的那位……客人也會來嗎？」

「你真是太好客了，」白羅說，「他不來，他正在休息。不久你就會跟他認識的。」

「他是你的一位老朋友，有人跟我這麼說。」卡羅琳再追擊。

「他們是這麼說的嗎？」白羅低聲說，「哦，我們該走了。」

我們一起朝著弗恩利莊的方向散步去。我事先就料到我們會朝那個方向走。我漸漸懂得白羅的辦案方法，在他看來，每一件微不足道的小事，對整個案件的偵破都有一定的幫助。

「我想分派你一項任務，老弟，」他最後說，「今晚在我家，我想舉行小小的聚會。你願意出席的，是嗎？」

「當然願意。」我說。

「很好。我還要請艾克洛家的那幾個人參加，包括艾克洛太太、弗洛拉小姐、布倫特少校、雷蒙先生。我想請你當我的信使。這次小小的聚會定於晚上九點整開始。你會去請他們的，是嗎？」

「我非常樂意，但你為什麼不親自去請呢？」

「因為我怕他們向我提問題：為什麼要請他們？到底有什麼目的？他們會要求我說出原因。你是了解我的，朋友，我這個人喜歡等到時機成熟時，才解釋我那些小小的靈感。」

我微微一笑。他說：「我的朋友海斯汀，我曾跟你提起過他，常常稱我為牡蠣，嘴封得太緊。這種說法對我不大公平。對於事實，我絕不守密，只是保留對事實的看法。」

「我什麼時候去請？」

「如果可以的話，現在就去。我們快要到艾克洛家了。」

「你不進去嗎？」

「不，我就在院子裡溜達溜達。過一刻鐘我們在門房那裡碰面。」

我點點頭，便出發去執行我的任務。家裡只有艾克洛太太一個人，她提早在喝下午茶。見我進去，她非常有禮貌地接待我。

「非常感謝你，醫生，」她低聲說，「你把我和白羅先生之間的小小誤會給澄清了。但人生真是多災多難，麻煩事一樁接一樁。弗洛拉的事你聽說了嗎？」

「請講得具體一些。」我很謹慎地說。

「弗洛拉和赫克托．布倫特訂婚了。當然，跟拉爾夫相比，布倫特有些不太適合。但不管怎麼說，幸福是第一位的。弗洛拉需要一個年紀較大的人，一個穩健可靠的人，而布倫特確實是個相當符合條件的人選。你看到今天早晨報紙上刊登拉爾夫被捕的消息了嗎？」

「看到了。」我說。

「太可怕了，」艾克洛太太閉上眼睛，渾身戰慄。「傑弗里・雷蒙急得就像熱鍋上的螞蟻，他給利物浦打電話，但那裡的警察局並沒有告訴他任何情況。事實上，他們說，他們根本就沒抓到拉爾夫。雷蒙先生堅稱，這完全是一個誤會，是個——人們管這叫什麼？報紙上的『謠傳』。我不允許任何人在僕人面前提起這件事，這麼不光采的事。如果弗洛拉真的跟他結了婚，那後果就不堪設想。」

艾克洛太太痛苦地閉上眼睛。我不知道，完成白羅的任務要花多長的時間。

我剛想說話，艾克洛太太又開口了。

「你昨天和那位可惡的拉格倫警官來過這裡，是嗎？這禽獸不如的傢伙——他用恐嚇的方式逼迫弗洛拉承認是她拿了羅傑房間裡的錢。事實上這件事非常簡單。這乖孩子想借幾個錢，但又不想去打攪她的伯父，因為她的伯父對錢掐得非常死。當她知道放錢的地方後，就自己去拿了。」

「弗洛拉是不是這麼解釋的？」我問道。

「親愛的醫生，我想你對現在的女孩們是了解的，她們很容易就被唆動。當然，催眠術之類的事你是曉得的。這名警官大聲吼她，反反覆覆用『偷』這個字眼，直到這孩子的心理達到『壓抑』邊緣——還是什麼『情結』的，我總是把這兩個詞混淆在一起——讓她認為自已確實偷了錢。這類事我一眼就能看穿。謝天謝地，這場誤會反而把他們倆撮合到一塊了。我是指赫克托和弗洛拉兩人。老實對你說，我過去一直為弗洛拉操心，曾有一度我擔心她和年輕的雷蒙之間有什麼曖昧關係。你想想看！」艾克洛太太的說話聲愈來愈大，幾乎是在尖叫。「他只不過是個私人祕書，什麼財產都沒有。」

「如果他們真的結婚了，對你必定是個沉重的打擊，」我說，「艾克洛太太，赫丘勒・白羅先生叫我給你捎個口信。」

「給我捎口信？」

艾克洛太太感到非常驚奇。

我急忙向她解釋白羅的意圖，讓她放心。

「當然，」艾克洛太太有些顧慮地說，「如果是白羅先生說的，我們就應該去。但究竟是關於哪方面的事？我想事先了解一下。」

我只得老實對她說，我和她一樣弄不清楚。

「好吧，」艾克洛太太最後非常勉強地說，「我會通知其他幾個人，我們九點鐘會到達那裡。」

任務完成後，我就告辭了，到事先約定的地點，跟白羅相會。

「恐怕已經超出一刻鐘，」我說，「這個老太太一開口就滔滔不絕說個沒完，我沒法打斷她。」

「沒關係，」白羅說，「我在這裡欣賞風景挺愉快的，這個林園太美了。」

我們朝回家的方向走。到家時，卡羅琳竟然親自來開門，這讓我們感到很訝異。顯然她一直在等我們。

她把手指放到唇邊，神態得意洋洋且興奮異常。

「弗恩利莊的接待女僕俄秀拉．伯恩在這裡！」她說，「我讓她在飯廳裡等候。她非常難過，這可憐的女孩。她說她必須馬上見到白羅先生。我盡一切可能來安慰她，給她沏了熱茶。看到她這副樣子，確實令人心酸。」

「她在飯廳嗎？」白羅說。

「請跟我來。」

說完，我便開門走去。

俄秀拉．伯恩正坐在桌旁。她伸開雙臂，抬起頭，顯然她的頭剛才是埋在手臂中。她的眼睛哭得紅腫。

「俄秀拉．伯恩。」我喃喃唸道。

白羅先生從我身旁擦肩而過，向她伸出雙手。

「叫錯了，」他說，「你叫得不對。我想你不應該叫她俄秀拉．伯恩，而應該稱她為俄秀拉．佩頓。對嗎，孩子？拉爾夫．佩頓夫人。」

22 俄秀拉的陳述

俄秀拉一言不發地看著白羅，不一會兒，她就再也克制不住自己的感情。她點點頭，便嚎啕大哭起來。

卡羅琳從我身後急步跨上前，摟著她，輕輕拍著她的肩膀。

「好了，別哭了，我的寶貝。」她用安慰的口氣說，「不會有什麼事的。等著吧，一切都會好轉的。」

雖然卡羅琳是個好奇心重而又喜歡傳播流言蜚語的人，但她還是挺善良的。看見這個女孩如此悲痛欲絕，即使白羅的到來，也勾不起她的興趣了。

不一會兒，俄秀拉挺起身子，擦乾眼淚。

「我這個人太軟弱、太愚蠢。」她說。

「不，不能這麼說，我的孩子，」白羅很和氣地說，「過去這一週，所有人都承受了莫大的壓力。」

「也是一次非常可怕的考驗。」我說。

「而你也找出了你想知道的事，」俄秀拉接著說，「請問你是怎麼知道的？是拉爾夫告訴你的嗎？」

白羅搖搖頭。

「我今晚來這裡的原因，你一定是清楚的，」她繼續說，「這——」

她拿出一張皺成一團的報紙，我一眼就看出，這是白羅刊登那條消息的報紙。

「報上說拉爾夫已經被捕。現在做什麼都已無濟於事，我沒有必要再隱瞞下去。」

「報紙上的東西並不一定都是真的，小姐，」白羅的臉上露出一絲慚愧的表情。「不論如何，你把知道的一切都講出來，這對你有好處，而我們現在需要的就是事實。」

俄秀拉猶豫了一會兒，疑惑地看著他。

「你不信任我，」白羅彬彬有禮地說，「卻又特地跑來找我，這是為什麼呢？」

「因為我不相信拉爾夫會殺人，」她低聲說，「我想你這個人非常聰明，一定能弄清事實真相。而且——」

「往下說吧。」

「我認為你是個好人。」

白羅頻頻點頭。

「說得好，是的，說得好。我可以告訴你，我完全相信你丈夫是清白的，但事態的發展對他很不利。如果要我救他，你得把一切真相告訴我，即使那些事實說出來對他更不利。」

「你能了解就好。」俄秀拉說。

「這麼說，你願意把所有的事都告訴我，是嗎？那麼從頭開始說吧。」

「我希望你不要把我攆走，」卡羅琳一邊說，一邊往扶手椅上坐，「我想弄清楚，這孩子為什麼要裝扮成女僕？」

「裝扮？」我追問道。

「對，你為什麼要這麼做呢，孩子，是為了打賭？」

「為了謀生。」俄秀拉非常乾脆地說。

接著，她鼓起勇氣，開始講述自己的身世，下面我用自己的話扼要地複述一遍。

俄秀拉．伯恩家有七口人，是個破落的愛爾蘭名門世家。父親死後，家中的女孩不得不外出謀生。俄秀拉的大姐嫁給了福利奧上尉。那個星期天我去找她時，她感到很窘迫，其原因現在一目了然。俄秀拉決心自己謀生，但她不想當保母——這一職業，任何未經培訓的女孩都做得來——於是，她選擇接待女僕這項工作。她不願意被人們看成是「花瓶」，而想當個名符其實的接待女僕。她這項工作是由她姐姐介紹的。在弗恩利莊她不太合群，這一點引起人們的非議，然而她的工作做得非常出色——手腳俐落，精明能幹，確實周到。

「我喜歡這份工作，」她解釋說，「可以有許多個人時間。」

接下來，她談到如何遇見拉爾夫．佩頓、他們的戀愛過程，以及他們的祕密結婚。俄秀拉並不願意這麼做，但佩頓最後說服了她，他說不能讓他繼父知道他和一個身無分文的女孩結婚。所以最好的辦法就是祕密結婚，待以後時機成熟再告訴他。

這件事就這樣辦妥了，俄秀拉．伯恩變成了俄秀拉．佩頓。拉爾夫說他想把債先還清，然後找一份工作。當他能夠養活她，不再依賴他的繼父時，他就會把這件事告訴他。

然而對拉爾夫．佩頓這樣的人來說，改過自新、重新做人談何容易。他想在繼父不知道他結婚的情況下，說服他幫他還清債務，扶持他做一番事業。但當羅傑．艾克洛知道拉爾夫的負債金額時，感到非常生氣，拒絕幫他還債。幾個月後，拉爾夫又被召回家。羅傑．艾克洛直截了當提出，他真心希望拉爾夫和弗洛拉締結良緣。他要求拉爾夫認真考慮這個問題。

在這個問題上，拉爾夫．佩頓天生的弱點又顯露出來了。跟往常一樣，他選擇最簡單、最迅速的解決辦法。就我所知，弗洛拉和拉爾夫並非真心相愛。對他們雙方來說，這不過像一種生意上的買賣。羅傑．艾克洛表達了他的願望後，他們倆都一致同意。對弗洛拉來說，她只是為了抓住這個能夠獲得自由的機會——錢，以及廣闊的前景；而對拉爾夫來說，這也不過是在玩一種不同的遊戲。他在經濟上陷入困境，所以他想抓住這機會償還債務，從而開始新的生活。拉爾夫天生無遠見，但他還是隱隱約約地意識到，不久的將來他會和弗洛拉解除婚約。所以弗洛拉和他都深知需對此事暫時保密，他想盡辦法要瞞住俄秀拉。他本能地意識到，由於她意志堅強、辦事果斷，討厭奸詐的行為，所以她是絕對不會同意這種做法。

不久，關鍵時刻到來了，一向專橫的羅傑．艾克洛決定宣布訂婚之事。他沒有把自己的想法跟拉爾夫說，只是找弗洛拉談了一下，而弗洛拉態度雖非常冷淡，但並沒有表示反對。對俄秀拉來說，這消息就像是晴天霹靂，她把拉爾夫從城裡叫了回來。他們在林子裡祕密相會，他們的談話被我姐姐偷聽到一些。拉爾夫請求她暫時不要聲張出去，但俄秀拉的態度非常堅決，她再也不想隱瞞下去。她決定馬上就把真實情況告訴艾克洛先生，請求他不要無情地拆散他們夫妻。

一旦做出決定，俄秀拉就會堅定不移地去執行。就在那天下午，她找羅傑．艾克洛談了一次話，向他透露真相。談話中他們大吵一場——如果羅傑．艾克洛本人沒有遇到麻煩的話，這場爭吵會更加激烈。然而俄秀拉並沒有達到目的。艾克洛決不會輕易饒恕欺騙他的人，他的怨恨全都發洩在拉爾夫身上，但俄秀拉也受到斥責，說她是故意勾引富家子弟的壞女孩，艾克洛對他們倆都不願饒恕。

同一天晚上，俄秀拉和拉爾夫約好在小涼亭會面。她從邊門溜出了屋子，去跟拉爾夫相會，他們的談話純粹是相互指責。拉爾夫指責俄秀拉不合時宜地洩漏他們的祕密，這種做法已毀了他的前途，無可挽回；俄秀拉則指責他詐騙。

他們分手後半個小時多一點，羅傑．艾克洛的屍體就被發現了。從那天晚上到現在，俄秀拉再也沒有見過拉爾夫，也沒有收到過他的信。

她敘述完後，我愈發了解，這一連串事實是多麼可怕。如果艾克洛不死的話，他必定會修改他的遺囑。我對他相當了解，知道他第一件要辦的事就是修改遺囑，他的死正值拉爾夫和俄秀拉·佩頓吵架之後，難怪這女孩一直守口如瓶，還在繼續扮演她那接待女僕的角色。

我的沉思被白羅的說話聲打斷。從他嚴肅的口氣中聽得出，他也意識到情況的複雜性。

「小姐，我想問你一個問題，你必須如實回答，因為這是整個案件的關鍵：你是什麼時候跟拉爾夫·佩頓上尉在涼亭分手的？稍微想一下再回答，你的回答一定要非常精確。」

俄秀拉咧嘴笑了笑，可以看得出這是一種苦笑。

「你以為我心裡沒有反覆地考慮過這個問題嗎？我出去見他時，正好是九點半。布倫特少校在陽台上踱步，我只好繞了個圈從林子中走，盡量不讓他看見。我到達涼亭的時間大約是九點三十三分，拉爾夫已經在等我，我和他一起待了十分鐘，不會超出這個時間。因為我回到屋子時，正好是九點四十五分。」

現在我才恍然大悟，前幾天她為什麼老是提那個問題，想要確定艾克洛死於九點四十五分之前，而不是九點四十五分之後。

接下來白羅又問了一個問題，我完全明白他的意思。

「誰先離開涼亭？」

「我。」

「讓拉爾夫·佩頓一個人留在涼亭？」

「是的，但你不會認為——」

「小姐，我怎麼想的無關緊要。你回屋子後做了些什麼？」

「回自己的房間。」

「一直待到什麼時候？」

「十點左右。」

「是否有人能證明這一點？」

「證明？你的意思是證明我在自己的房間裡？哦！沒人能證明。但當然——哦！我明白了。他們可能認為，他們可能認為——」

我從她的目光裡看出她的恐懼。

白羅替她說出了她要說的話。

「認為是你從窗子進入艾克洛的書房，看見他坐在椅子上，就向他刺了一刀？是的，他們可能會這麼認為。」

「只有傻瓜才會這麼想。」卡羅琳氣憤地說。

她拍了拍俄秀拉的肩膀。這女孩用手捂住了臉。

「太可怕了，」她喃喃自語，「太可怕了。」

卡羅琳非常溫柔地搖搖她。

「不要擔心，寶貝，」她說，「白羅先生並不是這麼想的。至於你的丈夫，我可以坦率地告訴你，我對他的印象並不好，他自己逃之夭夭，倒讓你一個人去承擔罪責。」

俄秀拉拚命地搖著頭。

「哦，不，」她聲嘶力竭地叫喊著，「不是這麼回事。拉爾夫決不會為此逃跑的，他可能認為是我殺的。」

「他不會這麼想的。」卡羅琳說。

「那天晚上我對他太殘忍了，說話太嚴厲、太尖刻。我根本就不去聽他的解釋，以為他完全不在乎。我站在那裡，一個勁地把我對他的看法全部說了出來，我把腦子裡最冷酷、最無情的詞語都用上，盡我所能地傷害他。」

「這些話不會傷害到他，」卡羅琳說，「不用擔心你對男人說了什麼。他們太高傲了，即使斥責他們，他們也會認為那並非發自內心。」

俄秀拉不斷地搓著自己的手，顯得很緊張。

「謀殺案發生後，他一直沒露面，這一點我非常擔心。有時我猜想——但我知道他是不會，不會……我希望他能回來，公開澄清自己跟這件事無關。我知道他很喜歡夏波醫生，我想，夏波醫生可能知道他躲在什麼地方。」

她向我轉過身來。

「所以那天我把我所想的事都告訴你，心想，如果你知道他在什麼地方的話，一定會把這些話轉告他的。」

「我？」我驚叫起來。

「詹姆斯怎麼會知道他躲在什麼地方？」卡羅琳嚴厲地責問道。

「我也知道這不太可能，」俄秀拉承認，「但拉爾夫經常提到夏波醫生，我知道，在金艾博特這個地方，夏波醫生可能是他最好的朋友。」

「親愛的小寶貝，」我說，「到現在為止，我一點都不知道拉爾夫・佩頓在什麼地方。」

「他說的是真話。」白羅說。

「但——」俄秀拉疑惑不解地拿出那張剪報。

「啊！」白羅臉上微微露出尷尬的神色，「廢紙一張，小姐。Rien du tout[20]。我不相信拉爾夫・佩頓已經被捕。」

「但是——」俄秀拉說得異常緩慢。

白羅打斷她的話。

「有件事我想弄清楚，那天晚上，佩頓上尉穿的是普通鞋子還是靴子？」

俄秀拉搖搖頭。「我記不得了。」

「太遺憾了！你怎麼可能注意到呢？」他的頭傾向一邊，朝她笑笑，食指不斷擺動著。

「沒關係，不要再折磨自己。振作起來，你完全可以信賴赫丘勒・白羅。」

20 法語，意思是「毫無用處」。

23 白羅的小集會

「好了，」卡羅琳一邊起身一邊說，「上樓去躺一會兒吧。不必擔心，寶貝，白羅先生會把一切都搞清楚的，這一點你絕對可以放心。」

「我該回弗恩利莊了。」俄秀拉猶豫不決地說。

卡羅琳一把拉住了她，不讓她走。

「亂來。你暫時由我照顧，至少你現在不能走。對嗎，白羅先生？」

「對，這是最好的安排，」矮個子比利時偵探說，「今晚我想請這位小姐——哦，請原諒，應該稱夫人——也參加我召集的聚會。九點鐘在我家，請她務必出席。」

卡羅琳點點頭，然後跟俄秀拉一起走出房間。房門關上後，白羅又坐回椅子上。

「到目前為止，一切都進行得很順利，」他說，「事情愈來愈清楚了。」

「看來情況對拉爾夫．佩頓愈來愈不利。」我非常陰鬱地說。

白羅點點頭。

「是的，的確如此。但這是預料得到的，對不對？」

我看著他，對他這句話的意思感到迷惘。他靠在椅子上，瞇著眼，手指尖對著手指尖。

突然，他嘆了口氣，又搖搖頭。

「怎麼回事？」我問道。

「有時候，我會很渴望海斯汀伴在我身邊。我曾經跟你談過他，他現在住在阿根廷。每當我處理大案件時，他總是在我身邊幫助我，是的，他經常幫助我。他有一種能力，能夠在不知不覺中發現真相，連他本人都沒注意到。有時他會講一些非常愚蠢的話，但往往經由這些蠢話一點撥，我突然看清了事實真相！還有，他總是把那些有趣的案件記錄下來。」

我不好意思地乾咳一聲。

「就這點來說——」我剛開口又停了下來。

白羅直挺挺地坐在椅子上，兩眼炯炯有神。

「說呀，你到底想說什麼？」

「老實跟你說，我讀過好幾本海斯汀上尉寫的書。我一直在想，我何不也嘗試一下，學他那樣把這個案件寫成書呢？如果不把它寫下來，我會遺憾終生的……參加破案，可能我一生中就這麼一次……這是唯一的機會。」

我感到愈來愈臊熱，語句也愈來愈不連貫，結結巴巴地講完上面這番話。

白羅從椅子上跳了起來。我有點害怕，怕他用法國人的方式來擁抱我。但他還算仁慈，即時克制。

「你做得真不賴，隨著案情的發展，你把你對此案件的印象記了下來，是嗎？」

我點點頭。

「太棒了！」白羅大聲說，「拿出來讓我瞧瞧，就是現在。」

對他這突如其來的要求，我毫無準備。我努力回憶記錄下來的某些細節。

「希望你不要介意，」我結結巴巴地說，「有些地方，是我個人的看法。」

「哦！我完全能夠理解，你把我說成是滑稽可笑的人，甚至把我說成是莫名其妙的人，是嗎？沒關係，海斯汀有時對我也很不禮貌，但我對這些小事從不放在心上。」

我仍然有點疑惑，但迫於要求，我只得在書桌抽屜裡亂翻，拿出一疊亂七八糟的手稿遞給他。由於考慮到這些記錄下來的東西將來有可能發表，我把它們分了章節。前晚我寫到拉瑟兒小姐的來訪。白羅手上約有二十章的手稿。

我把這些材料都留給他。

我有重任在身不得不外出，要到一個比較遠的地方出診。我回到家時已是晚上八點鐘，迎接我的是放在托盤裡熱氣騰騰的晚飯。姐姐跟我說，白羅和她七點半鐘一起吃了飯，現在他正在我的「工作室」看我的手稿。

「詹姆斯，但願你在手稿中提到我的時候，有注意到要小心措詞。」姐姐說。

我的下巴差點沒掉下來，心想，我根本沒去注意。

「這也沒多大關係，」卡羅琳一眼就從我的表情看透了我的心思。「白羅先生知道我是什麼樣的人，他非常了解我，比你還要了解。」

我走進工作室，這時白羅先生正坐在窗邊。手稿疊得整整齊齊的，就放在他身旁的椅子上。他把手放在手稿上說：「很好，我很欣賞你的謙虛！」

「哦！」我感到大為吃驚。

「也很佩服你的謹慎。」他補充道。

我又「哦」了一聲。

「海斯汀可不是這麼寫的，」白羅繼續說，「他寫的每一頁上都有許多『我』，他怎麼想，他做了什麼，他全都寫下來。而你，你把自己的想法都隱藏起來，只有一兩處被迫提到自己，而且寫的只是自己的家庭生活。這一點我說得對不對？」

他目光炯炯地緊盯著我，我的臉開始發燙。

「對這些東西，你有什麼看法？」我不安地問道。

「你的意思是，叫我坦率地說出我的看法？」

「是的。」

白羅不再開玩笑，他開始一本正經地說：「寫得非常詳細、非常精確。」接著他又很和氣地說：「你把所發生的事都一五一十、一字不漏地記錄下來，雖然對你自己參與的部分很少提到。」

「對你有用嗎？」

「有，可以說對我的破案有很大幫助。走，該去我家了。我們的節目馬上就要開始，我們得把舞台好好布置一下。」

卡羅琳在門廳裡，我猜想，她很想得到邀請，跟我們一起去，但白羅非常圓滑地處理了這個局面。

「我很想請你一起去，小姐，」他帶著遺憾的口吻說，「然而在這關鍵時刻，這樣做不太明智。你要知道，今晚來的人都是被懷疑的對象，我要在他們中間揪出殺害艾克洛先生的凶手。」

「你真的有把握嗎？」我帶著懷疑的口氣問道。

「我看得出來你不太相信，」白羅冷冰冰地說，「你低估了赫丘勒．白羅，他的真本事你還沒領教過。」

這時，俄秀拉從樓上走下來。

「準備好了嗎，孩子？」白羅問道，「好吧，我們一起走。卡羅琳小姐，請相信我，我願意做任何事來回報你的盛情款待。再見。」

我們走了，卡羅琳猶如一條主人不願帶出去散步的狗，只能站在前門的台階上，目送我們遠去。

老爾什居的客廳已經布置完畢。桌上擺著各種飲料和杯子，還有一盤餅乾，並從其他房間拿來了幾張椅子。

白羅來來回回地忙碌著，把房內的東西做了一番調整。他把這張椅子稍稍拖出些，又把那盞燈的位置稍稍變動一下，偶爾彎下腰把鋪在地上的墊子拉平。他調整了燈座的角度，使燈光直接照在椅子集中的那一邊，而另一邊的光線很暗弱。我猜想這一邊必定是白羅自己坐的位置。

俄秀拉和我站在一旁看著他，過了一會兒，門鈴響了。

「他們來了，」白羅說，「好了，一切就緒。」

門開了，從弗恩利莊來的那夥人魚貫而入，白羅迎上去跟艾克洛太太和弗洛拉打招呼。

「歡迎大駕光臨，」他說，「歡迎布倫特先生和雷蒙先生。」

祕書還是和往常一樣愛開玩笑。

「又想出什麼花樣了？」他笑著說，「有先進的科學儀器嗎？有沒有套在手腕上根據心臟跳動測定犯罪心理的那種箍圈？還是什麼新發明？」

「這類書我也看過一些，」白羅承認道，「但我是個老古板，我用的還是那套老方法。我辦案只需要小小的灰色腦細胞就夠了。我們現在就開始吧——但首先，我要向大家宣布一件事。」

他拉著俄秀拉的手，把她拉到前面。

「這位女士是拉爾夫．佩頓太太，她和佩頓上尉已於今年三月結婚。」

艾克洛太太發出一陣輕微的尖叫聲。

「拉爾夫！結婚了！今年三月！哦！這太荒唐了。他怎麼能這樣做？」

她盯著俄秀拉，彷彿過去從未見過她似的。

「他和伯恩結婚了？」她說，「我絕不相信，白羅先生。」

俄秀拉的臉脹得緋紅，她剛想開口說話，弗洛拉便疾步上前，迅速跑到俄秀拉的身旁，拉住她的手臂。

「我們都感到非常吃驚，但請你不要介意，」她說，「你知道，我們當中沒有一個人知道這件事，你和拉爾夫實在是保密得太好了。我……為你們的婚事感到高興。」

「你太好了，艾克洛小姐，」俄秀拉低聲說，「你有權利生氣，拉爾夫的做法太不應該，尤其是對你。」

「你不必為此擔心，」弗洛拉拍拍她的胳膊安慰道，「拉爾夫被逼得走投無路，只好採用這不得已的方法，我處在他的立場可能也會這麼做。但我認為他應該信任我，把這祕密告訴我，我是不會為難他的。」

白羅在桌上輕輕叩了一下，清了清嗓子，顯得非常慎重。

「會議馬上就要開始了，」弗洛拉說，「白羅先生已經提示我們不要再講話。但我想問你一件事，拉爾夫在什麼地方？我想只有你知道。」

「我並不知道，」俄秀拉大聲回答，看樣子快要哭了。「我確實不知道他在什麼地方。」
「他不是在利物浦被拘留了嗎？」雷蒙問道，「報上是這麼說的。」
「他不在利物浦。」白羅簡短地說了一句。
「事實上，沒有人知道他在什麼地方。」我說。
「除了赫丘勒．白羅，是嗎？」雷蒙說。
白羅對雷蒙的嘲諷給予嚴厲的反擊。
「我，什麼都知道，請你記住這一點。」
傑弗里．雷蒙揚了揚眉毛。
「什麼都知道？」他吹了聲口哨。「喲！又在說大話了。」
「你真的能猜出拉爾夫．佩頓躲藏的地方？」我用懷疑的口氣問道。
「你把它稱為『猜出』，而我把它稱為『知道』，我的朋友。」
「在克蘭切斯特嗎？」我胡亂猜測著。
「不，」白羅嚴肅地回答說，「不在克蘭切斯特。」
說完這句話，他就不再往下說了。接著他做個手勢，出席會議的一夥人都坐到自己的座位上。當大家剛坐穩，門又開了，進來兩個人，帕克和女管家，他們在靠門的地方坐下來。
「到齊了，」白羅說，「所有的人都到了。」
從他的說話聲可以聽出他感到很滿意。話音剛落，我就發現房間裡邊那夥人，臉上都露出了不安的神色。在他們看來，這個房間就像一個陷阱，而且這個陷阱的出口已經被封住。

白羅非常莊重地宣讀了名單。

「艾克洛太太、弗洛拉．艾克洛小姐、布倫特少校、傑弗里．雷蒙先生、拉爾夫．佩頓太太、約翰．帕克、伊麗莎白．拉瑟兒。」

他把紙放在桌上。

「這是什麼意思？」雷蒙首先開腔問道。

「我剛才讀的是嫌疑人的名單，」白羅說，「在場的每個人，都有可能是謀殺艾克洛先生的凶手——」

艾克洛太太大叫著跳了起來。

「我不想參加這個集會，」她嗚咽著，「我不想參加，我要回家。」

「你得讓我把話說完才能回家，夫人。」白羅嚴厲地說。

他停了片刻，然後清了清嗓子。

「我從頭開始說起。艾克洛小姐委託我調查這一案件後，我就和好心的夏波醫生一起去了弗恩利莊。我和他一起走到陽台，他們讓我看了窗台上的腳印。此後，拉格倫警官把我帶到一條通往車道的小路。路邊的小涼亭引起我的注意，於是我仔細地搜查這個涼亭，在那裡我找到兩件東西，一小條上過漿的絲絹和一根空的鵝毛管。這條絲絹使我馬上想到是女僕的圍裙。當拉格倫警官把當時在屋裡的人員名單讓我看時，我發現其中一個女僕——俄秀拉．

伯恩，接待女僕——沒有確實的不在場證明。據她說，她從九點半到十點一直在自己的臥室裡。假定她那段時間不在臥室，而在涼亭，那她會去幹什麼呢？必定是去會見某個人。根據夏波醫生所說，我們都知道，那天晚上外面確實來過一個人，一個他在門口遇見的陌生人。乍一看，我們的問題好像已經解決——那個陌生人是到涼亭去會見俄秀拉·伯恩的。從這根鵝毛管可以看出，他確實去了涼亭，而且我馬上就想到，這個人是個吸毒者，一個在大西洋彼岸染上惡習的人，那裡吸『白粉』的人比這裡更多、更普遍。而夏波醫生遇到的那個人，說話帶美國口音，這跟我們的假設相符。

「但在一個問題上，我被卡住了——時間不符。可以肯定，俄秀拉·伯恩不可能在九點半以前去涼亭，而那個男人必定是九點過幾分去涼亭的；當然，我可以假定他在那裡等了半個小時。但還有另外一個可能性：那天晚上涼亭裡另有兩個人相會。產生這一想法不久，我便發現幾個重要事實。我曉得女管家拉瑟兒小姐那天早上去見夏波醫生，她對如何醫治吸毒惡習很感興趣。把這個事實和鵝毛管聯繫在一起，我就推測出：那個男人來弗恩利莊是跟女管家相會，而不是跟俄秀拉·伯恩。那麼俄秀拉·伯恩到涼亭去跟誰會面呢？這個疑團不久便解開了。首先我找到了一枚戒指，一枚結婚戒指，背面刻有『R贈』和日期。接下來，我聽說有人九點二十五分在通向涼亭的小路上，看到拉爾夫·佩頓；我還聽到有人轉述在附近林子裡聽到的一次談話——那天下午，拉爾夫·佩頓跟一個小姐的談話。這樣我所搜集到的事實，便一個接一個有秩序地排列起來了：一次祕密的結婚、案發那天宣布的訂婚、林子裡的會談、晚上在涼亭的會面。

「所有這些事實無疑地向我證明了一點：拉爾夫・佩頓和俄秀拉・伯恩（或稱俄秀拉・佩頓）有最強烈的動機，希望艾克洛先生別干預他們的事。這也使得另外一個疑點變得愈加清楚：九點半與艾克洛先生一起在書房裡的人，不可能是拉爾夫・佩頓。

「這樣一來，我們面前又出現了一個跟本案有關、也最有趣的問題：九點半和艾克洛先生一起在書房裡的人究竟是誰？不是拉爾夫・佩頓，他和妻子在涼亭裡會面；不是查爾斯・肯特，他已經走了。那麼是誰呢？我向自己提出一個最聰明的問題、也是最大膽的設想：到底有沒有人和他在一起？」

白羅身子向前傾，得意洋洋地說完最後一句話。然後他又縮回身子，臉上帶著勝利者的神態，彷彿他已經向我們射出致命的一槍。

然而，雷蒙並沒有被白羅的話所震懾，他非常溫和地提出抗議。

「我不知道原來你認為我是個騙子，白羅先生，但這件事不只有我可以作證，除非你指的是此字眼的精確意義。我想提醒你注意，布倫特少校也聽到艾克洛先生在和一個人說話。他在外面的陽台上，當然不可能把每句話都聽得很清楚，但確實聽到書房裡的說話聲。」

白羅點點頭。

「我沒有忘記，」白羅非常平靜地說，「但在布倫特上校的印象中，跟艾克洛先生說話的人是你。」

一瞬間雷蒙被他的話驚呆了，但他很快又恢復過來。

「布倫特現在知道他弄錯了。」他說。

「確實如此。」布倫特同意他的說法。

「然而必定有某些原因，使他產生這種想法，」白羅若有所思地說，「哦！不，」他舉起手以示抗議。「我知道你要說的理由，但這是不夠的，我們必須從其他方面去尋找。我可以這麼跟你解釋：從接辦這個案子開始，我的腦子裡一直縈繞著一件事，即雷蒙先生聽到的那些話的本意。令我感到吃驚的是，至今還沒有人對這些話加以分析，也沒有人注意到這些話的奇特之處。」

他停了一會兒，然後輕輕複述了雷蒙聽到的那些話：「『近日以來，你索錢孔急，僅此鄭重向你宣布，我如今勢難對你讓步。』這些話，難道你們都聽不出有什麼奇特之處嗎？」

「我並不認為有什麼奇特，」雷蒙說，「他經常向我口述信件，用的詞語幾乎和這些詞語完全相同。」

「沒錯，」白羅大聲說，「這就是我要說的意思。是否有人會用這樣的詞語和另一個人講話？這不可能是一次真實的對話。假設他是在口述一封信——」

「你的意思是他正在大聲讀一封信？」雷蒙不慌不忙地說，「即使如此，他必定也是在讀給某個人聽。」

「你怎麼知道呢？沒有證據證明房間裡還有另一個人。請注意，除了艾克洛先生的聲音外，沒有人聽到另一個人的聲音。」

「當然，一個人是不會用這種方式為自己讀信的，除非他——腦子出了毛病。」

「有一件事，你們都忘了，」白羅溫和地說，「上星期三，有一個陌生人來拜會艾克洛先生。」

在座的人都盯著他，目瞪口呆。

「是的，」白羅極其慎重地點點頭。「上星期三。這個年輕人本身對我來說無關緊要，但他所代表的那家公司引起了我的興趣。」

「錄音機公司，」雷蒙喘了口氣說，「我現在弄明白了，是錄音機。你是這麼想的嗎？」

白羅點點頭。

「艾克洛先生已經答應要買一台錄音機，這一點你是知道的。我感到很好奇，所以向這家公司打聽了一些情況。他們的回答是，艾克洛先生確實向他們的業務員買了一台錄音機。但他為什麼要向你隱瞞這件事，這一點我就弄不清楚了。」

「他一定是想讓我大吃一驚，」雷蒙低聲說，「他還像個孩子，總喜歡給人驚喜。他可能想保密一兩天，自己先玩弄一番，就像孩子玩新玩具一樣。是的，這種解釋比較合理。你剛才說得對，在一般的談話中，沒人會使用那樣的詞語。」

「這也解釋了為什麼布倫特少校認為在書房裡的人是你，」白羅說，「他聽到那些零碎的話語，實際上是口述的一些片斷，因此他下意識地認為，是你和他在一起。而他那有意識的大腦卻注意到另一件完全不同的事——他晃眼看見的那個白影。他猜想這白影是艾克洛小姐，而事實上，他看見的是俄秀拉．伯恩的白圍裙，當時她正偷偷摸摸地溜向涼亭。」

雷蒙從他的驚愕中恢復過來。

「儘管，」他評論道，「你的這一發現，是那麼了不起（我可以承認這可是我永遠也想不到的），但還是不能夠改變最根本的一點：艾克洛先生九點半還活著，因為他還在向錄音機說話。很顯然，查爾斯．肯特那時確實已經離開弗恩利莊。至於拉爾夫．佩頓——」

他把目光投向俄秀拉，猶豫了一下。

她臉上露出憤慨的神色，但還是很平靜地回答說：「拉爾夫和我是在九點四十五分前分手的。他根本就沒有靠近過這幢房子，我可以擔保。再說他根本就不想靠近這幢房子，在這個世界上他最不想見到的就是他的繼父，他非常怕他。」

「我並沒有懷疑你講的話，」雷蒙解釋說，「我一直相信佩頓上尉是清白無辜的。但每個人都必須面對法庭，回答法庭上提出的問題。他現在處於最不利的地位，但如果他能出來的話——」

白羅打斷他的話。

「你的意思是勸他出來，是嗎？」

「當然囉。如果你知道他在哪裡——」

「可以看出你還是不相信我，認為我並不知道他在什麼地方。我剛才已經清清楚楚地告訴過你，我什麼都知道，包括那通電話的真相、窗台上的腳印、拉爾夫・佩頓的藏身之處，我全知道。」

「他在什麼地方？」布倫特厲聲問道。

「遠在天邊，近在眼前。」白羅笑著說。

「在克蘭切斯特嗎？」我問道。

白羅向我轉過身來。

「你總是問我這個問題，克蘭切斯特好像在你的腦子裡牢牢地紮下了根。我跟你說，他不在克蘭切斯特，他就在——那裡！」

他突然用食指向前一指，所有人都把頭轉了過去。

拉爾夫・佩頓就站在門口。

24 拉爾夫・佩頓之謎

那一刻我感到非常不舒服。接下來所發生的事我幾乎記不清了，只聽到一片驚叫聲！當我鎮靜下來，回過神的時候，拉爾夫・佩頓已經站在他妻子的身旁，她的手挽住他的手，他向我微微一笑。

白羅也笑了，與此同時，他伸出一根手指朝我不停地擺動，其含義深邃莫測。

「我不是跟你講過幾百遍，要想瞞過赫丘勒・白羅是不可能的嗎？難道我沒講過，這樣的案子我遲早會弄清楚嗎？」

他說完便轉向其他人。

「你們一定還記得，前些天我們圍著桌子也開過一次會，就是我們六個人。當時我指責你們五個在場的人，說你們都對我隱瞞了一些事。現在已經有四個人把祕密告訴我，只有夏波醫生仍舊堅持，但我始終抱著懷疑。夏波醫生那天晚上去三豬苑找拉爾夫，但他在那裡沒有找到他。我心想，會不會是他回家時在馬路上遇見了他？夏波醫生是佩頓上尉的朋友，他直接從案發現場出來，必定知道事情對他很不利。可能他知道的事情比一般人要多——」

「說得沒錯，」我非常懊惱地說，「我想還是自己把一切隱瞞的事都講出來吧。那天下午我去見拉爾夫，一開始他沒把實情告訴我，但後來他告訴我結婚的事，並說他四面楚歌。謀殺案一發生，我就想到，一旦人們知道拉爾夫的真實情況後，他們一定會懷疑他；就算不懷疑他，也會懷疑他心愛的女孩。那天晚上，我把事實清清楚楚地攤在他面前，他想，如果出來證明自己和謀殺案無關，人們馬上就會把罪責強加在他妻子頭上。考慮到這點，他決定無論如何也得——」

我猶豫了一下，拉爾夫把我沒說出的話講了出來。

「溜。」他說得非常生動。「我可以告訴你們，俄秀拉離開我以後就回屋子了。我想她可能會找我繼父再談一次。那天下午，他對她非常粗暴，如果再去找他，他很可能大焇她一頓，而且還是不肯原諒她。在失去理智的情況下，不知道她會做出什麼事……」

他停下來，俄秀拉迅速把手從他的手中抽了出來，向後退縮一步。

「你是這樣想的，拉爾夫？你真的認為我會做出這種事？」

「讓我們繼續看看，夏波醫生那種該譴責的行為，」白羅不動聲色地說，「夏波醫生答應盡力幫助他，他非常成功地把佩頓上尉藏了起來，不讓警察抓到。」

「把他藏在什麼地方？」雷蒙問道，「藏在他自己的家裡？」

「啊，不對，」白羅說，「你應該像我一樣問問自己：如果這位善良的醫生想把一個人藏起來，他會選什麼地方呢？必定是選附近的某個地方。我想到了克蘭切斯特。是不是在旅館裡？不，在小旅社？更不可能。那麼在什麼地方呢？啊！我想起來了。小型療養所或精神病療養所。我對這個想法做了檢驗。我捏造自己有一個患有精神病的侄兒，跑去請教夏波小姐哪個療養所比較合適。她告訴我克蘭切斯特附近有兩個療養所，她弟弟的病人都是往那兩個地方送的。我向她打聽一些情況，她告訴我，其中有一個病人是夏波在星期天清早親自送去的。雖然他用了假名，但我毫不費勁地就把他辨認出來。辦理一些必要的手續後，我就把他帶回來了。他是昨天清晨到我家的。」

我頹喪地看著他。

「卡羅琳談到的內政部官員，」我低聲說，「我竟然沒想到是拉爾夫！」

「你現在該明白了，為什麼我特別提到你在手稿裡閉口不談自己的事，」白羅輕聲說，「你盡了最大努力，把案情如實地記錄下來，但還不夠精確，不是嗎，我的朋友？」

我羞愧得無言以對。

「夏波醫生對我一直很忠誠，」拉爾夫說，「不管發生什麼情況，他總是跟我站在一起，他做了他認為是最好的事情。白羅先生向我解釋後我才明白，躲起來並不是最好的解決辦法，我應該出來面對現實。你們都知道，在療養所裡是看不到報紙的，外面有什麼情況，我們全都不知道。」

「夏波醫生是個辦事謹慎的典範，」白羅冷冰冰地說，「而我就不一樣，我把你們每人的祕密都揭穿了，這是我的工作。」

「現在請你把那天晚上所做的事講一下。」雷蒙不耐煩地說。

「那你們早已知道了，」拉爾夫說，「我沒有多少可說的。我大約在九點四十五分離開涼亭，在車道上徘徊了一會兒，盤算著下一步該怎麼辦——究竟該走哪一條路。我承認沒有人能證明我不在做案現場，但我可以發誓，我絕對沒有去過書房，我根本就沒看見我繼父是活著還是死了。不管別人是怎麼想的，我希望你們能相信我。」

「沒有人能證明你不在做案現場，」雷蒙低聲說，「這很糟糕。當然我是相信你的，但處在這種情況，事情就難辦了。」

「不過這也讓事情變得非常簡單，」白羅的話語中帶有雀躍的味道。「真的非常簡單。」

我們都睜大眼睛盯著他。

「你們明白我的意思嗎？還不明白？那麼我來向你們解釋——要想救佩頓上尉，真正的凶手必須站出來認罪。」

他對著所有人笑笑。

是的，我就是這個意思，現在你們該明白了吧？我沒有請拉格倫警官出席這次會議，是有原因的，我並不想把我所知道的事，全都告訴他，至少今晚不想告訴他。」

他身體向前傾，說話的聲音和態度陡然一變，變得咄咄逼人，令人生畏。

「我可以告訴你們，我知道謀殺艾克洛先生的罪犯現在就在這個房間裡。我現在就可以告訴這個謀殺犯，明天拉格倫警官就會知道事實真相。你聽明白了嗎？」

房間裡頓時鴉雀無聲，氣氛十分緊張。就在這時，戴布雷頓帽的老婦人走進來，手裡拿著托盤，盤中放著一份電報。白羅撕開電報。

突然，布倫特那宏亮的嗓音打破了寂靜。

「你說謀殺犯就在我們中間？你知道──是哪一個？」

白羅讀完電報後，把它揉成一團。

「我現在，知道了，知道所有的真相。」

他輕輕拍了拍揉皺的紙團。

「那是什麼？」雷蒙尖聲問道。

「無線電傳來的消息，是從一艘輪船上打來的，這艘船現在正前往美國的途中。」

室內一片寂靜，白羅起身向大家鞠躬。

「先生們、女士們，今天的會議到此結束。請記住，明天早上，拉格倫警官就會知道事實真相。」

25 全部事實

白羅向我做了手勢，叫我留下，我遵照他的吩咐留下來。我走到壁爐旁，一邊思考著問題，一邊用靴尖踢一下壁爐裡的圓木。

我被弄得莫名其妙，對白羅的意圖完全無法理解，這還是頭一遭。我心想，剛才目睹的那幕場景，毫無疑問是他故弄玄虛的傑作。按他的說法，是在「演一齣喜劇」，讓人們看到他是一個既風趣又重要的人。但儘管如此，我不得不承認他的話中隱含著嚴肅性，他的措詞帶有威脅性——但無庸置疑，他的態度真誠。不管怎麼說，我認為他這種做法完全錯了。

當最後一個人出去後，他關上門，然後來到壁爐旁。

「好了，我的朋友，」他平靜地說，「你對這一切有什麼看法？」

「我不知道該有什麼看法，」我非常坦率地說，「你到底是什麼意思？為什麼不把事實真相直接告訴拉格倫警官，而選擇在這裡把案情內幕告知罪犯呢？」

白羅坐下來，拿出小小的俄羅斯菸盒，默默地抽一會兒菸。

「請你動用一下小小的灰色腦細胞，」他說，「我的每一個做法都是有道理的。」

我猶豫了片刻，然後慢吞吞地說：「我的第一個印象就是，你本人也不知道誰是罪犯，但你確定罪犯就是今晚參加會議的某個人。因此你說那些話的目的，就是想迫使這個還不太清楚的罪犯出來自首，你是不是這個意思？」

白羅贊同地點點頭。

「你的想法挺聰明，但沒有講對。」

「我想，你可能是想讓他相信你已經知道了，這樣他就會主動現形——並不一定是認罪。他很有可能會設法在天亮之前把你殺掉，讓你永遠保持沉默，就像他殺掉艾克洛先生那樣。」

「設一個陷阱並且用我自己做誘餌！謝了，我的朋友，我還沒有那麼勇敢。」

「那麼我就無法理解了。你這樣做會使罪犯警覺起來，他很可能會逃跑，你這不是在冒險嗎？」

白羅搖搖頭。

「他逃不掉的。」他嚴肅地說，「擺在他面前的只有一條路，而這條路已經無法通向自由。」

「你真的認為謀殺犯就在今晚這些人當中？」我用懷疑的口氣問道。

「是的，我的朋友。」

「是哪一個？」

沉默了幾分鐘後，白羅把菸頭丟進了壁爐，開始講述他的破案經過。他說話的語氣非常平靜，好像還在思索什麼問題。

「我把我所調查的事實講給你聽，你一步步地跟著我走，最後你自己就會看出，所有的事實都無可辯駁地指向一個人。

「首先是兩個事實和一個小小的『不相符』引起了我的注意。第一個事實是電話。如果拉爾夫．佩頓確實是謀殺犯的話，那麼打電話就變得毫無意義，這種做法簡直是荒唐。因此我斷定拉爾夫．佩頓不是謀殺犯。

「我知道電話不可能是艾克洛家中的任何一個人打的，然而我又確信，罪犯必定是當天晚上在場的人。因此我得出一個結論：電話一定是一個同謀打來的。但我對這一推論並不十分滿意，只好暫時把它擱下。

「接下來我對打電話的動機做了分析。這一點相當困難，我只能通過對結果的判斷，來推論打電話的動機。這個結論就是：謀殺案是在當晚就被發現，而不是第二天早晨；如果不是這通電話的話，事情很可能第二天早晨才會被發現。這一點你同意嗎？」

「同意，」我承認道，「是的，正如你所說，艾克洛先生已有吩咐，不准任何人去打擾他，很可能那天晚上沒有人會進他的書房。」

「很好，事件在發展，是嗎？但事實真相仍然陷入膠著。當晚發現謀殺案，而非在第二天早晨發現，對凶手有什麼好處呢？我得出的唯一看法就是：凶手希望謀殺案被發現時，確保自己在現場；或者，得在謀殺案被發現後不久，自己已在現場。現在我們再來看第二個事實，椅子從牆邊拖了出來。警官認為這跟案件無重大關係而忽略了，而我卻有不同的看法，在我看來，這跟破案有重大關係。

「在你的手稿中，你畫了一張清晰的書房位置圖。如果你現在帶在身上的話，你就可以看到，椅子被拖出來的位置——這是帕克指給我看的——是在門和窗子之間的直線上。」

「想遮住窗子！」我迅速地說。

「你的想法和我最初的想法相同。我當初認為，把椅子拖出來是為了擋住窗子上的某些東西，以免被進來的人看見。但我馬上就拋棄了這個想法，雖然這張椅子是老式安樂椅，靠背很高，但也只能遮住一小部分窗子，遮住窗格和地面之間的那一部分。我的朋友，你應該記得，窗前就放著一張桌子，桌子上堆放著書本和雜誌。我們可以看到，整個桌子都被拖出來的椅子遮住了。對這一事實，我立刻產生了一個隱隱約約的疑問。

「會不會是某些放在桌子上的東西不想被人看見？是凶手放在上面的東西？當時我一點都猜想不到桌子上可能放些什麼東西。但對某些非常有趣的事實我是知道的。比如，這是一件凶手做案時無法帶走的東西，而這件東西又必須在案件被發現後盡快把它取走。因此就出現了通知謀殺案的電話，這樣凶手就有機會在發現屍體時進入現場。

「警察到達之前，有四個人在場：你本人、帕克、布倫特少校和雷蒙先生。至於帕克，我馬上就排除了，因為不管謀殺案在什麼時候被發現，他都必定在場；另外，椅子被拖出來的事也是他告訴我的。這樣帕克就清白了。也就是說他跟這起謀殺案無關，但我仍然認為敲詐弗拉爾太太的人可能是他。然而雷蒙和布倫特仍然是懷疑對象，如果謀殺案第二天一早被發現的話，很可能他們來得太晚，留在圓桌上的東西會被人發現。

「那麼這到底是什麼東西呢？被偷聽到的那些對話片斷，我剛才在會上已經分析過，你一定聽得很清楚，不是嗎？當我得知錄音機公司的業務員來過這裡後，我的腦子裡總是想著錄音機的事情。半小時前，我在這個房間裡說的那番話，你都聽清楚了嗎？他們都同意我的推理。但有一個非常重要的事實，他們都沒有注意到：假定那天晚上艾克洛是在使用錄音機，那麼為什麼至今沒見到錄音機的蹤影呢？」

「我從未想過這一點。」我說。

「我們知道，有一台錄音機已經送到艾克洛先生家，但在清點他的遺產時並沒有發現錄音機。因此，如果有什麼東西從桌子上被拿走的話，這東西很可能就是錄音機。但要拿走這玩意兒相當困難。當然，當時人們的注意力都集中在死者身上，我想，任何人都可能走到桌子邊但不被別人發現。只是一台錄音機的體積相當大，不可能隨隨便便就塞進口袋，必定有一個能夠裝得下這台錄音機的容器。

「你聽懂我的意思了嗎？這個凶手的輪廓愈來愈清晰了。一個想直接到達現場的人，如果案件是在第二天早晨發現的話，他很可能不在場。一個拿著裝得下錄音機容器的人——」

我打斷他的話。

「為什麼把拿走錄音機呢？那又有什麼意義呢？」

「你和雷蒙先生一樣，想當然耳認為，九點半聽到的是艾克洛先生對著錄音機說話的聲音。但你稍微想一下這新發明的機器，它的用處可大了。你對著錄音機講過話嗎？只要稍後祕書或打字員打開錄音機，錄過的聲音就會從裡面傳出來。」

「你的意思是——」我喘了口氣說。

白羅點點頭。

「是的，是這個意思。九點半的時候艾克洛已經死了，當時是錄音機在講話，不是他本人在講話。」

「既是凶手打開錄音機，那麼他當時必定也在房間裡？」

「很有可能，但我們不能排除使用機械裝置的可能性，某種模仿定時系統或具有鬧鐘性質的裝置。如果是這樣的話，凶手還必須具備兩個條件：第一，他一定知道艾克洛先生買了一台錄音機；第二，他必須懂一點機械方面的知識。

「當我看到窗台上的腳印時，我也進行了一番分析，於是便得出三個結論：一、這些腳印確實是拉爾夫．佩頓留下的。他那天晚上去過弗恩利莊，他很可能從窗子爬進書房，發現他的繼父已經死了。這是一種假設。二、這些腳印很可能是另外一個鞋底恰好有同樣飾釘的人留下的。但家裡所有人的鞋底都是縐紋橡膠底；而且我也不相信，從外面來的人，恰好也穿著跟拉爾夫．佩頓相同的鞋。至於查爾斯．肯特，我們從狗哨酒吧女服務生那裡得知，他穿的那雙鞋『亮新乾淨』。三、這些腳印是某個人故意印上去的，目的是想把懷疑對象轉移到拉爾夫．佩頓身上。要想證明這最後一個結論，我們有必要弄清某些事實。警察在三豬苑弄到了一雙拉爾夫的鞋。拉爾夫或其他任何人那晚都不可能穿那雙鞋，因為那雙鞋正放在旅社的靴子店裡清理。根據警察的分析，拉爾夫穿著另一雙同款的鞋。經調查，我發現他確實有兩雙同款的鞋。根據我的推斷，凶手那天晚上一定穿著拉爾夫的鞋——如果這一推斷是正確的話，拉爾夫一定是穿著另一雙其他類型的鞋。我不相信他會有三雙同樣的鞋，這第三雙鞋很可能是靴子。為了弄清這一點，我去詢問了你姐姐。我特別強調顏色——坦率地說，這只是為了不讓她弄清我的目的。

「她的調查結果你是知道的，拉爾夫．佩頓隨身帶了一雙靴子。他昨天早晨來我家時，我問他的第一個問題，就是案發那天晚上他穿的是什麼鞋，他不加思索地回答說他穿的是靴子。事實上他仍然穿著那雙靴子，沒有穿過其他鞋子。

「這樣凶手的輪廓又進一步顯露在我們面前，亦即他是當天有機會去三豬苑拿到拉爾夫．佩頓鞋子的人。」

他停了一會兒，然後稍稍提高嗓音說：「還有更進一步的事實：這個凶手必須是一個有機會從銀櫃裡偷到短劍的人。你可能會爭辯說，他們家中任何人都有可能偷到劍。但我提醒你一下，弗洛拉．艾克洛非常肯定，當她察看銀櫃時，劍已經不在了。」

他又停一會兒。

「讓我們來概括一下，他的特徵現在一切都清楚了。他是一個那天早些時候去過三豬苑的人；一個熟悉艾克洛並知道他買了一台錄音機的人；一個懂得機械原理的人；一個有機會在弗洛拉小姐到來前從銀櫃拿走短劍的人；一個拿著裝得下錄音機的容器（比如一個黑色提包）的人；一個在帕克給警察打電話時能單獨在書房待幾分鐘的人。事實上這個人就是——夏波醫生！」

26 真相大白

大約有一分半鐘，室內鴉雀無聲。

我突然大笑起來。

「你是不是瘋了？」我說。

「不，」白羅很平靜地說，「我沒有瘋。就是因為時間上有點不相符，我才開始對你產生懷疑，從一開始就產生懷疑。」

「時間不符？」我迷惑不解地問道。

「是的，你還記得吧，所有的人都認為——包括你在內——從門房到屋子要走五分鐘。如果從陽台抄近路，就不需要五分鐘。你是八點五十分離開屋子，你本人和帕克都是這麼說的，然而你走出門房大門的時間是九點。那是一個寒冷的夜晚，這樣的夜晚是沒有人會在外面遊蕩的。為什麼五分鐘的路你卻走了十分鐘？我一直注意到一個事實：只有你一個人說書房的窗子一直是栓上的。艾克洛問你是否把窗子栓好了，但他根本就沒過去察看。書房的窗子是不是沒有栓上？在這十分鐘裡，你是否有時間跑步來到房子側面，換了鞋，從窗子爬進去，殺了艾克洛，九點鐘到達大門？我推翻了這一設想，因為那天晚上艾克洛的神經非常緊張，如果有人從窗子爬進房間的話，他一定會聽見，這樣難免會有一場搏鬥。假定你在離開他之前把他殺了——也就是站在他的椅子旁，趁他不備時把他殺了——然後你就出了前門，跑步到涼亭，拿出你那晚隨身帶去的拉爾夫．佩頓的鞋子，悄悄地穿上，穿過稀泥地，在突出的窗台上留下了腳印，爬進書房從裡面鎖上門，然後又跑回涼亭，換上你自己的鞋，向大門跑去（那天你去通知艾克洛太太開會時，我一個人在外面做了類似的幾個動作，恰好是十分鐘），然後回到家——你有確定的不在場證明，因為你把錄音機的時間定在九點半。」

「親愛的白羅，」我說話的聲音都變了，聽上去有點奇怪。「你對此案是思慮過頭了。我謀殺艾克洛究竟圖些什麼呢？」

「保護自己。敲詐弗拉爾太太的就是你。你是照護弗拉爾先生的醫生，還有誰比你更清楚他的死因呢？當你在園子裡第一次跟我交談時，你跟我說，大約一年前你得到一筆遺產，但我一直弄不清這是一筆什麼遺產。其實這是你編造出來的謊言，這筆錢就是從弗拉爾太太那裡敲詐來的兩萬英鎊。這筆錢並沒有給你帶來多少好處，你在投機事業中失去了太多的錢。接著你對她施加更大的壓力，肆無忌憚地向她敲詐。弗拉爾太太不得不採用一種你料想不到的方法，來了結這件事。如果艾克洛知道事實真相的話，他是不會輕易饒過你的，他會讓你一輩子都不得翻身。」

「那麼電話呢？」我問道，目的是想挖苦他一下，「我想你對電話一定也有個令人信服的解釋吧。」

「老實說，當我知道確實有人從金艾博特車站給你打電話時，我才意識到這是破案的最大障礙。最初我認為這電話只是你編造出來的謊言。這種做法確實很聰明，因為你必須有某個藉口去弗恩利莊，發現屍體，然後拿走證明你不在場的錄音機。當我第一次去見你姐姐，向她打聽星期五早晨你看過哪些病人時，我還不知道會有什麼收穫。我當時並沒有想到，病人中有拉瑟兒小姐。她的出現純屬巧合，對我來說是一件幸運的事，因為這能轉移你的注意力，你會誤認為我是來打聽拉瑟兒小姐的事。跟你姐姐交談時，我發現那天的病人中，有一個是美國客輪上的服務員。那天晚上，還有誰比他更有可能坐火車去利物浦呢？隨後他就上船遠離而去，再也見不到了。我發現『奧利安號』星期六啟航，當我打聽到那個服務員的名字後，就給他發了無線電報，向他詢問這件事。你剛才看見我收到的那份電報，就是他給我的答覆。」

他把電文拿給我看，上面寫著：

完全正確。夏波醫生要我去電診所留個口信，於是我在車站給他打電話，聽候回覆。但接線生回答：「無人接聽。」

「這個想法太妙了。」白羅說，「有人給你打電話這是真的，你姐姐可以作證。但只有一個人在講話，講話的人就是你自己！」

我打了個呵欠。

「你說的這一切真是太有趣了，」我說，「但純屬無稽之談。」

「你是這麼認為嗎？想想我剛才說的話——拉格倫警官明天早晨就會知道全部真相。但看在你那善良姐姐的份上，我願意給你一次機會，讓你選擇另一個解決辦法。比如，你可以服用過量的安眠藥。你明白我的意思嗎？但拉爾夫．佩頓的事必須澄清，這不用我多說。我還是建議你把這份有趣的手稿寫完，但不要像以前一樣閉口不談自己。」

「你的建議真多，」我說，「你是不是都講完了？」

「你的話提醒了我，我確實還有一件事要說。如果你想用對付艾克洛先生那種殺人滅口的方法來對付我的話，那就是最不明智的做法。這種方法對赫丘勒．白羅是不會成功的，你聽明白了嗎？」

「親愛的白羅，」我微笑著說，「我絕不是傻瓜。」

我站起身來。

「好了，」我打了個無聲的呵欠。「我該回家了，你讓我度過一個既有趣又有意義的夜晚，我在此表示感謝。」

白羅也站起來。當我準備出門時，他和往常一樣恭恭敬敬地向我鞠了一躬。

27 自白書

已經是清晨五點，我感到精疲力竭，但我完成了任務。寫了這麼長時間的稿子，我的手臂都麻木了。這份手稿的結尾出人意料，我原打算在將來的某一天，把這份手稿作為白羅破案失敗的例子而出版！唉，結果是多麼的荒謬。

自從看到拉爾夫·佩頓和弗拉爾太太頭靠頭地走在一起時，我就預感到一場災難即將來臨。我當時以為她在向他吐露祕密，後來才知道這一猜測完全錯了。那天晚上跟艾克洛一起在書房時，這個想法還一直縈繞在我腦海裡，直到他把真實情況告訴我時，我才完全明白。

可憐的老艾克洛，我很高興當時給了他一次機會。我催促他讀那封信，以免來不及讀完。說實話，我不知道我是否在潛意識中認為，對他那種長了副豬腦袋的老頭子，這反而會促使他不去讀那封信？他那天晚上情緒非常緊張，從心理學的角度來分析是很有趣的。他意識到危險迫在眉睫，然而他從來沒有懷疑過我。

那把短劍是後來想到的，當時我身上已經帶了一把輕便的刀，但當我看到銀櫃裡的短劍時，我馬上就想到，最好用一件無法追查到我身上的凶器。

我想我心裡早已盤算好要殺艾克洛。當我一聽到弗拉爾太太的死訊，就認為她可能在臨死前把一切都告訴他了。我遇到他時，他看上去非常惱怒，我猜想他可能知道了事實真相，但他又不相信這件事，所以想給我一次申辯的機會。

我回到家，開始做準備。不管怎麼說，如果這麻煩事只涉及到拉爾夫的話，就不會有什麼危害。這台錄音機，艾克洛兩天前曾叫我幫他調整一下，裡面有些零件出了毛病。他想把它退回去，但我勸他讓我試試。我做了該做的事，那天晚上，我把它裝在提包裡送去給他。

我對自己寫的東西感到很滿意。比如，下面這個段落就寫得再簡潔不過的了：

信是八點四十分送來的。而我是八點五十分離開。當我離開時，信仍然沒被讀完。我猶豫不決地握著門把，回頭看看是否還有什麼事忘了做。

這一切都是事實，但如果我在第一個句子後面加上幾點省略號，情況又會如何呢？是否有人會對這十分鐘的空白表示懷疑呢？

我站在門口向房間掃視了一遍，心裡感到很滿意，該做的事都做了。錄音機就放在窗子旁邊的桌上，定時為九點三十分（這種小小的機械裝置非常巧妙，是按鬧鐘原理製作的）。

扶手椅被拖了出來，以擋住人們的視線，這樣，進門的人就不可能看見桌子上的錄音機。

我承認，在門口跟帕克相遇使我受驚不小，這件事我已如實記錄下來。屍體被發現後，我派帕克打電話給警察，之後，我在手稿中的選詞很謹慎：「我做了點必要措施！」確實算是一點小事，只是把錄音機放進我帶去的提包裡，然後把椅子推回牆邊原來的位置。我根本沒想到帕克會注意到那張椅子。從邏輯上說，看到屍體後他應該大為震驚，而不會去注意其他的東西。但我忽略了僕人訓練有素的直接反應。

但願我事先預料得到，弗洛拉說她九點四十五分見她伯父還活著。她的話簡直把我搞糊塗了。事實上，整個破案過程中有許多事使我感到迷惘，好像每個人都捲入了這件命案。

我最擔心的是卡羅琳，我想她可能已猜到，那天她在談話中以非常奇特的方式說我「本性邪惡」。無論如何，她將永遠不知道真相。正如白羅所說，我只有一條路可走……

我對他還是信任的，他和拉格倫警官必定會把這件事辦妥。我不想讓卡羅琳知道這件事。她很愛我，而且以我為榮……我的死會使她感到很悲傷，但悲傷過後……

我把手稿全部寫完，並把它裝進信封，致函白羅。

接下來——該做什麼呢？安眠藥？這是一種富有詩意的公平懲罰——並不是因為我對弗拉爾太太的死負有責任。這是她謀害丈夫的報應，我對她並不表示同情。

我也不同情我自己。就讓佛羅若來了結一切。

如果赫丘勒．白羅不曾隱退到這裡種櫛瓜，該有多好。

專文推薦

藏在日常細節中的冒險

楊照（作家）

一開始，就都在那裡了。

一九二〇年，阿嘉莎．克莉絲蒂出版了《史岱爾莊謀殺案》，神探白羅就已經退休了。而且在這個案子裡，藉由敘述者海斯汀的轉述，就鋪陳出克莉絲蒂小說最基本的偵探原則：

「那些看來或許無關緊要的小細節……它們才是重要的關鍵，它們才是偉大的線索！」

「豐富的想像力就像洪水一樣，既能載舟亦能覆舟，而且，最簡單直接的解釋，往往就是最可能的答案。」

「沒有任何謀殺行為是沒有動機的。」

還有，一個不討人喜歡的死者，一群各有理由不喜歡死者、因而也就都有殺人動機的人，這些人彼此之間構成複雜的關係，有的互相仇視，有的互相愛戀，麻煩的是，有些愛人其實貌合神離，有些仇人其實私下愛慕；更麻煩的是，不論是愛或是仇，都有可能是扮演出來的。

一個外來的偵探必須周旋在這些嫌疑者之間，從他們口中獲取對於案情的了解，換句話說，他必須在很短的時間內，搞清楚誰是誰、誰跟誰吵架、誰跟誰偷情，然後判斷誰說的哪一句是實話、哪一句是謊言。常常謊言比實話對於破案更有幫助。

再偷偷透露一下，如果要和小說裡的凶手及小說背後的作者鬥智，就像克莉絲蒂對英國社會的了解，祕訣就在於要去追究小說裡的人物背景，尤其是他們的階級地位。基本上，階級地位愈高、權力愈大、愈有錢者，說的話就愈不要相信。例如在《史岱爾莊謀殺案》中，僕人、園丁說的話遠比有頭有臉的人說的要可信多了。就算要說謊，他們的謊言也比較天真，而且往往出於善良動機。當你歸納線索時，就會知道他們並非故意說謊，那是因為他們的認知受到蒙蔽或誤導，而你慢慢就從這蒙蔽或誤導中被引導到真相。

《史岱爾莊謀殺案》出版那年，克莉絲蒂三十歲，但書稿其實早在五年前就寫好了，畢竟要找到有人願意出版一個看來再平凡不過的家庭主婦寫的小說，並不是那麼容易。

所有和克莉絲蒂接觸過的人，都對於她的「正常」留下深刻印象。她看起來就和她那個年紀的典型英國家庭主婦一樣，害羞、靦腆，只能在社交場合勉強跟人聊些瑣事話題，完全無法演講，甚至連只是站起來對眾賓客說幾句客套話，請大家一起舉杯，她都做不到。她不演講，也很少答應接受採訪，就算採訪到她也很難從她口中得到有趣的內容。她會講的，幾乎都是記者本來就知道、或者自己就可以想得出來的。

例如說白羅這個神探的來歷。克莉絲蒂回答：他應該是個外國人，這樣就能在英國日常生活中看出英國人自己看不出的線索。她自己碰過的外國人，只有第一次大戰剛爆發時到英國避難的比利時人。比利時警察怎麼能跑到英國來？那一定是因為他已經退休了。他有潔癖，所以對於現場會有特殊的直覺，馬上感受到不對勁的地方。一個有潔癖的人，好像應該長得矮小些才相稱，一個矮小有潔癖的人最適當的名字，就是希臘神話裡的大力士「赫丘勒斯（Hercules）」，製造出荒唐的對比趣味。那白羅這個姓是怎麼來的呢？克莉絲蒂很誠實地說：「我不記得了。」

一切都如此順理成章，一切都如此合邏輯，不是嗎？有記者問她怎麼看自己的舞台劇〈捕鼠器〉，創下了英國劇場、甚至全世界劇場連演最多場紀錄的名劇？克莉絲蒂的回答也還是中規中矩，合理合節：那是一齣小戲，在一個小劇院演出，成本很低，任何人想到了都可以帶家人或朋友去看，老少咸宜，並不恐怖，也不特別荒謬打鬧，可是又什麼都有一點，包括恐怖和荒謬打鬧的成分。

她的身上找不出一點傳奇、怪誕色彩，那她為什麼能在五十年間持續寫偵探小說，創造了那麼多謀殺，還創造了那麼多詭計？

首先因為她是女性，以及她的身世，包括她的階級身分，使得她在描寫故事場景時比一般男性作者來得敏感。因為在她之前的偵探推理小說男性作家的階級身分都是高高在上，基本上他們會從較高的角度看社會，比較看不到底層的感受。

而她的婚變以及婚變中遭逢的痛苦，都使她更能體會與觀察，將英國社會的複雜細節融入小說的核心情節，讓探案與線索分析結合在一起。

克莉絲蒂一生結過兩次婚，第一次在一九一四年，婚後不久，丈夫就參加了歐戰，是英國皇家空軍最早一批飛行員。一九二六年，這個丈夫有了外遇，直率地向克莉絲蒂要求離婚，在那之前，克莉絲蒂的媽媽才剛過世，雙重打擊之下，又遇到車子無法發動，克莉絲蒂崩潰了，她棄車而走，忘記了自己究竟是誰，躲進一家鄉間旅館，登記時寫了她心裡唯一有印象的名字——她丈夫情婦的名字。

離婚後，一次在晚宴中，有人提起近東烏爾考古的最新收穫，克莉絲蒂就取消了原定要去西印度群島的計畫，改訂了跨越歐洲到君士坦丁堡的「東方快車」，是的，就是這趟旅程給了她寫《東方快車謀殺案》的靈感。不過更重要的是，在烏爾，她認識了一位年輕的考古學家，比她小十四歲，這個人後來成了她的第二任丈夫。

這位考古學家陪她去參觀在沙漠中的烏克海迪爾城，卻在沙漠中迷路困陷了。幾小時中克莉絲蒂卻沒有一點驚慌不安，當下考古學家就決定要向她求婚。

原來，克莉絲蒂的內心是有這種冒險成分的。要不然她不會兩次選到的，都是喜愛冒險的丈夫，而她本身大概也不會吸引一個在各種危險情境下挖掘古代寶藏的人，讓他願意向一個大他十四歲的女人求婚。

這樣說吧，維多利亞時代後期的英國環境，壓抑限制了克莉絲蒂冒險、追求傳奇的內在衝動，她只好將這樣的衝動寄託在丈夫和寫作上。她一邊陪著第二任丈夫在近東漫走，一邊在小說中寫各式各樣的謀殺與探案。謀殺和探案都是冒險，還有，偵探偵查中做的事——蒐集線索，還原命案過程——其實和考古學家的考掘，如此相似！

克莉絲蒂寫得最好的，正是「藏在日常中的冒險」。她個性中的雙面成分，造就了特殊的偵探魅力。既嚮往非常傳奇，卻又有根深柢固的日常邏輯信念，兩者都在克莉絲蒂的小說中扮演了重要角色。她的謀殺案幾乎都和日常習慣緊密編織在一起，日常環境成了凶手最重要的掩護。有些日常規律明顯地被破壞了，讓我們很自然以為那會是謀殺的線索，沿著這些線索形成了閱讀中的推理猜測，然而白羅早就提醒了，真正重要的反而是那些「細節」，也就是看來像是依隨日常邏輯進行的事，或說藏在日常邏輯中因而不被看重的事，那裡要嘛藏著凶手的核心詭計、煙幕，要嘛藏著凶手致命的破綻。

凶案的構想，就是如何讓異常蓋上日常、正常的面貌，又如何故意將日常、正常予以扭曲，製造假象；那麼偵探要做的，就是如何準確地在日常中分辨出真正的異常，將假的、明顯的異常撥開來，找出細節堆疊起來的異常真相。

此外，克莉絲蒂的小說裡隱藏著極其曖昧的情感價值觀，最典型、最有名的就是《東方快車謀殺案》。透過追查過程，讓讀者知道為什麼凶手要訴諸於這種手段，其動機具有可同情之處，再加上克莉絲蒂對身分階級的觀察，她比較相信或讓讀者相信那些沒有權力、地位的人，隨著偵查節奏去認識可能或必須懷疑的人。克莉絲蒂最擅長營造「多重嫌疑犯」的小說特質，因為讀者在閱讀時必須被迫去認識很多不一樣的人。在她最受歡迎的作品，大概都具備這樣的特質。

當然，她的作品中還有兩個最突出的神探，即白羅和瑪波。白羅是比利時人，但為什麼必須是外國人？這是因為英國人具有高度階級意識，這種觀念一路滲透到所有互動細節，包括人與人之間如何說話。而白羅因為不是英國人，他會發現一般英國人不太看得出來的東西，以及兩個人互動的方法哪裡不正常。至於瑪波為什麼得是老太太？她一如那個年代的老人家，總是靜靜坐著打毛線，因為不起眼，自然讓人放鬆防備，所以瑪波探案的線索都是來自於這樣的互動模式。

然而，白羅有很明顯的優勢，瑪波的身分使她基本上只能進行「靜態」的辦案，案子的空間受到侷限，白羅卻可以跨越各種空間，恣意揮灑。而且白羅擁有警官身分，可以合理出現在各種犯罪現場，瑪波能出現的地方，相形之下就勉強、不自然多了。白羅是明白的outsider，在英國，只要他出現，就會覺得有外人在而感到緊張，於是很容易露出平常不會表現的行為；瑪波則看起來是 insider，但實質上是 outsider，因為總是沒人發現她、當她空氣人。這兩人的探案，是兩個極端。雖然讀者最愛白羅，但克莉絲蒂自己偏愛瑪波勝於白羅。

不管後來的偵探、推理小說發展了多少巧妙詭計，克莉絲蒂卻不會過時，因為她的推理如此密切地和日常纏繞在一起；活在日常中，我們就無可避免被克莉絲蒂的「日常細節推理」吸引，隨時讀來都充滿驚奇趣味。

名家盛讚克莉絲蒂（依推薦時間排序）

金庸（作家）

克莉絲蒂的寫作功力一流，內容寫實，邏輯性順暢，也很會運用語言的趣味。閱讀她的小說，在謎底沒有揭露之前，我會與作者鬥智，這種過程非常令人享受。其作品的高明之處在於：布局的巧妙完全意想不到，而謎底揭穿時又十分合理，讓人不得不信服。

詹宏志（作家、PChome 網路家庭董事長）

推理小說在從先輩柯南．道爾等人的發明中出現力量時，誕生了一位《天方夜譚》故事中每天說故事說個不停的王妃薛斐拉．柴德，也就是「謀殺天后」克莉絲蒂，整個世界對聽這些故事才有如此的熱情。他們捨不得睡覺，每天問後來還有嗎、還有嗎，永遠不肯離去，這就是克莉絲蒂對推理小說的最大貢獻。

可樂王（藝術家）

所謂「克莉絲蒂式」的推理小說，就是一場和一個天才的寫作者或高明的恐怖份子在紙上捕掠捉殺的戰事。即便是一列火車、一處飯店或一間酒吧，在克莉絲蒂寫來皆充滿神祕和猜謎。在人生適合的下午裡，我總是一面嚼著口香糖，一面跟著矮子偵探白羅穿梭謀殺現場，克莉絲蒂的推理作品無疑是推理世界中最充滿「魔術性」的小說。

吳若權（作家、節目主持人）

我從小就對推理小說情有獨鍾，克莉絲蒂一系列的作品尤其令我愛不釋手。多年來，閱讀推理小說的經驗讓我覺悟：讀者在文字情節中推展開來的驚嘆，不只是因緣於故事的本身，而是自我性格的投射。從這個觀點來看克莉絲蒂一系列的作品，她簡直就是洞徹人性的算命師。而讀者，在她的文字中，發現了自己無可奉告的命運。

藍祖蔚（國家電影及視聽文化中心董事長）

做過藥劑師，難免懂得毒藥；嫁給考古學家，難免也就嫻熟文明的神祕；再加上曾經失蹤九天，一切不復記憶的離奇經驗，的確提供了寫作靈感，但若少了想像力，那些片羽靈光縱使辛辣如辣椒，卻不足以成菜。

推理小說重布局、重人物描寫，克莉絲蒂最厲害的卻是犀利的人性觀察，她一手創造的白羅探長，潔癖個性完全和她相反，更將她所憎厭的人格特質集於一身，殊不知，唯有不對著鏡子寫作，才能夠跳出框架與制式反應，開闢無限寬廣的新世界，建構多面向的詭異迷宮。

看完她的小說，你只會更加訝異，到底是什麼樣的心靈才能成就這般視野？

李家同（作家、前暨南大學校長）

克莉絲蒂的整體布局十分細膩，最後案情也都講解得非常詳細，回頭去看，在書中都找得到線索。故事的情節與內容也很好看，不是像一個流氓在街上被殺掉那麼單調。……看小說應該要花腦筋、要思考，從小就要養成思辨的能力，看她的小說，就是對邏輯思考能力極佳的訓練。

袁瓊瓊（作家）

雖然被公認是冷靜理性的謀殺天后，但是在理性之下，克莉絲蒂的底色依舊是感情。克莉絲蒂很明白，所有的慾望之後，都無非是某種愛情。在以性命相搏的犯罪世界裡，凶手以終結他人的性命來遂私欲，不過是為了成全自己的愛，或者是成全自己的恨。

鄧惠文（精神科醫師）

以推理小說作家而言，克莉絲蒂的風格相當獨樹一格。她的偵探在辦案時，靠的不光是科學證據的搜集，而是大量運用犯罪心理學，及對人性的深刻了解。例如在《五隻小豬之歌》中，白羅便是藉由聽取嫌疑犯訴說案情時所不自覺顯露的主觀意識及中心思想，而看出其中破綻，找出真凶。白羅是靠腦袋辦案，以心理層面去剖析案情，即使人們敘述的是同一件事，他可以聽出不同角色因出發點及看待角度不同所透露的情緒觀感，從而抽絲剝繭，還原事實真相。

克莉絲蒂所塑造的人物也生動且各具特色，不同個性所出現的情緒反應描寫，皆細膩而準確，讓讀者產生豐富的想像空間，一展卷便欲罷而不能。

吳曉樂（作家）

克莉絲蒂使用的語言平易近人，主要是以角色與情節的對應來斧鑿出故事的深度，堆疊出讓讀者回味的迂迴空間。而她筆下的角色往往性別、階級、性格、族群各異，塑造出多元又豐富的人物群像。

文學作品不問類型，若要流傳於世，最終仍得上溯至「人性」的理解與反思。而阿嘉莎．克莉絲蒂的作品中，我們可以看到人類屢屢得和自己的人生討價還價，或千方百計讓主觀意識與客觀條件達成某種程度的整合，讀者在重建人物的心理軌跡時，也見識到自身的是非成敗，我認為，這也是克莉絲蒂的作品能夠璀璨經年、暢銷不衰的主因。

許皓宜（心理學作家）

克莉絲蒂筆下的故事看似在談人性的醜惡，實則像一位披著小說家靈魂的心靈引導者，用她的文字訴說著人們得不到「愛」時的痛苦。於是在故事終了的剎那，你不得不對人生多了幾分「看透感」：原來，我們心裡的那些痛苦、報復與自我折磨的慾望，不是因為「憤恨」，而是起於對「愛的失落」。這或許是我們在情感世界中最珍貴且深刻的一種覺察了。

推理小說荒謬驚悚嗎？不，它其實很寫實。它幫我們說出心裡的苦、怨、醜陋的慾望，於是，我們可以重新學習愛了。

一頁華爾滋 Kristin（影評人）

從有記憶以來，閱讀克莉絲蒂最迷人之處往往不在真正的凶手是誰，而是在於「Why」（為什麼）與「How」（如何進行），在於人性與心理描摹的故事肌理。依循其書寫脈絡，會發覺不只是邏輯清晰、布局縝密、著重細節，她總能完美掌握敘事節奏，書中人物彷彿真實存在般鮮明躍然紙上，讀者情緒會隨精準文字保持流轉、跳動、收放，掩卷時並無太多真相水落石出的暢快，反倒淡淡的惆悵化為餘韻襲上心頭，原來還是種種意料之外，卻屬情理之中的人性盲目使然。私以為，那成就了克莉絲蒂的推理故事之所以無比迷人的主因之一。

冬陽（推理評論人）

雖然阿嘉莎．克莉絲蒂的作品並非我的推理閱讀啟蒙，卻是養成閱讀不輟的重要推手。首先，她無庸置疑是個說故事能手，打開我名為好奇的開關；其次是設計犯罪事件的巧妙多元，既日常又異常，凶手更是叫人意想不到。沒錯，我相信每個當讀者的都忍不住想破案，想早偵探一步識破詭計，或者像考試結束鈴響前一秒，瞎猜都要指著某個角色大喊「你就是犯人」！然後會忍不住作弊——不是翻到最後幾頁窺探真凶身分，而是往前翻查讓人起疑的段落、偵探顯然掌握重要線索的時刻，直到忍不住豎白旗投降，看神探（我知道啦，真正把我耍得團團轉的聰明人是作者）頭頭是道地分析我遺漏錯置的片片拼圖，終於看清真相全貌。這，就是偵探推理，我因此熟悉遊戲規則、沉醉在每一場迷人故事裡，成為這個類型書寫的俘虜，享受至今不疲的美好滋味。

石芳瑜（作家、永樂座書店店主）

布局細膩、處處留下線索，破案解說詳細，說明了這位安靜、害羞的推理小說女王心思縝密，且充滿想像力。密室殺人，完美犯罪，《東方快車謀殺案》不愧為古典推理小說的經典。再加上神祕的東方色彩，隨著火車抵達的迫切時間感，連非推理小說迷都會神經拉緊，讀完大呼過癮。

家庭主婦缺少人生經驗？處女座的阿嘉莎．克莉絲蒂充分展現她過人的寫作天分，靠得是從小開始的閱讀，以及對偵探小說的著迷。三十歲寫下第一本偵探小說《史岱爾莊謀殺案》的克莉絲蒂，在那個時代並不能說是「早慧」，但寫作生涯五十五年中，共創作了八十部偵探小說，卻令人難以企及。這位害羞靦腆的小說女神，大概是相信只要有足夠的理由，每個人都有殺人的可能！

余小芳（暨南大學推理研究社指導老師、台灣推理作家協會常務理事）

學生時代加入推理社團，社課指定讀物便是經典作品《一個都不留》，成為我對克莉絲蒂的初步印象，自此沉浸於推理小說的世界。隔年寒假陪同學參與轉學考，在斜風細雨的走廊中，滿足讀完《東方快車謀殺案》。隨著歲月遠走，已昇華成趣味回憶。

踏入推理文學領域需要認識的作家，阿嘉莎．克莉絲蒂絕對名列其中，她的作品常有英國小鎮風光、莊園式的謀殺、設備豪華的交通工具等，還有特色鮮明的偵探活躍其中。書中少有血腥、暴力的橋段，布局巧妙且結構嚴密，手法純粹、知性，故事內容與人物性格融為一體，以高超的想像力結合說好故事的能耐，為推理小說開創新局面。克莉絲蒂推理全集重編改版，值得新舊讀者一起探索。

林怡辰（國小教師、教育部閱讀推手）

多年後，還是難忘第一次閱讀阿嘉莎．克莉絲蒂作品的感動和激動。

這套將近一世紀的作品，文筆流暢，邏輯縝密，過程中不斷與作者較量、猜出凶手，直到最後解答不禁佩服，蛛絲馬跡處處展現作者的精妙手法，於是又拿起另一部作品，再次沉溺在謀殺天后所編織的日常世界中的奇幻，無可自拔。犯罪動機和手法穿越時空限制，如今讀來合理且依舊令人感動，閱讀中趣味橫生，難怪成為後來諸多偵探小說的原型。

克莉絲蒂創作生涯中產出的八十部推理作品，至今多部躍上大銀幕，無怪乎被稱之為「經典」，喜愛推理偵探作品的人不可不讀，你會驚異於她在文字中施展的魔法！

張東君（推理評論家、科普作家）

我愛克莉絲蒂！這位在台灣有時會被稱為克奶奶的超級暢銷推理小說家，即使是自認沒讀過她的書的人，也都會在各種書籍或影視作品中看到對她致敬的片段。由於她喜歡旅行和冒險，那些經驗與體驗都成為書中的場景，因此閱讀她的作品時，不只是雀躍地跟著偵探推理，也有了虛擬的旅行體驗。或者當成旅遊導覽書，在出發去尼羅河、去英國鄉間、去搭船搭火車時，就塞一本克奶奶的作品到隨身背包中。

我還是大學新生時，就聽學姐說她哥哥經常看克奶奶的小說，而且邊看邊狂笑。於是我跟著效仿，在某次搭飛機之前買了第一本小說當旅伴，不只看得超開心，看完後還到處找尋書中出現的那種有兜帽的斗篷，當成出門時的必備用品。克奶奶的作品是跨越文字、國界的。只要看過一本，就會不停地追下去。還好，真的是還好只有八十本。何況這次是全新校訂的紀念珍藏版，當然不能錯過！

發光小魚（呂湘瑜）（文史作家、助理教授）

一部好的偵探小說，除了情節設計巧妙之外，還需要洞悉人性，如此方能合理地交代人物的言行舉止與動機。阿嘉莎．克莉絲蒂便是其中翹楚，她的作品不管是偵探、愛情小說或戲劇，必要元素都是謎題與人性。在寧靜無波的場景下暗潮洶湧，永遠都有意料之外，讀者的情緒也會隨著劇情的進行起伏糾結。克莉絲蒂觀察到時代的變化，將犯罪心理融入作品中，於是，看她的小說不只能得到解謎的快樂，同時對人性也能夠有所省思。

此外，克莉絲蒂豐富的人生歷練及旅行經歷，例如一九二二年的環球之旅、居住過也旅行過的巴黎和埃及，甚至是追隨考古學家丈夫前往的中東，都讓她的小說讀來更加充滿異國情調。如果你也愛旅行，不如就讓我們一同搭上那一班南法的藍色列車，或由伊斯坦堡出發的東方快車，跟著白羅鑽進一樁奇案，一嘗旅程中破解謎題的快感吧。

盧郁佳（作家）

國小時，家裡買了一套阿嘉莎．克莉絲蒂全集，從此成了我的毒品，在白癡課本將我的腦袋啃噬成海綿般空洞時，撫慰受創的心靈，那時我仍對人心險惡一無所知。

數學課教你列算式，樂趣遠不如克莉絲蒂教你住宅平面圖、偷換時序的密室魔術，你從庭園長窗進房間，我從房門直通鄰房，他從走廊進房……從而學會故事是建構邏輯。她文風多變，時而《四大天王》中讓神探白羅向助手海斯汀大賣關子，眉頭緊皺，山雨欲來，預示天翻地覆，只能靠他拯救世界；時而用維吉尼亞．吳爾芙《自己的房間》中俏皮的語言，讓貧苦村姑安妮在《褐衣男子》中回憶南非出生入死的冒險，竟源於她耽讀村裡圖書館爛舊的冒險愛情小說，還有戲院每週末放映〈帕米拉歷險記〉，帕米拉每集從飛機跳落高空、搭潛艇、爬上摩天大樓，每次被黑幫老大抓到總不一刀斃命，卻老要用瓦斯毒死她，暗示續集又會逃出生天。

長大才發現，克莉絲蒂小說就是我的〈帕米拉歷險記〉：它以歌劇般輝煌龐大的天真陰謀、精細的人際觀察（一句話重音放在哪個字、從膝蓋鑑定女人的年齡等），召喚年輕讀者抱持浪漫精神投入未知的壯遊，瘋魔、衝撞、冒犯，傷痕累累毫無懼色。正如瓦斯在冒險片中太多、現實中卻太少；陰謀在現實中沒有克莉絲蒂寫得那麼複雜，但她刻畫的心理卻是現實中解謎的試金石。

賴以威（臺灣師範大學電機系副教授）

或許可以為經典下幾個定義：該領域的愛好者更都讀過；不是這個領域的愛好者，許多人也都聽過；影響後續的作品，在很多著作中都可以看到它的影子；值得反覆再三閱讀，每隔一陣子再讀都可以獲得閱讀的樂趣，有更多的體悟。我永遠記得第一次讀克莉絲蒂的作品時，被那宛如嚴謹設計數學謎題的鋪陳、推進給深深吸引、震撼。從這幾個角度來說，克莉絲蒂的推理小說被稱之為「經典」，可說是當之無愧。

謝哲青（作家、旅行家、知名節目主持人）

克莉絲蒂小說的魅力在於透過每個角色的對白，藉由不斷的說話來表現人物的個性，以彰顯其人格特質中一些無法被忽略的事實。我們從他們的言語、講話的過程和字裡行間，竟然就能知道誰是凶手。

我從克莉絲蒂的小說學到很多，除了推理小說有趣的事實之外，最重要的是，我在工作的職場跟人應對的時候，如何從語言和對話裡去捕捉某些隱而不顯的事實。許多人們欲蓋彌彰的東西，無論心事也好、祕密也好，克莉絲蒂都會用文學的手法，讓你理解語言的奧妙和魅力。

克莉絲蒂的書寫會讓你覺得彷彿自己也在現場，你可以從聽到的對話當中，學會如何理解人心的一些小技巧，這是小說家最出色、最偉大的地方。我們必須學習傾聽別人說話——這些人講話是真誠的嗎？他想要跟你分享什麼資訊？這些資訊可靠嗎？——這是我在閱讀推理小說時，最大的收穫和理解。

阿嘉莎・克莉絲蒂大事記

1890		•九月十五日出生於英格蘭德文郡托基鎮。
1894	4 歲	•開始在家自學，父母親、姊姊教導閱讀、寫作、算術和彈鋼琴。
1895	5 歲	•家中經濟走下坡，舉家搬至法國，學會流利的法語。
1905	15 歲	•在巴黎寄宿學校學鋼琴和聲樂，但生性極度害羞，未成為職業鋼琴家，最終回到英國。
1907	17 歲	•陪同母親前往埃及調養身體，對社交活動充滿興趣，但尚未對日後感興趣的埃及古物點燃熱情。 •回英國後繼續寫作、參與業餘戲劇表演。
1908	18 歲	•寫出第一篇短篇小說〈麗人之屋〉，同時也寫出第一部愛情小說《白雪黃漠》，以筆名向出版社投稿，但屢遭退稿。
1912	22 歲	•與英國皇家軍官亞契・克莉絲蒂（Archibald Christie）熱戀。 •八月爆發第一次世界大戰，亞契奉派到法國作戰。
1914	24 歲	•耶誕夜結婚，亞契隨即返回戰場。克莉絲蒂參與紅十字會工作，在醫院擔任護士和藥劑師，因此對藥理和毒物非常熟悉，造就後來多部推理小說情節都以毒藥殺人。
1916	26 歲	•開始嘗試寫推理小說，寫出第一部小說《史岱爾莊謀殺案》，主角偵探赫丘勒・白羅的靈感，來自於大戰期間英國鄉間的比利時難民營。本書歷經數家出版社退稿後，終獲柏德雷・海德（The Bodley Head）圖書公司的出版機會，之後並簽下另五本小說的合約。
1919	29 歲	•前一年亞契返回英國，八月生下女兒露莎琳。

1920	30 歲	• 出版《史岱爾莊謀殺案》。
1922	32 歲	• 出版第二部小說《隱身魔鬼》，主角是夫妻檔偵探湯米和陶品絲。 • 與亞契至南非、澳洲、紐西蘭、夏威夷和加拿大等國旅行十個月，在南非得到《褐衣男子》的靈感。
1923	33 歲	• 三月出版第三部小說《高爾夫球場命案》，白羅再度登場。
1926	36 歲	• 四月母親過世，克莉絲蒂陷入憂鬱。 • 六月在「威廉・柯林斯父子出版社」出版《羅傑艾克洛命案》。 • 八月亞契因外遇提出離婚，十二月初一次爭吵後，克莉絲蒂離家棄車失蹤，消息登上全國新聞。
1927	37 歲	• 一月在悲痛心情中寫出《藍色列車之謎》，第一次創造出聖・瑪莉米德村，即後來瑪波小姐居住的村子。 • 分居期間在雜誌刊登以白羅為主角的短篇小說，後來集結出版《四大天王》。 • 十二月在雜誌刊登短篇小說〈週二夜間俱樂部〉，瑪波小姐初登場，後來收錄在一九三二年出版的短篇小說集《十三個難題》。
1928	38 歲	• 十月正式離婚，仍保留「克莉絲蒂」姓氏。 • 秋天搭乘「東方快車」前往土耳其的伊斯坦堡，再轉往伊拉克首都巴格達，參觀考古現場烏爾，認識考古學家伍利夫婦（Leonard and Katharine Woolley）。
1930	40 歲	• 二月應伍利夫婦之邀再訪烏爾，認識考古學家麥克斯・馬龍（Max Mallowan），九月於英國愛丁堡結婚。這段婚姻開啟克莉絲蒂旺盛的創作生涯，兩人到中東考古現場的旅行為許多作品帶來靈感。

		• 婚後克莉絲蒂開始維持固定的寫作行程。十月出版《牧師公館謀殺案》，是第一部以瑪波小姐為主角的小說。 • 出版第一部以「瑪麗·魏斯麥珂特」（Mary Westmacott）為筆名的《撒旦的情歌》，並陸續發表了五部非犯罪小說。
1932	42 歲	• 出版《危機四伏》。
1934	44 歲	• 出版《東方快車謀殺案》，是白羅海外辦案三部曲之一，故事靈感來自中東的旅行經歷。一九七四年第一次改編成電影大獲好評。
1936	46 歲	• 出版《美索不達米亞驚魂》，白羅海外辦案三部曲之二。
1937	47 歲	• 出版《尼羅河謀殺案》，白羅海外辦案三部曲之三，故事背景是年輕時與母親同遊的埃及。一九七八年第一次改編成電影大受歡迎。
1939	49 歲	• 二次大戰期間，克莉絲蒂在大學學院醫院擔任義務藥師，學習到最新的毒藥知識，對於推理小說寫作大有助益。 • 出版《一個都不留》，是克莉絲蒂最著名作品之一。
1941	51 歲	• 出版《密碼》，呈現出克莉絲蒂對戰爭的看法。 • 出版《豔陽下的謀殺案》。
1942	52 歲	• 出版《藏書室的陌生人》、《五隻小豬之歌》等名作。
1944	54 歲	• 以「瑪麗·魏斯麥珂特」為筆名出版第三部作品《幸福假面》，被美國書評人發現是克莉絲蒂的作品，讓她從此失去匿名創作的自在樂趣。

1950	60 歲	• 獲選為皇家文學學會的會員。
1953	63 歲	• 出版《葬禮變奏曲》。
1956	66 歲	• 一月獲頒大英帝國爵級大十字勳章（GBE）。 • 十一月以「瑪麗．魏斯麥珂特」為筆名出版《愛的重量》，是這個筆名的最後一部作品。
1958	68 歲	• 成為「偵探作家俱樂部」主席。
1960	70 歲	• 馬龍獲頒大英帝國爵級大十字勳章。
1961	71 歲	• 獲得艾克塞特大學頒發榮譽文學博士學位。
1968	78 歲	• 馬龍獲封為爵士，克莉絲蒂亦被稱為馬龍爵士夫人。
1971	81 歲	• 獲頒大英帝國爵級司令勳章（DBE），獲封為女爵士。
1973	83 歲	• 出版最後一部創作《死亡暗道》，亦為湯米和陶品絲最後一次辦案。
1974	84 歲	• 最後一次公開露面，出席電影《東方快車謀殺案》首映會。
1975	85 歲	• 八月六日，白羅成為有史以來第一次在《紐約時報》頭版刊出訃聞的小說主角，宣傳九月即將出版的《謝幕》，這也是白羅最後一次辦案。
1976	86 歲	• 一月十二日去世。 • 十月出版《死亡不長眠》，瑪波小姐的最後一次辦案。

克莉絲蒂推理原著出版年表

1920　史岱爾莊謀殺案 The Mysterious Affair at Styles（神探白羅系列）
1922　隱身魔鬼 The Secret Adversary（神探湯米＆陶品絲系列）
1923　高爾夫球場命案 The Murder on the Links（神探白羅系列）
1924　白羅出擊 Poirot Investigates（神探白羅系列）
1924　褐衣男子 The Man in the Brown Suit（神探雷斯上校系列）
1925　煙囪的祕密 The Secret of Chimneys（神探巴鬥主任系列）
1926　羅傑艾克洛命案 The Murder of Roger Ackroyd（神探白羅系列）
1927　四大天王 The Big Four（神探白羅系列）
1928　藍色列車之謎 The Mystery of the Blue Train（神探白羅系列）
1929　七鐘面 The Seven Dials Mystery（神探巴鬥主任系列）
1929　鴛鴦神探 Partners in Crime（神探湯米＆陶品絲系列）
1930　牧師公館謀殺案 The Murder at the Vicarage（神探瑪波系列）
1930　謎樣的鬼豔先生 The Mysterious Mr. Quin（神探鬼豔先生系列）
1931　西塔佛祕案 The Sittaford Mystery
1932　十三個難題 The Thirteen Problems（神探瑪波系列）
1932　危機四伏 Peril at End House（神探白羅系列）
1933　十三人的晚宴 Thirteen at Dinner（神探白羅系列）
1933　死亡之犬 The Hound of Death
1934　三幕悲劇 Three Act Tragedy（神探白羅系列）
1934　李斯特岱奇案 The Listerdale Mystery
1934　帕克潘調查簿 Parker Pyne Investigates（神探帕克潘系列）
1934　東方快車謀殺案 Murder on the Orient Express（神探白羅系列）
1934　為什麼不找伊文斯？ Why Didn't They Ask Evans?
1935　謀殺在雲端 Death in the Clouds（神探白羅系列）
1936　ABC 謀殺案 The A.B.C. Murders（神探白羅系列）
1936　底牌 Cards on the Table（神探白羅系列）
1936　美索不達米亞驚魂 Murder in Mesopotamia（神探白羅系列）

1937 巴石立花園街謀殺案 Murder in the Mews（神探白羅系列）
1937 尼羅河謀殺案 Death on the Nile（神探白羅系列）
1937 死無對證 Dumb Witness（神探白羅系列）
1938 白羅的聖誕假期 Hercule Poirot's Christmas（神探白羅系列）
1938 死亡約會 Appointment with Death（神探白羅系列）
1939 一個都不留 And Then There Were None
1939 殺人不難 Murder Is Easy/Easy to Kill（神探巴鬥主任系列）
1940 一，二，縫好鞋釦 One, Two, Buckle My Shoe（神探白羅系列）
1940 絲柏的哀歌 Sad Cypress（神探白羅系列）
1941 密碼 N Or M?（神探湯米＆陶品絲系列）
1941 豔陽下的謀殺案 Evil Under the Sun（神探白羅系列）
1942 五隻小豬之歌 Five Little Pigs（神探白羅系列）
1942 藏書室的陌生人 The Body in the Library（神探瑪波系列）
1943 幕後黑手 The Moving Finger（神探瑪波系列）
1944 本末倒置 Towards Zero（神探巴鬥主任系列）
1945 死亡終有時 Death Comes As the End
1945 魂縈舊恨 Remembered Death（神探雷斯上校系列）
1946 池邊的幻影 The Hollow（神探白羅系列）
1947 赫丘勒的十二道任務 The Labours of Hercules（神探白羅系列）
1948 順水推舟 Taken at the Flood（神探白羅系列）
1949 畸屋 Crooked House
1950 謀殺啟事 A Murder Is Announced（神探瑪波系列）
1951 巴格達風雲 They Came to Baghdad
1952 殺手魔術 They Do It with Mirrors（神探瑪波系列）
1952 麥金堤太太之死 Mrs. McGinty's Dead（神探白羅系列）
1953 黑麥滿口袋 A Pocket Full of Rye（神探瑪波系列）
1953 葬禮變奏曲 After the Funeral（神探白羅系列）

1954 未知的旅途 Destination Unknown

1955 國際學舍謀殺案 Hickory, Dickory, Dock（神探白羅系列）

1956 弄假成真 Dead Man's Folly（神探白羅系列）

1957 殺人一瞬間 4:50 from Paddington（神探瑪波系列）

1958 無辜者的試煉 Ordeal by Innocence

1959 鴿群裡的貓 Cat Among the Pigeons（神探白羅系列）

1960 哪個聖誕布丁？ The Adventure of the Christmas Pudding（神探白羅系列）

1961 白馬酒館 The Pale Horse

1962 破鏡謀殺案 The Mirror Crack'd from Side to Side（神探瑪波系列）

1963 怪鐘 The Clocks（神探白羅系列）

1964 加勒比海疑雲 A Caribbean Mystery（神探瑪波系列）

1965 柏翠門旅館 At Bertram's Hotel（神探瑪波系列）

1966 第三個單身女郎 Third Girl（神探白羅系列）

1967 無盡的夜 Endless Night

1968 顫刺的預兆 By the Pricking of My Thumbs（神探湯米＆陶品絲系列）

1969 萬聖節派對 Hallowe'en Party（神探白羅系列）

1970 法蘭克福機場怪客 Passengers to Frankfurt

1971 復仇女神 Nemesis（神探瑪波系列）

1972 問大象去吧！ Elephants Can Remember（神探白羅系列）

1973 死亡暗道 Postern of Fate（神探湯米＆陶品絲系列）

1974 白羅的初期探案 Poirot's Early Cases（神探白羅系列）

1975 謝幕 Curtain: Hercule Poirot's Last Case（神探白羅系列）

1976 死亡不長眠 Sleeping Murder（神探瑪波系列）

1979 瑪波小姐的完結篇 Miss Marple's Final Cases（神探瑪波系列）

1991 情牽波倫沙 Problem at Pollensa Bay

1997 殘光夜影 While the Light Lasts

國家圖書館出版品預行編目（CIP）資料

羅傑艾克洛命案 / 阿嘉莎．克莉絲蒂（Agatha Christie）著 ; 張江雲譯. -- 三版. -- 臺北市 : 遠流出版事業股份有限公司, 2022.06 .
面； 公分.
譯自 : The murder of Roger Ackroyd
ISBN 978-957-32-9549-5(平裝)

873.57 111005211

克莉絲蒂繁體中文版 20 週年紀念珍藏 02
羅傑艾洛克命案

作者 / 阿嘉莎．克莉絲蒂
譯者 / 張江雲

主編 / 陳懿文、余式恕　封面、內頁設計 / 謝佳穎
排版 / 連紫吟、曹任華　行銷企劃 / 舒意雯
出版一部總編輯暨總監 / 王明雪

發行人 / 王榮文
出版發行 / 遠流出版事業股份有限公司
地址 / 104005臺北市中山北路一段11號13樓
電話 / (02)2571-0297　傳眞 / (02)2571-0197　郵撥 / 0189456-1
著作權顧問 / 蕭雄淋律師

2002年2月1日 初版一刷
2022年6月1日 三版一刷
定價 / 新臺幣380元 (缺頁或破損的書，請寄回更換)

ISBN 978-957-32-9549-5

遠流博識網 http://www.ylib.com E-mail: ylib@ylib.com
遠流粉絲團 https://www.facebook.com/ylibfans